病み上がりの夜空に

矢幡洋

講談社

目次

写真　三浦麻旅子
装幀　住吉昭人（フェイク・グラフィックス）

妻の章——亜空間

夜の教え

「お前は絶対にきれいな服を着てはいけないよ。いつもボロを着るんだよ」

古い畳の匂い。かすかな線香の匂い。つんと鼻をつく匂い。闇の中からおばあちゃんのしわがれた声が聞こえてくる。

「きれいな服を着ていると、男に襲われるよ。そして、それはそれは怖いことをされるのさ。ほら、こんな風にね」

布団をはねのける音がした。私の左肩に圧力がかかった。右肩がわしづかみにされた。身動きがとれない。おばあちゃんの生暖かい息が私の顔にかかる。荒く高まろうとするのをかろうじて抑えた息。

「男は、こんなことをするのさ。それからきれいな服をむしり取られるんだよ。女がいくら嫌がっても、男は聞きはしないさ。かなうわけがないんだよ。それから、女は、痛くて、とても嫌なことをされるんだよ」

表の国道からトラックが走りすぎる轟音がした。窓がライトで照らされて、闇の中におばあちゃんの顔がうす暗く浮かび上がった。視力がない方の片目も私を見下ろしていた。おばあちゃんの唇の端が歪んでいた。

「だけどね、そんなことをされるのは、女の方も悪いのさ。きれいな服を着るのが悪いのさ。そういう女のことを淫売と言うんだよ」

インバイ? 何のことだろう。幼稚園の先生は、泥棒や嘘つきがいけないことは教えてくれたが、インバイのことは何も言っていなかった。

毎晩、電気を消してから始まるおばあちゃんの話は長い。そして、とても怖い。それが始まったのはいつだったのか覚えていないぐらいの昔から続いている。昨晩は、戦争の時に子どもが栄養失調で死んだ話だった。その前の夜は、空襲で焼け野原になったここら一帯がどんな風に見えたか聞かされた。でも、今晩の話の方が、怖い。

ようやくおばあちゃんは、両肩から手を離した。私は自分が震えていることに気がついた。一緒に死んだおじいちゃんとお兄ちゃんが暗闇から私を見下ろしている。

その闇の中から、おばあちゃんが畳をきしませて自分の寝床に戻る音が聞こえた。自分の布団の中にもぐりながら、おばあちゃんは呪言のように繰り返した。

「きれいな服を着てはいけないよ。恐ろしい目に遭うからね。いつもボロを着るんだよ」

春の朝の仕事

朝五時。あたりが薄明るくなってゆく時刻。私はおばあちゃんに鼻をつまみ上げられて目を覚まし、大急ぎで着替えて庭に出た。耳たぶが冷たく痛む。早春の外気が、呼吸を凍らせ、体の芯まで侵入する。

大きな庭の一角に屋敷神を祀《まつ》る小さな祠《ほこら》がある。しめ縄で囲まれ御幣《ごへい》が垂れている。固く閉ざされた古ぼけた引き戸の中に何があるのか見たことはない。そこから少し離れて新聞紙が広げてある。ほうれん草、菜っ葉などがその上に集められている。おばあちゃんと母が水洗いをし、私が束ね、ビニール袋に入れた野菜たちは東京に送られる。

「このバカ女め、何度言ったらわかるんだい。朝のお味噌なんて、わざわざ車でデパートまで行って買うことないだろう？　おおかた化粧品でも見てうろついていたんだろ？」

「うるさいばあさんだね。味噌汁がまずいって毎日文句を言うくせに！」

いつものケンカだ。おばあちゃんはずんぐりした体格だ。顔の肌がぱんぱんに張って見える。その肌が赤銅色に熱している。長年の農作業で荒れた太い指。腰に手ぬぐいをぶら下げたもんぺに足袋、二人とも格好だけは似ている。だが、小柄でやせた母が反論するには、おばあちゃんを見上げなければならない。

「化粧品、付けなよ。干からびたするめに絵の具を塗りつけたみたいになるだろうけどねえ」

おばあちゃんの毒舌の方が筋が通らない気がする。母がお化粧をしたところなど、私は一度も見たことがない。母は、しばらく唇をとがらせたり歪めたりしたが、言葉を返すことができなかった。「へっ」――おばあちゃんは肩をそびやかし、勝ち誇った笑いを浮かべた。どう見ても母の方が分が悪い。

私は、ほうれん草をひもで束ねて新聞紙の上に放った。母はそのうち一つを手にとってビニール袋に詰めたと思ったら、それでいきなり私の頭を叩いた。

「何やってんの、この子は！　この束だけほうれん草が少ないじゃないか。売り値を下げられるんだよ」

私をにらんだ母の形相は恐ろしかった。母は、おばあちゃんに罵《ののし》られた悔しさを持って行く先がないのだと、私は感じた。

「役立たず！　やり直さなけりゃならないよ。朝市に遅れたら、お前のせいだからね」

その母親の背中におばあちゃんの怒声がたたき込まれた。

「この小松菜、泥が落ちてないよ。手抜きしたね！　よくこれで嫁がつとまるもんだ。手抜きのお化粧づらも一度見てみたいもんだね」

母は振り向いておばあちゃんの手からビニール袋を奪い取るようにした。

「化粧品なんて見てないって何度も言っているじゃないか。小金もろくに渡してくれないくせに。しつこいよ、このけちんぼばあさん！」

母は全身を震わせて怒鳴った。ご近所が「毎朝よくもケンカが続くね、宗像《むなかた》さんの家は」とでも噂しているだろう。

あたりはようやく明るくなり、体の震えは止まっていた。だが、手は冷え切っていた。ほうれん草を束ねようとしても、手首の先は冷たい塊としか感じられない。指を一本一本ゆっくり折ってゆくと、はじめてそこに四歳の自分の指があるのが感じられた。かじかんだ指は思うように動かない。ひもを縛ろうとしても、緩んだところからほうれん草がぱらぱら落ちそうになった。慌てて思い切りひもを引っ張ると、指に食い込んだ。毎朝の出荷手伝いで、私の指の内側は相当硬くなっているが、それでもピンと張ったひものざらざらした表皮が私の肌に突き刺さった。

ほうれん草は全部縛り終わった。私はひもを持ったまま突っ立っていた。大人二人のわめき声に私は身を固くしていた。

「あっ、もう園バスの来る時間だよ。何をぼやっとしているんだい、この子は」

母が振り向いて怒鳴った。私は慌てて玄関に駆け込み、二階に上がった。黒ずんだ階段がぎしぎし軋《きし》む音がした。ふすまを開けると、おばあちゃんの布団と私の布団が並んでいる。母が園服や通園カバンを私の布団の上に放り出した。慌てたのでボタンをかけ間違えた。母に「何やってるの、ぶきっちょ」としっぺをされた。

玄関から飛び出したとき、おばあちゃんが「園バスの時間も覚えられないのかい？　それでも母親かい、バカ女」とあざ笑った。

「ぐずぐずするんじゃないよ！　さっさと走りなさい」

熊谷《くまがや》から来てこの行田《ぎょうだ》市を走り抜ける車の数が増えていく時刻。母がおしりを叩く。胸が苦しい。あごが上がった。頭の上に白い薄絹を一面に広げた淡い色の空があった。

並んでしばらく走ると、国道から畑の方に少し平地がつき出した場所に人影が見えた。千恵ちゃん、紀ちゃん、正子ちゃん、そして男の子たち。私の姿を見ると「奈緒ちゃん！」と一斉に声をあげた。今日は、千恵ちゃん、紀ちゃんと協力して、「だるまさんが転んだ」をやる子を集めよう。それとも石蹴り？　……アスファルトの上を石が転がる乾いた音、片足が全身を担いでゆく躍動感、みんなの歓声。

やっと、自由な世界が目の前だ。母も「まぁまぁ、皆さん、この子がボタンをはめられなくて遅くなっちゃって……」と他の母親たちに愛想を振りまき始める。園バスに乗り込むと、私は、憎しみの圏内から快速で逃れてゆく解放感を感じた。

家の秘密を、知った

私は、幼稚園でケンケンと缶蹴りと泥警をやって、お腹をすかして帰った。

夕食時、母が園バスの時間を忘れていたことをおばあちゃんがなじり始め、怒鳴り合いになった。この二人は、一日に何度けんかをすれば気が済むのだろう。

弟の達也はテレビの方を向いていたが、顔がすっかりこわばっている。この子も、物心がついた時から、罵声が飛び交う毎日を生きている。それがいいことであるはずはない。

私は、父の細面を見上げた。父は、目を伏せていた。箸を口に運ぶペースが少し速くなっている。この修羅場から早々に立ち去るつもりなのだろう。

お父さん行かないで、と私は思った。こんな怒鳴り合いばっかりの家が普通の家であるわけがない。この家は、誰かが何とかしなければならない。お父さんには出来ないの？

「誰のおかげでおまんまが食べられると思っているんだい？　義郎が信用金庫の人事部で偉くなっているからだろう？　感謝の気持ちが足りないから粗相ばかりするんだよ。この魚だって、食べられて当然と思って食べているんだろ」

「昭和も五〇年になろうっていうご時世に、魚二匹を五人で分けさせて、何を威張っているんだい、ばあさん。買い物代もろくにくれないのに、感謝、感謝ってうるさいったらありゃしない」

「戦争中に何を食べていたか知らないくせに、贅沢ばかり言うんじゃないよ！」

父が黙って立ち上がった。お父さん、何もしてくれないの？　と私は父の無表情を眺めた。あ……あ、行ってしまう……。父の姿はドアの向こうに消えた。

「知ってるんだよ、ばあさんがあたしの悪口を近所に触れ回っていることは！」

「あっはは、みんなお前にあきれてるよ。人様から後ろ指を指されないような、まともな母親になってみろ！」

母は箸を握りしめた。おばあちゃんは近くの伏せた食器にさっと手をやった。

暴力と暴力の衝突はもう目前だ。私は、自分は一人だと強く感じた。息が止まりそうだ。この暴風の前に取り残されて、私はたった一人で対処しなければならないのだ。

おばあちゃんと母はしばらくものすごい目つきでにらみ合った後、また、これでもかというぐらいの悪口の言い合いをした。物の投げ合いには至らず、夕食は終わった。

この家を普通の家にするために頼れる人は誰もいない。私はどうすればいいのだろう？　考え続けながら二階の部屋への階段を上った。階上に上がったとき、私は小さな廊下の端の暗がりで、おばあちゃんが背中を向けてしゃがみ込んでいるのを見た。おばあちゃんは、また自分の腕に針を刺しているのだ。私は、あわてて部屋に入った。

少しして入ってきたおばあちゃんは、不機嫌そうだった。

おばあちゃんはいきなり私ののど元に猫にやるみたいに手を突っ込んだ。一瞬首を絞められるのかと思った。ああ、腕に針を刺しているのを私に見られたことに気づいたのだ。おばあちゃんは、あれをしている姿を誰にも見られたがらない。おばあちゃんの手のざらついた感触は私の頬に移動した。その指が野菜のできばえを調べるみたいに私の頬をこすったり、鼻をつまんだりした。湿布の匂い、毎日熱湯に混ぜる時に立ち上る漢方薬の匂い――そしてそれらの匂いとは全く異質な鼻をつく匂いが入り交じっている。

幼稚園の先生はいきなりこんなやり方はしない。襟がめくれているのを直すときだって必ずまず「ちょっと、いい？」と一言断ってから手を伸ばしてくる。

怖くて全身が硬直していた。私は理解した。おばあちゃんは、何をやっても相手が思いどおりになっていると満足するのだ。母は口答えするから、おばあちゃんはますます怒る。

――じゃあ、おばあちゃんを喜ばすために、何でもおばあちゃんの言うとおりにすればいい。

「どうして、お前は、こんな不細工な顔なんだろうねえ。義郎に似なかったね」

おばあちゃんは大げさに肩を落とし、息が私に吹きかかるほどの大きなため息をついた。

「お前より野菜の方が触り心地がいいよ……まあ、インバイよりはましさ……きれいな服を着てはいけないよ。無駄なお金になるだけだからね」

私はこの家で「かわいい」と言われたことは一度もない。

「何をぼうっとしてるんだい？　寝間着に着替えたら、さっさと横になるんだよ。ぐずッ」

慌てて布団に潜り込んだ。電気を消した。闇の中から、いつものおばあちゃんの長い話が始まる。朝五時にすぐに起きられなかったら鼻をつままれて引きずり起こされるのに。

「お前のお父さんとあのバカ女が、今頃部屋で何をやっているのか教えてやろうか」――汚らわしいことを言うような声音、あざ笑うような忍び笑い、おばあちゃんの声は表情たっぷりだった。私には話の内容がよく分からなかった。それが一段落すると、おばあちゃんの声はすっと小さくなった。これは、おばあちゃんがとりわけ怖い話をしようとする時だ。

「お前の母親は、恐ろしいことを秘密にしているのさ。教えてやるよ……」

おばあちゃんのはねのけた布団が畳に落ちる音。床が軋む音。おばあちゃんが近づいてくる。

私は全身を硬くした。

私たちを、死んだおじいちゃんとお兄ちゃんが見下ろしていた。

耳を摑まれた。私の耳元におばあちゃんの小さな声が吹き込まれた。

「お前の母親の母親……お前から見れば、母親側のばあさんのことさ。キチガイだったんだ。精神病院に入ったまんま、ウンコと小便を垂れ流しながら死んだんだよ」

それだけ言うと、おばあちゃんは自分の布団に潜っていった。

何のことだろう？〝精神病院〟という病院があって、そこに入院することは、人に知られてはならないことらしい。〝キチガイ〟ってどういう病気なんだろう？　とにかく、これは家の秘密のようだ。

「お前の母親があんな女なのは、キチガイの血を引いているからなんだよ」

またわからない言葉が増えた。インバイ、そしてキチガイ。その二つの言葉が交互に頭にリフレインされるうちに私は眠りに落ち、それから吸血鬼が人肉で作ったラーメンを夜店の屋台で売っているという恐ろしい夢を見た。

どうか平和を

それからも考え続けた。私の家を、普通の家のようにするためにはどうすれば良いのだろうか。母は毎日おばあちゃんからいじめられているように見える。おばあちゃんの機嫌を良くして母を怒鳴り声から守ることが必要だ。それから、お母さんを慰めてあげることが必要だ。

おばあちゃんだって不機嫌でも仕方がない理由があるのだ。私はおばあちゃんの病気のことがわかるようになった。いつも背中を向けてやっていたので「腕に針を刺している」と思っていたが、おばあちゃんは、毎日自分で注射を打っていたのだ。それは、インシュリンという薬で、糖尿病という病気らしい。おばあちゃんの片目が見えなくなってしまったのは、この病気のせいなのだ。部屋の鼻につく匂いは注射の消毒液の匂いだった。

朝の農作業が一段落つくと、おばあちゃんは話し相手になってくれる人を求めて近所を手当たり次第に訪ねて回る。夏休みの間、私はそれに付き従うことにした。

おばあちゃんが、近所の玄関で話すことはほとんど母の悪口だった。しかもその中には、嘘がたくさん混じっていた。おばあちゃんが農作業で大変な思いをして助けを呼んでも、母は聞こえないふりをして寝転んでテレビを見ている、と言っていた。話の中で、時々、「あの嫁に似たバカな子だよ、このウスノロは畑にトマトを取りに行かせても、まだ青いのを取ってくるんだから」などと私のことも悪《あ》しざまに言った。しまいには、近所の人が「まあまあ、ここらへんの子どもで外の仕事を手伝うのは奈緒ちゃんぐらいなもんですよ」ととりなした。そう言えば、よその子どもが畑で何かの作業をしているところは見たことがない。

立ちっぱなしで疲れてきた。近所の人は少し無理な笑い方をしていた。本当は、何かの口実を作って話を切り上げたいんじゃないか。四年前の事故のことで、私たちを「不幸な家の人たち」と思って遠慮しているんだろう。

一九六八年一二月二九日。まだ五〇代だったおじいちゃんが二歳になるお兄ちゃんを連れて親戚宅に向かっている途中、踏切の真ん中で突然自動車が動かなくなり列車に衝突された。どうして庭の屋敷神は車を動かしてくれなかったのだろう。私たちの寝室の仏壇には二人の写真が置いてあるけれど、その時一歳だった私には全く記憶がないことだ。

長話はやっと終わった。おばあちゃんの笑顔が見られて良かった。もう一つおばあちゃんを喜ばせようと思って、「鶏が卵を産んでいるかも知れないから、鶏小屋を見てくる」と言った。卵をかごに入れて台所まで運ぶのは、私の仕事だ。私は家に向かった。

おばあちゃんには、うまくいった。では、母にはどうしてあげれば良いのだろう。母は、時々テレビでお笑い番組を見ている。母の好きなお笑い芸人の物まねを見せてあげよう。私は、母の背中越しに見たお笑い芸人のアクションを思い出しながら、それをもっと滑稽に見せるためにはどんなやり方があるだろうと考えながら玄関に入った。

母が仁王立ちになって待っていた。

「そこにお座りっ」

母が怒鳴った。玄関の板の間に正座すると、足が痛んだ。

「奈緒！　あんたはいつからあのばあさんの味方になったんだい！」

いきなり太ももを上からぴしゃりとたたかれて、足がもっと痛くなった。おばあちゃんについていったのを見られてしまったのだ。

「ばあさんは、あたしのことをなんて言っていたんだい？　言いなさい！」

頰がぱあんと鳴って私の上半身がぐらついた。一瞬でわかった。母が全く手加減なしに殴っていることが。

言いなさい！　私の上半身が右にかしいだ。言いなさいったら！　今度は左にかしぎ、それからは自分の顔がどこにあるのか、自分の体が床の上にあるのかどうかもわからなくなった。ただ、母は、私が泣くまで気が済まないんだ、だったら私は泣かない、と思った。

体の方向が急にわからなくなった。胴がねじ曲がり、それから頰に冷たいものが当たった。右腕に痛みが走った。自分が玄関にもんどり打って落ち、横向きに倒れたことがわかった。

「どこまで気が強いのかね、この子は。憎ったらしい子だよ、全く」

母はそう言い捨てて行ってしまった。私はしばらくして立ち上がった。ズボンについた砂利を払った。玄関を出て、はれぼったい頰を水道水で冷やした。国道を越えた。あぜ道を歩いて行った。どこからも見られそうにない茂みに入った。それから泣いた。

いつかそれがやってくる

一九七四年、私は久下《くげ》小学校に入学した。家から離れると、そこは解放的な空間だった。私の十八番は、はやりのピンク・レディーの踊りだった。他の子どもも踊り始める。騒いでいるうちに鬼ごっこが始まる。私は廊下を駆け抜け、校庭の鉄棒、ジャングルジムをくぐり、樹木に上り、プールの下に潜った。家のことを何もかも忘れられる幸福がそこにあった。

一方で、家の中は相変わらずだった。毎晩繰り返されるおばあちゃんの怖い話に、毎日繰り返される嫁姑の口論。でも、私の中でこの家を普通の家にするという意志は強くなった。母を笑わせることにも、時々成功するようになった。そうしていることをおばあちゃんに知られないように注意した。おばあちゃんに対しては、全部言われたとおりにするようにした。そうしていることを母には知られないようにした。

食事の時も、一番後に箸をつけるようにした。お腹がすいても自分で作った味噌をつけたおにぎり以外のものを食べないようにした。私でもおつゆだけは作れるので、みんなの分を作り始めた。家を平和にするためだったら、どんな犠牲でも払おうと思った。

〝精神病院〟とはどういうところなのかだんだんわかってきた。おばあちゃんがさげすむように〝キチガイ〟という言葉で指した人々のイメージと漠然と結びついた。

「あの親の血を引いているから、お前の母親も今にデンパが聞こえてくるようになるよ」――頭の中で死ね、死ねというデンパが本当の声みたいに聞こえてきたという母方の祖母。そして、私はその祖母の血を引いている。いつの日か、それはやってくるのではないか。私は発病し、一生精神病院に入れられ、糞尿を垂れ流しながら死ぬ運命なのではないか。

私は、それの兆候が見られないかどうか、自分の心を注意深く観察するようになった。小学校に入った頃から、私は夜中に目が覚めると、家中の電気のスイッチが切られているかどうか調べていた。真っ暗な庭を通って外に出て、最近ようやく灯りがつくようになった庭のトイレの電球のスイッチまで確かめた。その後で、そんなことをしている自分にぞっとした。ついさっき、寝る前にも、同じことを確認したばかりなのに、意味がない。無意味だと思いながら「ひょっとしたら電気がついたままなのでは……」という不安がこみあげて、もう一度確かめに行かずにはいられない。こんなことをしょっちゅう繰り返しているなんて、それの始まりではないのか。私は発病におびえながら成長した。その不安を誰にも話せなかった。

――誰にでも幼年時代はある。私の少女時代の最後の日は、夏のきらめきで彩られている。

水しぶきが頭上まで跳ね上がって光り、見上げると水滴の間に幾筋もの日射が注いでいた。放物線が目の前でひとすじの滝となって顔に当たるたびに、世界は一瞬白濁した。そんな輝く時間が過ぎていった。小学校四年生の夏休みの最初の日、お隣の千恵ちゃん三人姉妹から、一緒に荒川に水遊びに行かないかと誘われたのだ。

千恵ちゃんのお父さんは、消防士さんだ。非番の日は、昼間、家にいた。私と時々遊んでくれる唯一の大人だった。おじさんは、私たちから離れて川の中に半ズボンで立ったままにこにこしているだけで、近づこうとしなかった。私は、ずっと立っているだけで何が面白いのだろうと不思議に思った。遊びの時間が終わって、みんなが川岸にあがったのを見てからおじさんはやっと岸に向かって動いた。

子どもの腰ぐらいの深さしかないところだったが、おじさんは、誰かが足を滑らせて流されるようなことがあったらすぐに助けられるように私たちより下流のところに立っていたのだ。私は、守られていたことに初めて気がついた。そしてこう思った——あの家では、誰も私を守ってくれない。

帰りにみんなで熊谷駅のデパートに寄った。おじさんは私にカレーパンを買ってくれた。生まれて初めて食べた。舌に心地よい揚げた表皮とびりっとする味覚が混ぜ合わさって、喉に吸い込まれていった。私は車の中で夢中になって食べた。家に近づいたとき、おじさんは抑えた声で「こぼしてもいいから早く食べてしまいなさい」と言った。ふと、おじさんは私の家がどんな家なのか知っているのかも知れないと思った。

家に入ると、おばあちゃんに呼ばれた。私の目の前に小さな裸電球と、それを箱に入れたときに割れないように固定する厚紙が並べられた。

「お前も、そろそろ一人前なんだから、家のことを手伝いなさい。きっちり仕込んでやるからね」

私は、言われたとおりにやってみた。厚紙と厚紙の切り目を組み合わせて豆電球をそこに入れるマス目が出来るようにするのだ。だが、組み合わせた厚紙は斜めに歪んでいた。「ぶきっちょ！　出来損ない！」——おばあちゃんの雷が落ちた。

翌日、私は、数人の女の子たちと約束をして、近所の神社でゴム跳びをしていた。

「気をつけてっ」

「ほら、ひっかかったじゃない！」

私たちが興奮して声が甲高く盛り上がったとき、突然、それを一撃で打ち壊す怒鳴り声が響き渡った。

「奈緒！　どこをほっつき歩いているんだい！」

振り向くと、目をつり上げ、仁王立ちになったおばあちゃんがいた。

みんな凍り付いた。一人が声をひそめて「宗像さんちのおばあちゃんだ」と言った。

おばあちゃんは私の耳を引っ張った。

「三時までに帰ってこいと言っただろう！　仕事は山ほどあるんだよ」

耳が痛かったので、私は慌てておばあちゃんの後についていった。おばあちゃんは他の友達に挨拶するどころか、ちらりと見ることすらしなかった。

幼稚園の時にこの家を普通の家にするために犠牲となろうと決心した。母が「うちにはいい〝女中〟がいるよ」と言うぐらいにやった。しかし、それはすべて家の中でのことだ。今、自分は友達の目の前で家畜のように耳を引っ張られて引きずられている。私の心は屈辱でいっぱいだった。友達との遊びの場にまで顔を出されるのなら、みんな、おばあちゃんを恐れて、私とは遊ばなくなるだろう。

夏休みの班学習の宿題でみんなで友達の家に集まっていたときにも、その家の玄関口から「奈緒！　何をやっているんだい！」というおばあちゃんの大声が響いた。

私は友達との時間を諦めた。急に新しい仕事が増えた。朝五時に玄関と廊下の掃除をすること、野菜を持てるだけ畑から運んできてそれを洗うこと、夕ご飯の支度をするためにかまどでご飯を炊くこと。

市場で野菜を売り終えた後のリヤカーを家まで一人で運ぶ仕事は苦痛だった。リヤカーはだんだん重く感じられ、いつしか考えが何も浮かばなくなる。家にたどり着いた後で、自分がどういう姿を路上にさらしていたかを思い出し屈辱感がこみあげた。毎夜のおばあちゃんの話には、戦前の女中奉公などの話が加わった。

「昔は、こき使われた上に散々いじめられたんだ。それに比べれば、お前は本当に幸せ者だ。お父さんに感謝して、役に立つように奉公しなさい。『働かざる者食うべからず』だ。夕食の時には、おいしいところはお父さんに残して、自分は残り物を食べるようにしな」

そんなことは、言われる前から密かにやっていた。

木材を斧で割ってその薪に火をつけてお風呂を沸かすという仕事が新たに加わった。まず、近くの木工所から余った木材をもらってこなければならない。木工所まで教科書を見ながら行こうと思って、机から教科書を取って開いた。

突然、教科書が目の前から消えた。教科書は鈍い音を立てて畳の上に落ちた。

目の前におばあちゃんがいた。おばあちゃんが手刀で本を床にたたき落としたのだった。

「女に学問は要らないよ。電球の箱詰めはどうなったんだい」

「でも、夏休みの宿題なの。教科書を読んで感想を書かないと先生に叱られるの」

おばあちゃんは、顔をしかめた。風呂を沸かす前に内職時間をつめこませたいようだ。

「宿題なんてさっさと済ませるもんだよ、グズ！　ぱっと終わらせて、すぐ箱詰めを始めな」

一〇歳の自殺未遂

その冬、私は自殺未遂をした。

母が、「小銭入れが見つからない、お前が盗んだんだろう」と言ってきた。私は、「そんなことはしていない」と言った。母は「この嘘つき」と言った。私は「嘘じゃない」と言った。母が思いきり私に平手打ちを食らわせた。「盗んでないってば！」私は怒鳴り返した。「なんて憎たらしい子！　お前みたいな気が強い子は結婚できやしないよ」母は次はげんこつで私の頬を殴った。私は母を見据えたまま、「ちゃんと探してよ！」と返した。次にもっとすごい一撃がこめかみに当たって、私は頭がぐらぐらした。

私は譲らずに叫び立て、母の懲打《ちょうだ》はどんどんエスカレートしていった。騒ぎが頂点に達した時、私は家を飛び出した。

――死のう。

夜の冬の風がどっと吹き、腫れ上がった頬に吹きつけ、ひりひり痛ませた。地面がぐらぐら揺れた。等間隔に並んだ街灯が、国道をあの世へ続く道のようにぼんやり照らしていた。地べたがアスファルトに変わると、頭がふらふらする感覚はようやく失せた。

――死のう。

風は激しく吹いていた。冷気は全身に容赦なく忍び込んだ。どこに向かうのか考えがまとまらないまま、いつもこっそり泣いている場所に向かっていた。すぐに家に戻れる場所では容易に見つかってしまうと気がついた。夜の空間を見渡してみると、行ったことのない方向に、月や星の光におぼろげに照らされた樹林の暗い影がそびえているのが見えた。

――死のう。

道路を横切り、畑のあぜ道を走って行くと、次第に背後の電灯の光は暗くなり、足下は見えなくなっていった。それがほとんど見えなくなったとき、目の前におぼろげに丈高い茂みが現れた。茂みの向こうに、葉の落ちた鋭い枝を空に向けた樹木のシルエットが並んでいた。この茂みを越えれば、誰にも見られない。

――死のう。誰にも邪魔されない場所で、静かに消えよう。

茂みをかきわけ、暗い影の領域に向かって歩んで行くと、そこはもうあぜ道ではなく、足下で枯れた枝が折れる音がかすかにきこえた。木の間を通り抜けようとすると、月の光は遮られ、しばらく足下は真っ暗になった。

樹林は途絶えた。すると、もう一度、冬空が頭上に現れた。月はない。だが、そこらはぼうっと明るんでいた。枯れ草や葉が落ちている大地に、ちょうど自分の背丈ぐらいの土がむき出しになっているスペースがあるのを私は見つけた。

私はそこに腰を下ろし、それからゆっくりと横になった。後頭部が土につくと、私の目にはじめて夜空の星がはっきりと見えた。その場所からはオリオンや冬の大三角のような名高い星は見えなかったが、宝石を細かく散らしたような名もなき星たちが見えた。私は寒さに呼吸が小さくなっているのを感じた。

私は胸の上に両手を組んだ。だが、祈りの言葉は浮かばなかった——楽になりたい。それだけだった。私は歯の根も合わぬほど、震えていた。この寒さの中でいつまでもじっとしていれば、凍死できるだろう。死ねば、この苦しみはすべて終わる。

たった一〇歳で人生が終わるのか。それでも終わらせた方が遥かにましだ。ろくなことはなかった。だが、最後の最後にこんなにきれいな冬の星空が目の前にあるのは、私へのほんの少しの恩寵なのだろう。それならば、お星様、最後に私に安らかな死を授けてください——心持ち、両足の感覚が薄れてきたような気がする。多分、優しい死が私をさらいに来てくれたのだろう。

それはとても長い時間のようにも、ほんの短い時間のようにも思われた。その静寂の中にかすかに枯れ枝が折れる音が聞こえた。茂みをかき分ける音がした。その音は急に近づき、そしてはたと止まった。

私は首をひねった。そこに隣の消防士のおじさんが立っていた。おじさんは黙ってうつむいていた。長いことたって、おじさんは沈鬱に言った。

「近所中総出で君を探しているよ。帰らなくっちゃならないよ」

自殺は失敗した。私はおじさんについていった。人に見つからないようにというつもりで越えた茂みは、枯れ草が踏み倒され、そこを人が通っていったことが離れたところからでもわかるほどの通り道を作っていた。おじさんは一言もしゃべらなかった。ただ、国道沿いの家の光が近づいてきたあたりで一言だけ「黙っていなさい」とささやいた。

家の庭には何人かの大人が立っていた。

「奈緒ちゃんは、森の手前で迷子になっていましたよ。こんなに暗いと、子ども一人で家に戻ろうとしても……」

「あんた、家出したの？」

おじさんの話を甲高い声が遮った。そこにいたのは、叔母だった。父の妹にあたるが、訪ねてくることはまずなかった。おばあちゃんとよく似ていて、ぱんぱんに肌が張った赤ら顔をしていた。叔母は好奇心で一杯の目を大仰に大きくして「家出？」と大声で叫んだ。

そのときには、もう近所の人二、三人に交じってこわばった顔つきの母も姿を見せていた。母は、その場の人にぺこぺこ頭を下げて、「迷子になっていたみたいです。ご心配をおかけいたしました」としきりに笑顔を振りまいた。でも叔母さんは、なぜかうれしそうに「こんなに小さな子どもが家出するなんてねぇ」と言って回っていた。

私は、玄関に入った——次の瞬間、母に思い切り頬を殴られてよろけた。それで私はやっと感覚がよみがえってきた。ああ、私は戻ってきたのだ。暴力と罵声の日常に。

「なんて世間体が悪いことをしてくれたんだい！　ご近所に恥をさらしたじゃないか！」

私は改めて「死にたい」と思った。そして「死にたい」という思いが、どれほど長く人の心をむしばむ病巣となりうるのか、このとき私はまだ気がついていなかった。

私はこの家の何なのか

私は五年生になった。新しい仕事が加わった。今まで、市場から家までリヤカーを引いて戻るだけでよかったのが、おばあちゃんをその上に乗せなければならなくなったのだ。

私の姿はどう見えるのだろう。おんぼろリヤカーの柄を、体を前に傾け息を詰まらせて押している女の子。その後ろには、リヤカーの上にちょこんと座ったおばあちゃん。こんな姿をさらしているのは、ここらへん一帯で私一人だ。恥ずかしい。

自分が犠牲になれば、この家は平和になる――幼稚園の頃の考えはうまくいっていないのではないだろうか？　一度でも私はねぎらいの言葉をもらったことがあるのか。もうすぐ、田植え機の整備の手伝いだ。ずっと前から、母が忙しいときは、私が家族全員分のおかずを作っている。里芋の料理の時には、里芋を庭で洗う。真冬の水道水は手を切るような冷たさだ。母だけではなく、父も気まぐれに「夕食に、ほうれん草が食べたい」「トマトが欲しい」と言うようになった。そのたびに私は、道の向かいの家の畑に小走りに野菜を取りに行った。大人が農作業用に使う大きなかごは、私の胴の倍ぐらいあるように見えた。辺りがすっかり暗くなっているときもある。信号機もない国道を渡って、小学生の娘が重さによろけながら帰ってくる。それをうちの親は何も案じないのだろうか。たまに「いい女中」と言われるのは便利屋扱いされているということなのだろうか。しかも些細な落ち度を見つけられると「グズ」「半人前」と怒鳴られるのだ。

一方で、弟の達也は家の手伝いを何一つやらない。小遣いが渡されて、好きなおやつを買うことができる達也の部屋は、いつもおやつだらけだ。もう一人年が離れた弟が生まれていたが、これも甘い扱いだった。そして、弟たちが食べ散らかしたおやつの跡を拾って回るのは私の仕事になっていた。私は空腹を感じたときには、相変わらず余ったごはんに味噌をつけて食べるだけだ。父も、弟たちがねだれば、何でも買ってやるようになっていた。

仏壇から無言でこの家を見下ろしているお兄ちゃんがこの家に奇妙な支配力を振るっている。息子と娘で、これほどまでに扱いが違う。両親にとって、弟たちは、お兄ちゃんに代わるものとして、神が与えてくれた宝物なのかもしれない。

五年生の二学期のある日、クラスで一番勉強ができた女の子が転校していった。学期末の通知表はほとんどの成績評価が上がっていた。担任のコメント欄に「宗像奈緒さんは女子で一番の成績でした」と書いてあった。

家に帰ってそれを見せたとき、驚くべきことが起こった。おばあちゃんは目を白黒させるだけで、いつもの毒舌は出なかった。母が「ＰＴＡで大きな顔ができるよ」と甲高い声で言った。父は、黙ってうなずいていた。その日の晩ご飯時は口論が起きなかった。

五歳の時にこの家を普通の家にすると決心してから六年、初めて家族げんかを起こさせなかったのだ！　こういうことがこの家の人たちを穏やかにさせるのなら、おばあちゃんの奴隷になることではなく、最初から学校でいい成績をとる方向を選べば良かったのだ。

ただ、父だけ反応がはっきりとしなかったことが気になった。父は私がどんな扱いをされようとも、「我慢しなさい」としか言ってくれない。でも、祖母や母のようにさげすみの言葉を吐いたりはしない。父だって、きっと内心うれしく思っているに違いない。ただ、家族のことになるべく関わりを持ちたくないだけなのだろう。

私は、初めての成功がおばあちゃんや母だけにではなく父にも影響を及ぼしていることを、確認したくなった。冬休みに入った昼下がり、私はその気持ちを抑えられなくなった。ちょうど家の中には誰もいなかった。父の書斎は敷地の樹木の陰になるところにあった。書斎への廊下は薄暗く、他の場所より冷たく思われた。私は足を忍ばせた。

ドアをそっと開いた。デスクの周りは書棚が取り囲んでいる。「能力開発の心理学」「性格理論入門」「日米企業文化比較考」――何冊かはこっそり読んだ書名が目に付いた。私は知っていた。父のデスクの一番上の引き出しに日記が入っていることを。鼓動が高まる。いけないことをしているという自覚はある。でも、昨日の日記の最後の一行をちらっと見るだけだ。きっとそこには、私の成績について、喜びの一言が記してあるはずだ。他の文章を見るまいとしながら、私は日記をぱらぱらとめくった。最後のページに近づくにつれて鼓動が高まった。とうとう日記が途切れる箇所にたどり着いた。最後の文章はこうだった――「もう、あいつを女だとは思わない」。

異様な声

闇の中からけものの声が聞こえてきた。家の年老いた飼い犬が息を吐ききるとき、人間とは違ってゼイッというような音が混じるのを聞いたことがある。そんな感じの呼吸音みたいなのが、さっきから小さく伝わってくる。

最初、私はずっと恐れていたそれがやってきたのではないかと思った。おばあちゃんの話では、それがやってくるとありもしない音がデンパとなって聞こえてくるらしい。不安を感じながらじっと耳をすませた。いや、これは空耳ではない。次第に音は大きくなってゆく。私は息をひそめた。

次に、ばたん、ばたんと布団を叩く音が聞こえてきた。私は恐怖に駆られた。明らかに異常なことが起こっている。そして、身を固くしていた私の肩に何かが触れた。

おばあちゃんだ！　私は飛び起きて、電気をつけた。鈍色《にびいろ》の光しか出なくなってから長年放置されたままの蛍光灯がおばあちゃんの顔を土気色《つちけいろ》に見せた。その口から、いつもと違うゼイゼイという息が漏れていた。おばあちゃんは、呼吸をするのも苦しく、声を出せないまま、手を伸ばして私に助けをもとめていたのだ。

どうすればよいのだろう？　私はおばあちゃんに駆け寄り「しっかり、しっかり」と言いながら背中をさすった。おばあちゃんは片手で私にすがった。私の腕におばあちゃんの爪が食い入る。おばあちゃんは固く目を閉じて、もう全力を使わないと呼吸ができない様子だった。

これは、私一人の手に負える事態ではない。私は、何とかおばあちゃんを布団の上に仰向けに戻した。階段を駆け下りて「お父さん、お母さん！」と助けを呼んだ。

やがて、近所の内科のお医者さんが、大きな酸素ボンベを肩に担いで玄関をくぐってきた。大人たちが二階に上がっている間、私は一階を行ったり来たりしていた。どれくらい時間がたったのだろう。お医者さんが帰った後、両親が二階から降りてきた。父が、「心臓喘息というものだそうだ。またこういうことがあったら、すぐに呼んでくれ」と言った。二階に上がると、おばあちゃんは穏やかな寝息を立てていた。

おばあちゃんは、以前ほど大声が出せなくなってきた。昔に比べると、農作業の合間に休みを取ることが多くなり、しゃがみ込んだり何かにもたれかかっている姿をよく見かけるようになった。もしかしたら、苦しいのを堪えているのだろうか、と私は思った。

六年生に上がって、生理が始まった。母親は生理用品を買いに行った。おばあちゃんにそのことを伝えると、おばあちゃんは本当に嫌そうな顔をして、汚いものを見る目つきで私を一瞥した後、黙って立ち去った。私も、「やっかいなことが始まった」と思っただけだった。女になったことは、何の意味もなく私の傍らを通り過ぎていった。

二学期になった。運動会の練習で私は捻挫をし、何日間か学校に行けなかった。担任から電話がかかってきた。案じてもらうほどのことだとは思っていなかったので、意外だった。担任は、親しげな口調でこの間の学習や運動会準備の進行状況、クラスの様子などを話した。

翌日、ピンポン音が鳴った。「あら、先生」と母の声が聞こえた。私は驚いた。もう明日から登校することになっている。担任が家庭訪問に来るタイミングではない。

私は、二階に足音を忍ばせて移動し、しばらく息をひそめていた。母のあんなに弾んだ声は初めて聞く。母は階段をかけ上がってきた。

「先生がプリントを持ってきてくださったよ。ちょっと顔を出して、お礼を言いなさい」

成績が上がっても、参考書などは買ってもらえなかったので、私は教科書を丸暗記し、学校から配られるプリントに載っている問題で勉強し、それに似た問題を自作して解いていた。だから、プリントはどうしてもなくてはならないものだった。だが、そんなことより、母のうれしそうな顔が異様に思われた。今まで、険しい顔しか見たことがなかった。

応接間に行くと、まずテーブルの上に出前のラーメンがあるのでびっくりした。ラーメンは何かの機会がない限り食べられない一番のごちそうだった。

担任のめがねのフレームは、そのふっくらした顔にまっすぐにおさまりきらず、両側に広がっていた。肌にワイシャツがぴったりとついて、ボタンが引きちぎれそうだ。合わないサイズの服を無理に着ているちんちくりんの男が猛烈な勢いでラーメンをずるずるとすすっている。他人の家で図太いなぁと思った。

「やあ、宗像さん、ちょっと見ないと、懐かしいねぇ」

学校で呼ぶときのあらたまった感じとは異なるくだけた口調で話しかけられたので、私はとまどった。

「プリントを持ってきたよ。自習用に使ってよ。君は勉強家だからね。読書もよくしているし、感心しているんだよ。『家なき子』の感想文はよく書けていたよ」

しまった。家の人たちに教科書以外の本を図書室で読んでいるのがばれてしまった。『ジェーン・エア』『小公女』『路傍の石』――子どもがいじめられて育つ話になると私は夢中になってしまう。

「あんた、何黙っているの？　お忙しいのに、先生がわざわざ家庭訪問をしてくださっているのよ。お礼を言いなさい」

　しかし、母の声はいつになく明るかった。私はぎこちなくお辞儀をし、早々にプリントを受け取って二階に上がった。

　母の甲高い笑い声が聞こえた。「あの子ったら、ホホホ」「ご親切に、ホホホ」……その声は、不思議に私をぞっとさせた。今までとは全く異質な何かが家の中に起こっていた。まあいい。来年、中学に上がればこの担任ともおさらばだ。

強制収容所

　一分でも遅刻しようものなら、砂利の上に正座させられた。教師たちが周りを取り囲み、口ぎたなくなじり、時に拳骨で生徒の頭を殴り、気まぐれにケリを入れた。女性教師も交じっていた。クラブ活動の直後の着替えで制服にほんの少しでも乱れがあれば、全部員の前に立たされ、制服のことばかりか容姿まで罵倒された。誰かに何かの落ち度があれば、連帯責任と称して、クラブやクラスの全員が殴られた。教師の考えと異なる志望校を面談で挙げようものなら、その高校のパンフレットは目の前で破られ、ごみ箱に捨てられた。

　びんたで鼓膜を破られた生徒。ほうきの柄で突かれあざが出来た生徒。教師の暴力は感染した。生徒の間でも徒党を組んでの弱いものイジメが横行した。教師に媚びる者は媚びた。

魂は売らない。私は孤立を守った。私はアンネ・フランクの手記を読んだ。フランクルの『夜と霧』を読んだ。それから強制収容所に関する心理学の本を何冊か読んだ。私はなぜかこういう物語に飢えていた。

　時間厳守は下校時にも要求された。ある日、私はテニス部の後片付けを一人で終えた後、校門まで走って行ったが、わずかに遅れた。校門のところに、他の学年の体育教師がいて、砂利の上に座るように命じられた。

　私は、頭をぺこぺこ下げて謝りながら、屈辱のダメージを避けるために、別のことを考えようとした――私は屈服しない。この収容所を私は生き延びてみせる。

　教師の説教はそれほど長くは続かなかった。殴られたのも二、三回で済んだ。意外だった。私の成績がいいからだろうか？　ならば、今の成績を努めて維持しよう。この収容所を生き延びるためには、それしかない。

　一年生の時は何とか生き延びることができた。しかし、美術の時間に木の絵を描こうとすると何故か枯れ木になってしまうのだった。小学校の時は緑が茂った木を描けたのに。

　二年生に進級して衣替えが済んだ頃のある日。昼休み、私は廊下で掃除をしていた。不意に、腕に、男の腕の太い体毛が押しつけられるのを感じた。その両腕は、ほうきを持った腕ごと、私を抱きかかえていた。ブラウス越しにべったりと押しつけられた生温かい肉塊の弾力。

　すぐにその両腕は緩められた。だが、私のブラウスに汗が移った。そこに密着した男の体から、生々しい体臭や汗が自分の背中に広がり、浸食してくるような気がした。こいつは、国語の教師だ。こんな風に、背中から他の女子生徒にいきなり抱きつくところを何度も見た。女子の体を一瞬楽しんだ後、すばやく腕を緩めるのだった。他の教師も一切この男を注意しなかった。多かれ少なかれ、似たようなことをやっていたから。

「スキンシップだ」――その教師の決まり文句がささやかれた。荒く高まりそうなのをようやく抑えた息づかい。耳をよぎる暑苦しい呼吸。広がる口臭はこの男のはらわたから出てきたものだ。

私はしばらくして我に返った。しばらくの間、無感覚なままにほうきで同じところを何度も掃いていたことに気がついた。それから悪寒がやってきた……自分は今、性的対象とされたのだ……。

初潮が始まって以降も、私は、女であることを意識しないようにしてきた。教師以外の相手とは男言葉でしゃべっていたし、髪の毛も短くしたままだ。それでも、自分の体は、男たちの欲望の対象へとなってゆくのだろうか。

不倫疑惑

物心ついたときからずっと、背後から追ってきたそれはとうとう私に追いついた。

それは、日常生活の中にかすかな亀裂を入れてきた。夏休みも間近なある日、体育の時間のことだった。「回れ右」と教師が声をかけたとき、ふと世界が怪しくなった――体を右に回すって、何のこと？　その時まで何の問題もなく当たり前にできていたはずのことがどういうことだったのか、いぶかしい気持ちが生じた。いったん生じた謎はますます深まっていった――ミギとはそもそも何だったっけ？

「宗像、何、もたついてんだ」教師に怒鳴られて、私は「お箸を持つ方が右、お箸を持つ方が右」と心の中で大声で唱えた。やっと「右」を確信すると、なんとかそちらに向くことができた。まるで闇の中を手探りするようだった。

体育の時間が終わった後、私は恐怖感にとりつかれていた。とうとうそれがやってきた。これが精神病院への一歩なのではないか。私は必死に打ち消そうとした――私は、寝不足が続いているだけなんだ。

その日、私が帰ってくると、小学校六年生の担任だったあの男がまた応接間にいた。元担任は、家のうちわで汗でてかっている頭を扇《あお》ぎながら、にこやかに笑顔を見せた。

「どう？　中学の方は。習字や作文の賞状は、相変わらず、もらっているの？」

なぜ、この担任は何度もやってくるのだろう。今、小学校五年生の達也の担任になっているという口実はある。それにしても頻繁すぎる。電話もしょっちゅうかかってくる。

この男が来るたびに、私は必ず一対一にされる。たとえば、母親が「食事を作ってくるから」などと言って席を立ち、その間、差し向かいにさせられる。

何か話さなければ。私は、中学校の様子などを話したが、どうしても、今の中学への不満を抑えることができなかった。男性教師がにやつきながら学年全員の女子生徒のスカートの長さを物差しで測ること。友達が道徳の時間に指名されて立ったところ「お前、胸触られるってどういう感じがするのか、言ってみろ」と担任に言われたことなどを。

「ああ、いかんなぁ。君の中学の噂は、教師の間でも時々耳にするよ。ほんの数年前まではたいていの中学は荒れていて、ガラスを割られたり、卒業式の日に先生がプールに投げ込まれたりしていたんだ。そこの先生方は、その頃のうっぷんを、君たちに対して晴らしているみたいだね」

元担任は前髪をさっとかき上げた。何でこんなしぐさをするのだろう。

「きっと、学校全体が、一種の酔ったような雰囲気になってしまっているんだろうね。お祭り気分というかね。先生方、イケイケドンドンって勢いで、止まらなくなっているんだろうね」

元担任は私が何を言っても肯定してくれた。ふと、この男は私の歓心を買おうとして中学批判をしているのか、と思った。

母が帰って来た。「あら、奈緒、先生のお相手をしているなんて、感心じゃないの」――母に褒められるなんて、今まであっただろうか？　私が思わず振り向くと、頰を染めた母の顔があった。この母が化粧を？　それとも頰を赤らめているのだろうか？　母は声を弾ませて、「メロンを買ってきましたよ。今、すぐに切りますから」と言った。

「奈緒、もう少し、先生のお相手をしておいて」

疑念が頭をもたげた。母は、この元担任と不倫をしているのではないか。

それがやってきた

昨晩、おばあちゃんが「苦しい」と言い出した。飛び起きて電気をつけた。「助けて助けて」、おばあちゃんは私にすがって泣いた。ずいぶん薄くなった白髪の頭。昔、張っていた頰もげっそりとこけている。その頰を涙が伝っていた。私は「お医者さんを呼んでもらうから」と言って階下に駆け下りた。それから両親が連絡して往診に来てもらう。

おばあちゃんの心臓喘息の発作はほとんど毎晩起こるようになっていた。私は、緊急事態の連絡係だ。床に就けるようになるのが午前二時なのに、テニス部の朝練習のために朝五時には起きなければならない。

こんな生活が三ヵ月近く続いていた。時折、一階で往診が終わるのを待っているとき、眠気で立っていられなくなり、腰を下ろして休みをとった。全身が鉛のようだ。だが意識は眠りの方に落ちなかった。その代わり意識が奇妙なところに迷い込んでゆくような感覚があった。

そんな翌日は、頭が重くてしょうがなかった。そうして悪い午後がやってきた。

体育の時間だった。炎天下であった。私は目眩《めまい》を感じて、視線を落とした。もう一度視線を上げたとき、全てが変わっていた。

そこには、校庭のトラックを生徒が走ってゆく、いつもの見慣れた光景があった。だが、目の前で生きた人間が走っているという生々しい感覚がなくなっていた……ロボットたちがプログラム通りにカチカチと規則正しい機械音を立てながら移動している。あるいはそれは、映画の一シーンに見えた。現実感が消えていた。

非現実の光景はどんどん歪曲されていった。視界のすべては、ナチスの強制収容所でユダヤ人たちが走らされているという古い映画の一場面だ。

何もかもが石化するように非現実に化してゆく中で、心の一部が必死に抵抗しようとしていた。

──何言ってるの？　これは、いつもの体育の授業じゃないの。あそこに立っているのは体育の先生でしょう？

確かに体育の先生であることはわかっている──それでもナチスの将校に見えた。すべての光景は二重となっていたが、その悪い一方へと吸収されそうだった。現実感はますます希薄となり、恐怖だけが高まった。私たちはみんな、これからガス室に送られるのだ。

──何を言っているの？　あなたも両腕を振って、両足で走っているじゃない。

ところが、そちらに意識を向けようとすると、すっと「自分の」体という感覚が遠のいていった。自分が体を動かしているのではなく、何かの機械で操られているだけだ。自分の存在がこの世界とは何か別の世界に吸い込まれてゆく。

そっちに行っちゃ、だめ──そんな心の叫びが聞こえた気がする。だが、今や、私は自分一人しかいない古ぼけた映画館で古い映画を眺めている感覚に支配されていた。ひんやりした冷気の映画館。見ていると、スクリーンの中に自分自身の姿が現れた。あそこに、ガス室に向かってみんなの後を走ってゆく私がいる。

──戻ってきて！　戻ってきて！　そこは危ない！　映画館の外からそんな声が聞こえていた。

その奇怪な映画館からどれほどの旅路を経て元の世界に戻ってきたのかよくわからない。いつしか、私は整理運動を終えて、クラスメートと共に校舎に向かっていた。奇妙な非現実感はもう消えていた。

だが、私は小刻みに震えていた。とうとうそれに追いつかれた！　それは私をとらえ、その黒い腕を私の首に回して、私をさらってゆこうとした。あのまま戻ってこられなければ、次の目覚めは〝精神病院〟のベッドの中だったに違いない。

火炎

私は、給食で手をつけられずに残されたパンを何枚か鞄の中にこっそり入れて帰った。

「こんなにおいしいものが、この世にあったんだねぇ……」

おばあちゃんは寝床でそれをほおばった。パンを持つ手が小刻みに震えている。一口ごとによだれがこぼれる。

私はそろそろ立とうとした。少し頭がくらりとした。私の指先をつかむものがあった。おばあちゃんはまだ眠りに落ちていなかった。首をなんとかわずかにひねって私を見つめていた。その頬は濡れていた。私は生まれて初めて見た、おばあちゃんのこんなに切実な目を。

「奈緒、わたしゃ、もうだめかもしれない」

私が物心ついてからずっとおばあちゃんと寝所を共にしたこの二階の部屋。死んだおじいちゃんとお兄ちゃんが私たちの歴史をずっと見つめていた。その歴史ももうすぐ終わる。おばあちゃんの死期が近づいている。

「二日も家にいないのかい？」

おばあちゃんの私の指を握る力が強まった。だが、どんなにすがられても、どうしようもなかった。林間学校は学年全体の夏休みはじめの行事だったから。それを説明すると、おばあちゃんはため息をついた。

おばあちゃんは、誰かがそばにいないと心細いんだと私は思った。だが、おばあちゃんはまだ私の顔をじっと見つめていた。そんなおばあちゃんの表情は初めてだった。おばあちゃんの瞳にはとてもたくさんの表情が飛来しては通りすぎ、私は目をそらすことができなかった。長い時間に思われた。

「……お前だけだった……親身に……」

おばあちゃんはやっとそれだけ言った。そして私をまだじっと見つめていた。だけど、続く言葉は出なかった。おばあちゃんは疲れたのか、頭をくたっと布団に落とし、それから小さなため息をついた。

ようやく嫌な学校から解放される日、七月二〇日がやってきた。成績も良かった。夏休み中に精神状態を建て直せるかもしれない。

通知表を見せておばあちゃんを喜ばせたい。私は家に急いだ。

真夏日の真昼、家は静まり返っていた。そして、あたりには今まで嗅いだことがないような不思議な臭いが漂っていた。その臭いは庭のどこかから発しているようだった。

「ただいま」——誰も答えない。もう一度言って耳を澄ませた。静まり返っている。

みんな、どこに行ったんだろう?

二階に駆け上がった。おばあちゃんの寝床は空っぽだった。

おばあちゃんが外出するわけがない……そうか、また入院したんだ。みんな、病院に行ったのだ。でも、おかしい。弟まで二人ともいないなんて。

もう一度、外に出るとまぶしい日射が全てのものの輪郭をくっきり浮び上らせていた。やっぱり誰の姿もない。その代わり、奇妙なものを目にした。庭の屋敷神の前に液状のものがこぼれた跡があった。臭いはそこから漂ってくるようだった。私は何度も深く息を吸ってその臭いの正体を確かめようとしたが、いろんなものが混じり合った、一度も嗅いだことがない臭いだった。

門の向こうに人の姿が見えた。隣の消防士のおじさんだった。「君を病院に連れてきてって頼まれていてね」と言って、私を車に乗せた。おじさんの表情はこわばっていた。

おじさんは珍しく黙りこくっていた。病院につくと病室の番号を言い「奈緒ちゃん、人生にはいろいろなことが起こるんだよ」と言ったが、その声は震えていた。

大きな病室のドアを開けたとたんに、家族が、そして親戚中の人が集まっているのが目に飛び込んできた。皆、黙って立ち尽くしていた。

みんなの視線は、ベッドの上に置かれた白と赤の物に注がれていた。私はその奇妙なものに一歩近づいた。それは全身を包帯でぐるぐるに巻かれた人間であった。赤く見えたのは、包帯で巻かれていないむき出しの部分が焦げ茶色になっていたからだった。固く目を閉ざした赤黒いただれた顔は、膨らんでいたが、そこにわずかにおばあちゃんの顔立ちを認めることができた。

私は息をのんだ。そのあちこち焼けただれてケロイド状になった肉塊は、確かにほんの三日前、私をじっと見つめた人間だった。おばあちゃんは、ちょうど息を引き取ろうとしているところだった。

「おばあちゃんは、自分で使い残しの灯油をかぶって火をつけたんだよ。よほど苦しいのから逃れたかったんだろうね」

母が私の肩に手を置いて押し殺した声で言った。

その場にいた全員が頭を垂れた。しばらくあって、医師らしき男が「お気の毒ですが、救急車で運び込まれたときには、もうどうにもならない状態でした」と言った。

「ご臨終です」――白衣の男が頭を垂れて低く言った。

ほんの静かな一時のあと、急にその場は騒々しくなった。ことに叔母さんは「さっ、お通夜の準備で大変だ」と張りのある声を上げた。ほとんど歓声を上げているように聞こえた。この人が、おばあちゃんと、おばあちゃんに猫かわいがりされた長男である私の父親をひどく憎んでいることは知っていた。父親は、目を伏せていた。しかし、他の人たちは専制君主からの解放感を隠そうとしなかった。どこかお祭りの勢いさえ感じられる騒然とした通夜準備だった。周囲から憎まれても仕方がない人だった。しかし、涙をこぼして苦痛を訴えたおばあちゃんの最後の日々の表情がよみがえるたびに、私の両目に涙がにじんだ。

亜空間

それがついに私をさらいにきた。ちょうど深夜零時にそれはやってきた。時計が鳴り始めた。その途中から、私はおかしいと感じ始めた。いつもは周囲の静けさに釣り合う程度の音が、深夜の世界の中で、わずかに際立って聞こえる。ところが、いったんそのことに気がつくと、世界の調和は破綻していった。音は一音ごとに異様に突出してきた。最後に、ほとんど世界を音だけにして響き渡った。驚いて顔を上げた時、私はすでにそれの手中に落ちていることに気づいた。時計の数字がいつもより大きく、浮かび上がって見えた。

ほんのついさっきまで、そこはなじんだ私の部屋だった。しかし、私は、時計の音が一二回鳴るうちに、別の場所に落ち込んでいた。馴染みという感覚は完全に払拭されていた。ノート。蛍光灯。教科書。鉛筆。見慣れたはずなのに、それらは見覚えがない奇妙なものへと変貌していた。

落ち着いて。これは、それが仕掛けた罠。いつもの自分の部屋から一歩も出ていないじゃないの。心の一方が叫ぶ。だが、その一方はあっという間にそれに占領されていった。それが作り出した、この世とは別の次元の亜空間。何もかも見知らぬものたちに囲まれて、私はたった一人の異邦人だった。

私は、机に投げ出された自分の腕を見た。腕までも見慣れないものになっていた。「私の」という感覚がなかった。見知らぬ物体のように、それは無造作に転がっていた。恐怖を感じた。自分がなくなってゆく！　自分の体までが、無機質な物体と化していた。魂はおびえながら、荒涼としたその場所に閉じ込められていた。この机の上の腕は再び動くのだろうか？　動くとしても、それは奇妙なメカニズムによって、ロボットの部品のようにかたかたと動くに過ぎないのではないか。

元の世界に返して！

だが、世界は動かなかった。すべてが凍り付いていた。

ただ、恐怖だけがあった。もうだめだ、このまま私はそれの世界に閉ざされてしまう。

そのとき、時計がぽんと鳴った。それは、普通の音だった。突然呪縛が解けた。私は亜空間から帰還し、いつもの見慣れた自室がそこにあった。

しかし、私は恐怖に震えていた。おばあちゃんの自殺後、亜空間に引き込まれる時間が増えていた。それはもはや私の内部に入り込み、私の中で少しずつ領土を拡大していた。

私は前よりも注意深く自分の心を探っていた。どこまでがそれに支配されているのか。亜空間は、その頻度や持続時間が変化した。それはもう私の心の中から去ろうとはしなかったが、一定の領土以上の拡大は押さえつけられていると思われた。狂気の種子を心の中に隠したまま、かろうじて外見をごまかして生き抜くことはできるのだろうか？

私は三年に進級した。三年生二学期の模擬試験の日であった。前の晩、私は腹部に鈍い痛みを覚えた。翌朝、まだ腹部には妙な違和感が残っていた。おなかが痛いと言ったら、母は、「大事な模擬試験の日でしょ。おなかぐらい、何だというの？」と言った。

母よ、私は知っている。あなたが、あの小学校六年生の時の担任の家に赤飯を炊いて持って行ったことを。

「がんばって、何とか行きなさい」

母よ、私は知っている。あの元担任が来るたびに、まず私に応対させて、その間にできるかぎりのおめかしをして現れ、うわずった声で長い時間話していることを。達也も小学校を卒業した今、元担任がこの家を訪問する理由など何もないのだ。母よ、私の中では、あなたがあの元担任と不倫関係にあるのではないかという疑惑がずっと渦巻いている。

父が「仕方がないじゃないか。一晩越えても痛みが続いているというのは、用心した方がいいだろう」と言ってくれた。父は、祖母の死後、書斎に引きこもる時間が多くなり、母に小馬鹿にしたような言い方をすることが増えた。

卒業まで、朝の胃部不快は強くなったり弱くなったりしながら続いた。でも、あと、もう少しの辛抱だ。それで強制収容所から解放される。その思いだけが私を支えていた。

性の贄

熊谷女子高校に合格した。カルチャーショックを受けた。校則を守っている生徒の方が少数だった。髪型もルックスも好きにアレンジして、人生の中で一番美しい時期を輝かせようと競い合うクラスメートがあふれかえっていた。

私は、「消費は悪、華美は悪」とするおばあちゃんの毎晩の説き語りの中で育てられたが、時代はバブル経済の直中《ただなか》にあった。消費とブランドを追い求めるのが時代のスタンダードであり、私が異質なだけなのだ。私は気持ちを整理しようとした。

それでも、私は、遊びの話に夢中な同級生たちの領域に今更入ってゆくことはできなかった。テニス部に入り、勉強と運動で自分を鍛錬する道を選ぶことしかできなかった。

テニス部は県大会に出場する強豪だった。毎日放課後の部活に加え、早朝練習、昼休み練習、休日練習と、生活がテニスで埋め尽くされた。

先輩は後輩に対して横暴にふるまっていた。先輩の買い出しはもちろん、試合時の弁当作りまで一年生の仕事だった。練習量も並大抵ではない。辞めてゆく部員が続出した。

私は、各教科への力配分が苦手で、全教科を勉強しようとした。だが部活が終わって一目散に家に帰っても、勉強を始められるのは、夜一〇時になってからだった。あれだけ運動をやっていれば、いつも空腹を感じる。だが、食欲のままに食べれば、眠気がどっと襲ってくる。下手をすれば翌日の授業にすら集中できない。私は食事量を神経質にコントロールするようになった。

「お昼ご飯をがまんして午後の勉強に集中できた」という成功感は私のささやかな喜びだった。

高校に入っても「母は不倫しているのではないか」という疑いは、私の頭から去ったわけではなかった。ある日、私は母親に「あの小学校の時の担任の先生、一時期みたいに来ないね」と言ってみた。

「ああ、あの先生……ごく最近、結婚されたよ。周囲から散々言われて、断り切れなかったみたいだね」

ごく最近まで連絡を取り合っていたのだな、と思った。

「あの先生は、本当はお前を好きだったんだよ。お前が高校を卒業するまで待って、結婚するつもりでいたのさ」

頭が半分吹っ飛ばされた。あの担任は、小学生の少女に性的な野心を持っていたのだ……しばらくたって、私はまた慄然とした。

今となっては、母が不倫していたのか、うるさい姑が消えて恋愛気分を楽しんでいただけなのか確かめようがない。だが、母があの担任に非常な好意を持っており、家に来るのを歓迎していたことは確かだ。

では、必ず私に元担任の応対をさせようとしたのはなぜか。あの男の関心は主に私にあった。母が、自分の娘の性の部分を、自分の欲望のためのエサに使っていた。私は、知らぬ間に、もっぱら欲情させる存在にさせられていた。私は身震いした。

夏休みになったが、連日部活だった。夏の終わりには背中の痛みを感じるようになった。私は二学期に入るのと同時に退部届を出した。ようやく勉強に打ち込める態勢になったところで、私は「なぜ、勉強するのか」という目標が見えなくなっていることに気がついた。

私が勉強に精を出し始めた小学校五年生の時は、いい成績を取って親たちを喜ばせ、家を一時でも平和にするという目的があった。中学時代は、あの学校を何とか生き延びる手段として勉強にすがらざるを得なかった。私の必死の思いは、「家を平和にしたい」「教師から身を守りたい」という方向に偏りすぎていたのかもしれない。嫁姑戦争もなくなり、教師からのわいせつな侵害もなくなった……茨の森をやっとの思いで抜け出てみると、そこにはただ不毛の荒野が広がっていた。

自分は、本当に何がやりたいのか。何もない。では、何のために学校に行くのか？

目標とは、衣食足りた人間の贅沢品ではなかった。気づいてみると、自分の人生をこうしたいという方向を考えてこなかった私は、これまで張り詰めていた糸が切れたのを感じた。

しばらく遠のいていた朝の腹痛がまた戻ってきた。
目標の喪失と手を携えて、無価値感がやってきた。自分は、存在する意味がある人間なのだろうか。ただの半人前なのか。部活も辞めた今、おなか一杯食べる意義はあるのか。
私の食事量の操作はエスカレートしていった。漬け物、味噌汁だけで、ご飯に手をつけないこともしばしばあった。私の食事は戦時中のものと大差なかったかもしれない。「働かざる者食うべからず」——そんなおばあちゃんの険しい声が心の中でリフレインしていた。

そんなある日、国語の授業の最中にそれがやってきた。突然、すっと目の前のものが遠くなった。すべてが、筋書きがあらかじめ決められた映画のように、生命を失って自動で動いているように見えた。不気味な光景の中で自分もロボットと化していた。私は手元にある教科書の文章に集中しようとした。元の世界に戻らなければ……。

文章を読むことはできた。だが、その意味はわからなかった。一つ一つの単語の意味はわかる。だが、それらが連なって、どういう情景を指しているのか、さっぱりわからない。言葉から意味がはがれ落ち、言葉はまとまりを失って亜空間の中を漂っていた。美しいという文字が見える。美しいってどういう感情が浮かぶ時の言葉だっけ。ウツクシイというただの音にしか感じられない。じっと見ていると、やがて音も解体し、そこには紙の上のシミがあるだけだった。

物体のように机の上に落ちた腕。私は右腕にかすかな力を感じることができた。意思と体とが、かろうじて一本の糸で連結した。私はさらにその部分に力を入れた。右腕が自分の体の一部であると感じることができた。

時間をかけて、ようやく私は自分の体がここに実在していることを実感することができた。同時に周囲の光景に少しずつ生気が通い始め、やがていつもの授業風景に戻っていた。

それは少しずつ、私の精神への侵食を広げている。亜空間とこれまで格闘して、私が発見した対抗策があった。それは、特に亜空間に吸い込まれやすい授業時間中に、肩やおなかに事前に力を入れておくということであった。力んだ筋肉や内臓は、確かに自分の体が実在するということを実感させる感覚だった。現実感覚を保っている限り、それに完全に支配されることはなかった。

この方法はひどく筋肉が疲れるものだった。それでも、少し休もうとすると、すぐにそれは侵入してきた。私はそれにかろうじて抵抗していた。だが、私は自分の体にあれこれの試みを加えてその結果を見てみるという、もう一つの別の毒に冒され始めていた。

不登校、そして精神病院

食事を少なくしてみて、午後の授業に眠気がこないかどうか試してみること。それへの防衛に機能するかどうか、肩やお腹に力を入れてみること。最初は、些細なことだった。

だが、その先、自分をいじることにのめりこんでゆく迷宮が待っていた。空腹時にジョギングをやると、どうなるのか試してみる。そこでどんなに走っても疲れがこないことを発見する。どれだけ長い時間空腹を我慢できるか挑戦してみる。前にチャレンジした時よりも一食でもたくさん抜くことができると、頭に清貧の二文字が輝く。

誰も知らないところで、私は奇妙な実験に熱を上げるようになった。私一人の劇場で勝利や敗北のドラマが繰り返された。そして私は次第にいらだちやすくなってきた。

ドラマはそれだけではなかった。家の中でずっと安逸をむさぼってきた達也に対する憎悪がこみあげ、何度か達也のセーターにはさみを入れてやろうとしては、思いとどまった。

私の精神が持ちこたえたのは、高校一年二学期までだった。三学期になると、中学三年生の時のような腹部の不快感がひどくなってきた。中学の時は、まだ学校に行かなければならないという気持ちが強かった。ところが、その気持ちが起こらない。学校に行く目的がないのだから。目標が見えなくなったことは、私の気力を崩壊させた。

母親から怒鳴られても、私は学校に行けない日は丸一日家に閉じこもり、憂鬱な感情に押しつぶされそうになっていた。学校に行っても、途中で早退した。疲労困憊して机の前に座っていることもできなくなったのだ。今までの人生の疲労が一挙にきたのだろうか？

とうとう一ヵ月近く、全く登校できなかった。その頃、不登校は精神の病気とされており、家族に県立精神医療センターに連れて行かれた。この後、この手のところに行くとき、必ず初診時は父が会社を休んで車で私を連れて行き、これまでのことを説明した。今までずっと成績が良かったのに、登校できなくなっている、というような話だった。

それを聞くと、精神科医もカウンセラーも、ああ、よくある話です、優等生の息切れです。勉強だけが人生ではないということをまず理解するべきですね、無理をしていい子であり続ける必要はないんですよと言った。なぜか、この「優等生の息切れ」というレッテルは、彼らの大のお気に入りのようで、父の話だけ聞いて私の話はろくに聞きもせず、ほほえみを浮かべながら「福音」を説くのだった。私は、自分の症状のこともこれまでの環境のことも、話すだけ無駄だと直感した。彼らの「いい子を演じなくてもよい」というお説教に調子を合わせるだけで済ませよう。

そこにしばらく通わされた後、私は精神病院に連れて行かれることになった。来るべき時が来た、と観念した。結局、それが勝利する定めだった。最初から精神病院というところが私の終《つい》の棲家《すみか》だったのだ。車の中で父は「最悪の場合でも、お前を一生食わせてやるから」と言った。私は一生まともにはなれないと、父に見限られたようだ。

そこはあまりにも暗い場所だった。窓から何人かの入院患者が鉄格子を握って無表情に外を見ていた。私も明日からああして鉄格子越しに外を眺める毎日を送るのだろう。

陰鬱な待合室。張り出された作業療法のスケジュール。年配の病院長が診察した。能面のように無表情だった。私を時々ちらりと見ては、カルテを書き続けていた。抑揚のない声で、「うちの心理士はあなたの先輩だから、話が合うと思う」と言って短い面接を終え、相談室に行くように言われた。「息切れした優等生」を演じた。薬を処方されただけで何故か入院しないで済んだ。

ほっとした私は、帰宅してから、思い切って聞いてみた。一〇年以上にわたって私を恐れさせていたこと――母方のおばあちゃんは、精神病院で亡くなったの?

母親は、ぽかんと口を開いて私を眺めていた。

「どこでそんなことを聞かされたんだい?」

子どもの頃におばあちゃんから聞いたと言うと、母は大きな声で笑った。

「あのおばあちゃんは、そんなことを言っていたのかい。悪口は達者な人だったねえ、あることないこと織り交ぜてね。うちの方のおばあちゃんは、今どきの平均寿命に比べれば、わりと若いときに亡くなっているよ。結核でね。うちの親戚に聞いてごらん」

私はしばらく頭が空白になっていた。長い年月、私を圧迫していたものがぽっかりと消えた。それは最初から存在しなかったのだ。おばあちゃんが、母が憎くてたまらなくて、考えついた嘘の最高傑作に過ぎなかったわけだ——だが、そのために、どれほど長く精神病の恐怖におびえ続けたことか。どれほどのものを失ったか。私は呆然とした。

ところが、それの脅威が消えた後に、別のまがまがしいものが現れた。幻覚ではない。執拗に浮かんでくるイメージに過ぎない。だが、想像と言うには、あまりにも生々しく迫ってきた——それはやせ細った背の高い男だった。血色の悪い顔。これ以上は眉をひそめられないだろうと思うほどの渋面。中世ヨーロッパを思わせる漆黒のマント。死神にも見える。異端審問官か裁判官にも見える。その男が木槌で机をたたき、厳かな口調で私に宣告を下す——「お前はもう家族を喜ばせていない。困らせているだけだ。お前に存在価値はない。生きる資格も権利もない。よって死刑だ」——もう一度、いっそう重々しい木槌の音が響き渡る。その後に、凄惨な光景が現れては消える。ギロチンの刃が首の上に落ちる。風呂場で手首を包丁で切る。欄干に縄を吊るして首をかける。駅のホームから線路に身を投げる。高層ビルの屋上から飛び降りる。そしてイメージの空間が赤一色になる。

中でも投身自殺の空想は、リアルな身体感覚を感じた。体が傾き、頭が逆になり、落下する感覚があり、頭が粉々に砕ける。この余計なことばかりする脳もやっとぐしゃっとつぶれてくれるわけだ。そう思うと、私の中に、自分を傷つけたい衝動がこみあげてくる。頭を机に渾身の力で打ち付けてみたい。あのガラス戸に頭から突っ込みたい。

机に向かっていたある午後、私はふと気がつくと、ボールペンを右手で握り、それで左手首を突き刺すように構えていた。もうろうとしたまま、手首にそれを突き立てていたかも知れない。もし右腕に持っていたものが刃物だったらと戦慄しながらも、心の一方は、自分を破壊したいという凶暴な欲求に満たされていた。それが頭をもたげないように見張っていなければならない。自傷行為をしたら、本当に精神病院に入れられてしまう。

だが、見張っているのはひどく疲れることだった。疲れて気が緩めば、亜空間に落ちた。

山の聖所と殺意の家

父は、また別の精神病院に私を連れて行った。「病院長は有名な人で、本も出しているらしい」と父親は言った。病院長は元気な笑顔の人だった。院長専用の診察室には絵や写真が飾られ、キャンバスが立っていた。

幻聴がないか聞かれた。ない、と答えた。それで院長は、診察の必要を感じなくなったらしい。「ちょっと、雑談してリラックスしてもらおうかな」と言うと、立ち上がり、診察室にかけてあった自分の絵の説明を始めた。

約三〇分続いた診療は院長の趣味である自作画についてのおしゃべりで費やされた。最後の方は「この病院は、古い体質の病院とは違って、僕が患者さんとカラオケや社交ダンスを一緒にやったりするような新しいタイプの精神病院で……」と自分の病院の自慢話に変わった。拒食症のことも亜空間のことも聞かれなかった。

二回目は、院長は最初から私のことを何も聞こうとせず「僕は、子どもの頃から絵の賞をよくもらっていてね……」というような話ばかりだった。……もちろん症状はよくならなかった。

この頃の私は家の中で息をひそめ、自分の精神や食欲をコントロールする日々を送っていた。近所の誰にも知られないように、一歩も外に出なかった。達也がバラエティ番組を大きな音で見ているのが気に障り、はさみでテレビの電源コードを切り、親に散々怒鳴られた。

残暑のある日、母が「ドライブに行こう」と言い出した。母が誘うなんて、私は意外に思った。久々の外出はうれしかった。車の窓からの空気はひんやりしてきた。山の緑が美しく見えた。降りるように言われた。小さな滝があった。その横に大きな神社があった。かなり山の中に入ったと思うが、幾つかの人影が見える。ここは観光地？

その神社の正殿の中に母が入っていったので、私は驚いた。事前に何か連絡を入れているのだろうか。母は、振り返って私が付いてきているかを確かめた。

神主の格好をした人が神棚の前に正座していた。その前に何人かの普通の服装の大人が正座していた。私も母に正座させられた。

しばらくして神主が声を上げて加持祈禱《かじきとう》を始めた。すると、隣の中年男性がいきなりぴょこぴょこと跳び始めた。他の人はそれに目もくれず手を合わせていた。この人たちにはこうした現象は不思議ではないらしい。厳粛な雰囲気の中で一人跳びはねる男。拝みが終わると、その男は神主の前に出てきて、何かが自分にのり移ったとか言っていた。

「あんたもお祓《はら》いをしてもらうんだよ」と母は言った。神主が私の頭の上で、御幣を三回回した。とりあえず、神妙な顔をしておいた。母は出口でお守りを買った。

帰りに、なぜこんなところに連れてきたのか、と聞くと、母は「悪い霊に取り憑《つ》かれているから、あんたはこんなことになったんだ。悪霊を追い払ってもらわなきゃ」と言った。私が、どうしてそういうとらえ方をするのかと問うと、「この前、お前が何かに取り憑かれて不思議なことを言ったから」と言う。「不思議なことを言った」など、私には全く記憶がなかった。母が神主から聞いた話では、昔々水難事故で若死にした人が私に取り憑いているそうだった。

ある晩、ジョギングから帰って、引き戸を開けようとしたら、動かない。また、あいつの仕業だ。それまでの高揚感は怒りに変わった。私の部屋に行くには、リビングを通らなければならない。達也は、私が外出している最中に、つっかえ棒を立てて通れないようにしたのだ。

私は、引き戸を乱打した。その向こうから、野球中継らしきテレビの音が聞こえてくる。

「開けなったら！」――思い切り引き戸をたたくうちにテレビの音は聞こえなくなっていた。再び引き戸を引くと、すっと開いた。リビングには誰もいない。

あいつめ、またいつものやり方だ。私に小さな意地悪を仕掛ける。私が怒る。あいつは、そのうち怖くなって、いつの間にか退散する。達也はテレビの前からダイニングキッチンに移動したらしい。台所で食べ物を探すふりをして素知らぬ顔で済ませようという魂胆だ。

私の中に伏していた憎悪が一気に燃え上がった。足音も荒く台所に向かった。私は達也の脇をすり抜けて冷蔵庫の前に立ちふさがった。

「ちょっと、何、さっきの」

「何のことだよ」と達也は目をそらした。

「とぼけないで。また、つっかえ棒したでしょ」と私は達也の肩を強く小突いた。

「痛えな、何だよ、いきなり」

達也は私の右手首を取り、一気に力を入れた。防ぐように見せかけて逆に攻撃してきた。手首を万力で締め付けられるようだ。達也の憎悪が生々しく私に触れる。

にらみつけた目をそらすまいと思っていたが、つい下を向いてしまった。そのとき、私の左側にちょうどまな板があった。その上に包丁が載っていた。私は左手でそれをつかんだ。

達也は手を離すと、ぱっと後ろに飛んだ。

私と達也の間に、冷たい金属色で鈍く光るものが屹立していた。

「何すんだよっ。危ねえじゃねえか」

達也も顔がひきつっていた。一言それだけ言って、達也は背中を見せると、ふすまを開けて飛び出した。「変なことばかり言いやがって」と悪態をついて足音は遠ざかっていった。

私は包丁を持ったまま呆然としていた。私は、この包丁で達也を刺そうとしたのか。それとも自分を刺そうとしたのか。小さなはずみでどちらにでも転がりうるような気がした。

私が「普通の家」にしようと長年あがいてきた家は、その私の存在で、ふとしたはずみで白昼に殺人が起こっても不思議ではない狂気の場所になってしまっていた。

その夜、私は、ナチスの兵隊に追われて隠れ家から隠れ家へと急いでいる夢を見た。次の夜は、強制収容所で殺される順番を待って息をひそめてじっとしている夢だった。

夜明けの嘔吐

症状は悪化するだけだった。私の毎日は、今や亜空間の時間が大半を占めていた。自分の家にいても、まるで馴染みのない場所だった。一日、そこを幽霊のような自分が足音を忍ばせて歩く。冬の夜、誰にも見られない時間になって、空腹のままジョギングをする。足元がふらふらするのを感じる……もう少し……もう少し……心が鈍い喜びに満たされる。私はお決まりのコースをいつもよりももう一周回ることができた。

頭がくらくらして、しばらく地面が斜めになったり逆になったりする。なぜこんなことを続けるのか。自分をめちゃめちゃにしたいからだ。死にたい、死にたいと心が叫ぶ。私は自分を殺してやろうと、何日も食べなかったり、空っぽの胃で猛烈な速さで走ったりする。そして夜中に空腹のあまり目が覚める。皆が寝静まっている中、私は別の怪物が私の中で目覚めようとするのを抑えることができない。

寒さに震えながら、冷蔵庫を開ける腕を止めることができない。だが、そのまますぐ食べられるものは、炊飯ジャーに入った白飯しか見つからなかった。いけない、いけない……衝動をとどめておけたのはわずかな時間だった。

それは、暗くて大きな淵に身を投げる感覚に近かった。私は床に置いたジャーに腕を突っ込み、両手に白飯を荒々しく盛ると顔面をつけて口いっぱいにほおばった。咀嚼していないので、胸のあたりにつかえて熱く、苦しい。それでも胃に流し込まれてゆく感覚が生々しく感じられると、自分の中の怪物は喜び荒々しく咆哮した。

ほおばる。凶暴に、噛む、呑み込む。私の指先から白飯がぼろぼろこぼれた。顔にも米粒がくっつく。犬め、とあざける声がする。それでも、奔流のような勢いは止められない。暴力的な運動があるだけだ。めちゃめちゃにしてしまえ、ここ何日間の自分の努力を残らずぶち壊しにしてやる。壊せ、壊せ、自分を壊せ。

私は、凶暴に食べながら泣いていた。涙が入り混じったしょっぱい米粒が胃にどんどん堆積してゆく。胃がぱんぱんに膨らんでいる。さあ、もうそろそろだ。その瞬間は、祝祭のようにやってくる。

米粒が胃の底からうずたかくのど元まで来ている感じだ。ほんの一瞬だが、歓喜がよぎった
……ぶっ壊してやる！

とうとうその瞬間がやってきた。体全体を揺さぶる衝撃と共に、今まで食べたすべてのものが一斉に逆流する。それまでの世界がひっくり返る感覚。私は自分の口から逆噴射の激しさで吐瀉物がはき出されるのを見た。

私は、炊飯ジャーの中の吐瀉物と残っていた白飯がぐちゃぐちゃに混じり合ったのを見た。口の横から吐瀉物がよだれのように顔にへばりついているのを感じた。私は自分がけだものよりみ

じめな姿をさらしているのを想像した。ざまあみろ、私。さっきまで、克服した気持ちになって走っていた自分をめちゃめちゃにしてやったぞ。死ね。死んじまえ。

荒々しい歪んだ喜びの中に私はいた。さっきは食べたい私を、食べたくない私が負かしていた。今度は、食べたい私が、食べたくない私を負かした。勝利、そして敗北。炊飯ジャーを前に、ドラマチックな逆転劇が繰り広げられる。

その興奮は徐々に冷めていった。夜明けの最初の光が台所の窓から差し込み始めるとともに静かに悲しみが広がっていった。私は床に座ったまま泣きじゃくった。

見いだされた目的

達也は私が「変なことを言う」と言っていた。覚えがないが、それが何か関係あるのか、また通院先が変わって新しい精神科クリニックに連れて行かれた。「先代の病院に、若先生が心療内科という診療科目を加えたところだ、お抱え運転手もいるそうだから、きっと流行っているのだろう」と父は言った。

観葉植物がいっぱいに飾られた診察室はなかなかオシャレだった。三〇そこそことおぼしきにやけた顔の医師が現れた。

私は、とりあえず、摂食障害の話を出してみた。話の途中で、「ああ、君、そういうのはね、結婚して、子どもでも産んじゃえば、なおっちゃうもんだから」と早口で何度かさえぎられた。

私は、もう喋らないことにした。

私が黙り込んでしまったので、医師は少し焦ったようだった。趣味を聞かれて読書と答えた。どんな本を読むのか聞かれたので、精神科医で著作家の神谷美恵子を挙げた。

「神谷美恵子ってどういう人だっけ。どこがいいの？」

「『耐えがたい苦しみや悲しみ、身の切られるような孤独とさびしさ、はてしもない虚無と倦怠。そうしたもののなかで、どうして生きて行かねばならないのだろうか、なんのために、と彼らはいくたびも自問せずにはいられない』――ここ、好きなところです」

私は、『生きがいについて』の最初のほうの部分を暗記するほど読んでいたので、記憶に残っている箇所を口頭で言った。医師は、一瞬、あっけにとられた表情を見せた。

「いかんなぁ。それは、いかん。難しいことを考えるから、こんがらがるんだよ。そんな本よりも、『アンアン』とか『ノンノ』を読んでごらん。ファッションなんかに興味を向けた方がいいね。僕も、暇つぶしにめくってみるけどね」

ばかばかしいと思ったが、私は惰性でまたそのクリニックに行った。鮮やかな色のミニスカートをはいていった。医師は、それを見て目を輝かせた。

「治療の効果が出てきたようだね。お洒落をしてみたくなってきたんだよね」

医師は、舐め回すように私を見つめた。私は、その視線に猥褻《わいせつ》なものを感じた。

「だいたいね、君の悩みなんて、大人から見れば、かわいいものなんだよ……」

かっとなった。私の家の歪みがあんたにわかるか。おばあちゃんの支配欲と焼身自殺がもたらしたものがあんたにわかるか。母親の暴力が私をどれだけ傷つけたかわかるか。発病への恐怖がわかるか。教師のセクハラが加えた屈辱がわかるか。亜空間がどんな場所かわかるか。拒食症の惨めさがわかるか。不登校がどれほど肩身が狭いものかわかるか。死への願望の執拗さがわかるか……どの一つだって、お抱え運転手つきのあんたに何がわかるというのか。私の方が、あんたよりはましな心理療法をしてみせる！

私は、最後に頭に浮かんだ言葉に自分でびっくりした。この私が、治療者になる？　こんな、精神の病だらけの人間が、他人の心理療法などできるなんて、ありうるだろうか。

私は考え込んだ。私は二年間、お祓いを含めて本当にたくさんの治療機関を引きずり回された。そのうち一つでも、「対人サービス」のレベルに相応しいものがあっただろうか？　彼らは、私のような心病む人間が、何を必要としているのかまるでわかっていなかった。一人として私の訴えを真摯に聞こうとする相手はいなかった。だが、私は、少なくとも心病む人に「してはいけないこと」だけは知っている……。

もはや、この軽薄な医者はどうでもよかったので、私は話を早々に切り上げて外に出た。外は、春の気配が膨らんでゆく季節だった。その光の下で、全ては違って見えた。目の前にあるのは、無意味な物体と無意味な私の体ではない。すべてのものが、輝く季節に向かって姿勢を整えているようなひそやかな躍動が感じられた。

思えば、高校に入ってから、私は目的というものを見失っていた。だが、今、亜空間の中に小さな光が灯った。そこに向けて、身が引き締まり、歩みが定まるのを感じた。私は目的を発見したのだ――心理療法家になってみせる。

僕の章――廃墟

南島の精神病院にて

誰かの肘が僕の胸に鋭角に当たった。腕をつかまれた。体をねじってはねのけた。足を踏まれた。背中で用度課の誰かを思い切り押した。相手がよろけたのか、不意に体が背後に泳ぐ。かかとで踏みとどまった。後ろからやり返された。衝撃で僕は砂利の上に膝をついた。続いて誰かの膝が背中に当たり、僕は地べたに転がった。起き上がろうと顔を上げた――僕たちの労働争議とはかかわりのない沖縄の秋の高く輝く青空が一瞬見えた。

体勢が低くなると、四方で交錯する小石の音たちがずっと近くなる。小石の上を靴が滑る音。ダッシュする爪先が地に突き刺さる短い音。踏みとどまろうとする重い音。方向を転換する時の地面の摩れる音。

「出て行け！」

「不当解雇だ！」

「院長先生の指示だ」

「仕事に就《つ》かせろ」

「毎日ツラ見せるなよ！」

「一度に五人もクビなんて、あるか！」

僕たち組合員三人、院長のボディーガード役の用度課五人の怒号が交錯する。起き上がろうとやっと片膝をついた。視界に病院正面玄関前のベンチにふんぞりかえった病院長の姿が見えた。

あいつだ！　あいつを狙わなければ……。これまでだって、あの男をまいらせるためのビラを何枚も名護市内に配布したではないか――「放漫経営」「約束反故の賃下げ・未払い」「反対する職員への解雇攻撃」。だが、周囲には誰も用度課職員はいないのに、バリアーでも張られているかのように、そちらに進んでいくことができない。

用度課が同時に安室にタックルした。安室は視線を下に向けて、無表情を崩さなかった。この男は、院長側が自分を集中的にターゲットにしてくることを承知していた。安室は、この病院の設立準備委員会の中枢として、院長と二人三脚でこの病院の建設の中核を担い、初代看護部長となったが、院長のワンマン経営ぶりに、反旗をひるがえして労働組合を結成した――院長の憎悪の的なのだ。三人の屈強な男たちから、今度は押しくらまんじゅうよろしくサンドイッチにされると、安室の寡黙な唇の端がさすがに歪んだ。僕は用度課の背中に思い切り飛びついた。そいつの向こうに小柄な安室がもみくちゃにされているはずだ。

男たちの無骨な肉体の塊。何がどうなっているのかわからない。押されるのを押し返すだけだ。頭をその塊に押しつけていると、明るい日差しの中で、そこは闇であった。言葉は途絶え、ただ、男たちの烈しい呼吸音だけがハッ、ハッ、ハッと交錯していた。

僕は、屋良が咄嗟に右に踏み出して病棟の方向へと抜け出そうとするのを見た。塊は解体した。今度は、用度課二人が屋良の両脇を抱えた。

「通しなさいよ！　僕たちは職務に就こうとしているだけなんだ」

用度課二人が離れると、安室のくしゃくしゃになったワイシャツの一番上のボタンが取れているのが見えた。安室は無表情だったが、体格のいい男が手のひらで安室を突いては病院出口の方に押し戻そうとしていた。

僕は振り返った。院長はベンチで身を乗り出していた。あの男、この病院を設立した時には精神医療革命を謳って、ヒーロー気分に浸っていたのだろう。その革命の裏切り者である安室がやられているのを見たくて来たに違いない――僕たちの闘争の目的は何なのか。組合員だけが知っている本当の目的は、この院長に嫌気を差させて経営を投げ出させることだ。だったら、院長がこうして手の届くところにいるのは絶好のチャンスではないのか？

目の前に少しでも精神的ダメージを負わせたいターゲットがいるのに、どうして安室も屋良もこの男を狙わないのか。もしかすると解雇されたといえども、安室や屋良のような現場経験の長い看護師にとって、指示を下す側であった医者は容易に近寄れぬオーラをまとっているのかも知れない。だが、僕はそういうオーラは平気で無視できる。それは、僕の立場が医者と、入院患者の治療方針について相談し合える心理職だからだというわけではない。この数年間の闘争の中で、僕には対峙した相手の肩書などどうでもよくなっていた。二、三回怒鳴り合えば、精神力の競り合いで相手と僕とどちらが強いかが直感的にわかる。僕が避けるのは、怒声を浴びせても揺らいでいる様子が伝わってこない相手だけだ。院長はそういったタフガイではないではないか。

さあ、奴を狙え。ほんの数歩の距離なのだ。だが、そちらに向かおうとすると、僕はまた奇妙なバリアーに隔てられているのを感じた。誰も近づこうとしないことが、心理的な障壁になっているのか。いくら自分を励ましても、その一線を越えることはできなかった。

用度課ともみあっていた屋良が、相手の腕を振りほどいてさっと背を向けるのが見えた。引き上げ時なのだ。僕たちは解雇を認めていない——その意思表示をする就労闘争は始業時間からせいぜい五分程度にとどめるようにと弁護士から指示されていた。それを超えると威力業務妨害で告訴される危険があるという。

病院正面玄関の横の駐車場で行われた乱闘。そこから坂を登り、同時に解雇されていた二人の女性職員と合流した。彼女たちは病院に向かって一〇歩ほど歩いて立ち止まってそこで待機する手はずになっていた。坂の上には、「不当解雇撤回」という横断幕を持ち、カメラを持った地域の労働組合上部団体の支援者が数人、僕たちを迎える。彼らは、用度課が僕たちにケガをさせた時にその証拠写真を撮影して刑事訴訟に持ち込むのが狙いなのだ。一人が、病院入り口に引き上げてゆく院長と用度課連中の遠い背中に「労働者は連帯するぞ!」と叫んだ。

あんたたちはそこでせいぜい赤旗を振り回して騒いでくれればいい。とにかく「沖縄精神病院界で最凶最悪の過激労働組合」を演出する背景になってくれればよい。……組合員も知らない僕と安室の二人だけの秘密。僕らは那覇の壮年の精神科医、比嘉医師に状況の定期報告に行っている。比嘉医師にだけは、僕たちが左翼思想の持ち主でないことは十分に理解してもらわなければならない。病院長が病院を手放すとき、「比嘉医師以外に、凶悪労組付きの精神科病院の買い取り手が誰もいない」というシナリオ通りになればよいのだ。

だが、肝心の院長が手の届くところにいながら、五人が解雇されて以降の就労闘争が始まって数日、僕はどうしても病院長を襲撃することができずにいた。

悪鬼

翌日、やはり用度課は集中的に安室を狙ってきた。屋良は僕たち三人の中では最年長の三〇代半ばにもかかわらず、用度課たちの間をすり抜けようと激しく動き回っては、連中を引きつけた。僕がノーマークになるその日の何度目かのチャンスがやってきた。

ベンチの院長の視線は、安室がやられている情景に相変わらず注がれている。今ここでできる最も効果的な一手とは何だ？　組合対策に最近雇われた用度課ともみ合うことなのか？　二回ほど自分にそう言い聞かせると、どうしても越えられなかった一線をふわりと越えることができた。

院長は僕が近づいてくるのに気がつき、虚を突かれた表情を見せた。「精神医療革命」「西洋医学と東洋医学の融合」などとスローガンを並べたがる格好つけ男が目の前で慌てて立ち上がる。

「解雇、撤回してくださいよ」

「やかましい」

院長はライオンよろしく、ひげを伸ばしていた。僕はそこに口づけするほど顔を間近に寄せた。「昔、医局解体闘争で火炎瓶を投げた」などと喧嘩自慢する奴に限って、中身は弱いのだ。

「は？　なんて仰ったんですか？　もう一度聞かせてください」

院長は立ち上がって後ずさりした。そして喚いた。

「あっちへ行け！」

「あっちってどっちです？　正確な指示をお願いします！」

僕は院長に倍する大声を相手の耳元で爆発させた。憎悪が僕の中で燃え上がる。僕は院長を追って、顔をすり付くまで近寄せた。院長の顔にはっきりと苦痛の色が浮かんだ。

「指示をお願いします！　指示をお願いします！」

そう言いながら僕は腕時計にちらりと目を走らせた。あと一分ほどだ。その間にたたき込めるだけたたき込む。それで傷をつけられるならば、その傷口を押し広げてやる。

「よく聞こえません！　もう一度聞かせてください！　正確な指示をお願いします！　えっ!?　何ですって？　何ですって！　何ですって!!」

僕は渾身の力を込めて弾をぶち込み、背後で仲間が引いてゆく気配を察して身をひるがえし坂の上に向かった。

その翌日。何度でもやってやる。僕の背後で怒声を上げている用度課に、自分のボディーガードを頼むことは、プライドが許さなかったのか、院長はまた一人でベンチに座っていた。

「業務の指示をお願いします！」

「黙れ！　あっちへ行け！」

「黙れって何をです？　あっちってどこのことです？」

院長は体を反らした。顔を密着させてやる。院長に迫ろうとすると、体が重いのを感じた。僕の方も力が尽きかけている。だが、ここは落としてはならない戦略ポイントだ。毎日、怒鳴るたびに僕の魂が削られてゆく。だが、僕の精神が潰《つい》える前に、この男の神経を破壊してやる。悪魔よ、力を貸してくれ。院長のひげ面に苦痛の色が浮かんでいるのがはっきりと見える。こいつがまいっている部分にありったけの凶弾をぶち込んでやる――「ハッキリさせてくださいよ！　説明！　説明！　説明‼」。

僕は力の限り絶叫した。

仲間たちが引き上げてゆく気配。僕は怒鳴るのを止めた。そのままそこにしゃがみ込んだ。気力を使い果たしていた。だが、院長の方がダメージは大きいはずだ。僕はゆっくり立ち上がり、坂の上の仲間たちの方に向かった。明日も、残忍な鬼と化してやる。僕の息が続く限り、少しでも奴の傷を広げてやる――。

だが、地位保全命令を求める文書を裁判所に提出したので、これ以上、就労の意思表示をする必要はないと弁護士から連絡が来て、僕たちの就労闘争は終わりを告げた。

裁判に勝つまでさほど時間はかからなかった。解雇された五名全員に地位保全命令が出された。

解雇は撤回されたが、自宅待機せよと院長は伝えてきた。自宅にいるだけの職員に一体いつまで賃金を払い続けるつもりなのだろうと思っていると、ある日突然、安室から「院長が新しいオーナーに病院を売却した」と興奮した声で電話がかかってきた。院長は六億の借金で建てた病院を一〇億で新オーナーに売り、「新しい通院クリニックを開業する」と姿をくらましたという。「あいつらの顔を見ただけで血圧が上がる」と言っていたらしい。僕と安室が病院を買い取ってほしいと思っていた比嘉医師が手を挙げる間もなかった。

新オーナーは、元公務員で、医療畑とは無縁で、いろいろな商売に手を出しているらしい太った男だった。組織上は事務長という名目で乗り込んできた。しばらくして、建物や敷地の所有権がなく経営にもタッチしないという立ち位置の「雇われ院長」がやってきた。精神科医自身がアルコール依存症だということで沖縄の精神医療界では有名な人物だった。朝、遅れてやってきては、ろれつの回らぬ口で診察するらしいという噂は聞いていた。勤め先の精神病院から次々と追い出され、あげくのはてには妻子にも逃げられ、非常勤で細々と暮らしている放浪の医者だった。気弱げな微笑を浮かべたこの痩せた医者が、形の上では二代目院長となり、病院名は名護浦和病院と変更された。

時々酒で欠勤する院長と、病院にめったに姿を現すことのない事務長。最初から法外な借金を抱えた出発。倒産は必至だ。だが、次こそ比嘉医師に買い取ってもらえばいいだけだ。他にも、いったん倒産したが職員が中心になって新しい買い取り手を探して経営再建が果たされたという例があったのだ。僕は東京の実家に帰ったときにその精神病院を訪ね、当時を知る職員から記録をもらった。倒産から経営権の委譲まで一ヵ月程度、無給の期間があったらしい。安室と僕は、それに備えておこうと組合員に呼びかけた。こうして二年間、病院は自転車操業を続けた。

カテドラルにて

頭上の天窓から明るい光が差し込んでいた。南島の夏の盛りの強烈な輝き。この目で全てを確かめたい。二週間前に廃院した病院の真夏の午後の無人の光景を。

僕は心理相談室の前を避けた。出勤時間にまずそこに入り、それから二階のナースステーションにゆくのが僕の日課だった。そして、強化ガラスの向こうに、テーブルの周りに座った看護師たちの姿が見えてくる……あの毎朝の申し送り情景は、もうない。

病院オーナーが別件の詐欺事件で逮捕されたのは春の出来事だった。二代目院長は酒びたりになった。そこまでは想定していた。だが、拘置所の中で、オーナーが「疑いが晴れたらすぐに再建してみせる」と病院売却をどこまでも拒むとは、全くの想定外だった。一ヵ月を想定していたのに四ヵ月の無給。僕も安室も辞めてゆく職員を引き止めることはできなかった。

階上に上がり、まず右方向の開放病棟の方に向かった。足音ががらんどうの建物全体に響いた。患者移送の責任者だった僕の手で、二週間で一一〇人の患者を沖縄各地の病院に転院させて病院を空にしたのだ——大半の病室のドアは開け放たれたままだった。薄汚れた畳間の上にひっくり返った使い古しの洗面器。思わず立ち止まった。主役たちがいなくなってみると、かえってそんな道具が、つい何日か前までそこで人間の生活の営みが行われていたことを生々しく思い起こさせた

閉鎖病棟のドアも、まだ持っていたマスターキーで開けることができた。テーブルの上は、最

後に残った患者一人のために最後の申し送りを行った状態のままであった。開かれたままの看護日誌。灰皿。それらの周りに錠剤と吸い殻が散在している。こぼれたみそ汁が蒸発した跡。

八月の日射しがそれら一つ一つに影を落としていた。廃墟の趣があった。その向こうの回廊形式の病室。そこが閉鎖病棟の行き止まりだった。尿の臭いが鼻を突く。回廊の中庭は芝生だった。そこに夜になると男の患者たちが放尿した。幾年もかけて尿がしみこんだ芝生の緑をぎらぎら反映させて日射しが注がれ、土壌からアンモニアの臭いが立ちのぼった。

その時、突風が吹いた。回廊の周りに並んだ病室のドアが勢いよく開き、勢い余って部屋の壁と激しい衝突音を立てた。

小百合だ！　一六歳の背の高い少女が、うつろなまなざしでふらふらと歩いてゆく姿が脳裏をよぎった。櫛を入れていない長い髪が横顔を覆い、半分開けた唇だけが見える。

それはドアの音が、痩せこけた姿に合わずいつも乱暴にドアを開けていた、統合失調症の女性の記憶を呼び起こした一瞬の幻影だった。開いたドアの向こうには、布団もマットも取り外したベッドの骨組みが無言で並んでいるだけだ。

もう一度突風が吹いた。今度は隣の病室のドアが勢いよく開き、やはり壁にぶつかり、ばあんと音を立てた。すると、回廊に沿って並ぶ病室のドアが次々に開いては閉じ、高鳴りゆく風の音に、がたんがたんという騒音が入り混じった。

——ここを無人にしたのは、おまえだ。

建物が一斉に怨みの声を上げたかのように思われた。僕は動転した。身をひるがえし、鍵を差し込もうとして何度か失敗し、ようやく閉鎖病棟のドアを開け、階段を駆け下り、待合室を一気に駆け抜けた。不気味な建物内部から飛び出すと、そこは目も眩《くら》む日射しに満ちた病院玄関であった。誰も手入れをしなくなった亜熱帯の植物が伸び放題にあたりを囲んでいた。

敗残のあと

一九八九年八月、僕はトラックいっぱいに家財を積み込んで、名護から首里の安アパートに移った。近所にはほとんど店らしい店もない。どうやら家賃に見合った人々が住む一帯のようだった。半年間の失業手当。その後僕は、博愛病院や田本クリニックなどの精神科に非常勤の勤務先を見つけた。更に、近畿大学豊岡短期大学の通信教育のスクーリングの講師の職にありついた。二年間、何とか生活してゆける収入が得られるようになったが、先の展望は見えなかった。

父からは、就職先があるから、東京に戻ってくるようにという矢のような催促を受けていた。そもそも僕が沖縄に職を求めたのは、一〇年以上にわたり僕に実業界に入るべきだと言い続けた父から遠く距離をとるためだったのに。迷ったが、他に道はなかった。かつて明治生命（現・明治安田生命）の専務取締役だった父は社長と衝突して本社から明治生命厚生事業団（現・明治安田厚生事業団）の理事長に転じていた。明治生命厚生事業団体力医学研究所。心理学科卒業の僕は門外漢だが、そこは父の縁故が通じた。

それでも父と住むことだけはごめんだった。廃車寸前の傷だらけの車に詰め込めるだけ荷物を詰め込んでフェリーで送り、密かにその研究所がある八王子のアパートに入居契約した。傲慢な父との口論を繰り返す実家暮らしを避けることができた。高級服に身を包み、いつも澄ました顔をした父からはナルシシズムの匂いがした。僕にはそれが我慢できなかった。

入所してみると、研究所は、本社と何か関連性がある研究テーマに協同して取り組むというわけでもなく、それぞれの研究員が自分の興味で勝手な研究を進めていた。それでも体力医学研究所研究員である限り、何か体育的なことに関係があることを研究テーマにしなければならない。苦慮したあげく、ダンスセラピーを選んだ。欧米では身体表現を使ったセラピーの学会が存在していたが、日本には紹介されていなかった。時たま海外からダンスセラピーの講師が招かれてワークショップをやっていたので、何とか幾つかのハウツーだけは学んだ。研究所では、年に何回か学会で研究発表をすることが義務づけられていた。だが、勉強を始めただけで、発表できるほどのデーターの蓄積はなかった。

心理学関係の学会を調べてみると、日本人間性心理学会というところが様々な発表形式を認めていた。割り当てられた教室で関心のある学会員相手に心理技法の実演をしてみせるワークショップ形式での発表でもいいらしい。海外講師の講習の見よう見まねで参加者に実技指導をするしかないだろう――僕は「ワークショップ　ダンスセラピーの実際」というタイトルで第一一回学会年次大会に発表を申し込んだ。

会場は東京大学だった。一九九二年一一月五日。一〇人を少し超える学会員が来てくれた。一時間半の時間枠はあっという間に過ぎた。

「では、最後のエクササイズです。ここに長い布が何本か置いてあります。手にとって動かしてみましょう。布の変化はとてもきれいで面白いですよ。布と遊んでみましょう」

大学の一つの教室が、ワークショップ発表会場として割り当てられていた。僕は一メートルほどの布を床に並べた。赤、黄、緑、紫……十本ほどの布がフロアを華やかに彩った。僕は持参したラジカセで音楽をかけた。こっそり吐息をつきながら。

このエクササイズは、「布の形状が面白く変化するように動かそう」としているうちに、普段経験したことがないほど自由自在に参加者が体を動かすように持ってゆくことが目的だ。だが明治生命厚生事業団で僕が担当していた「ストレスマネジメント教室」で幾度も実施するうちに、人目を気にせずにいられる参加者が滅多にいないことを僕は知った。布を手にしていつまでも他人の出方を様子見している参加者。床に垂らして揺らすだけの参加者。

それが一般の人々ならば仕方がないだろう。だが、心理療法家やその志望者が多数を占めるグループで、妙に萎縮したり防衛的になったりという姿を見ると僕はいらだちを覚えた。自分を出すまいと用心している人間が、他人にそのプライヴァシーを語ることを要求できるのか、と思ってしまうのだった。

ラジカセから音楽が流れた。参加者の方を振り向いたとたん、僕の目の前を青い稲妻のように布が鮮やかによぎるのを見た。続いて、水色の布地がひらひらはためきながら宙を泳いだ。灰色の壁を背景に高く舞い上がったと思うと、勢いよく舞い降りた。二本の滝を彷彿とさせた。

布は、波や花吹雪、あるいは寒色の炎となり、美しく旋回した。その中心にジーパン姿の女性がいた。僕は目を見張った。この人は、これは初めてする体験のはずだ。それなのにこんなに何にはばかることもなく自由に踊れるとは。その表情はただ楽しそうだった。この人は、今、布の動きの面白さと体の躍動感のみに没頭している。

自在に躍動する身体の背後に自由な精神を感じた。僕はしばらく見とれていた。音楽が終わった。二枚の布の動きが止むと、そこには若い女性が真っ直ぐに立っていた。ダイナミックな踊りを止めると、急に貧弱な体軀に見えた。

僕は参加者に終了を告げた。慌ててラジカセなどの後片付けをして教室から顔を出すと、参加者たちは殆どいなくなっていた。地下鉄の駅まで急いだが、参加者らしき人は見当たらない。もしやと手近な居酒屋に入ると、その女性を含めた数名の参加者がいた。

自己実現を目指して

僕は一行の端っこに座ってその女性を観察していた。半ば後ろ向きになったアングルからでは、肩までまっすぐ垂れた黒髪しか見えなかった。相手の口調に応じて小刻みに相づちを打っていることがわかる。その動きを見ると、会話の起伏に集中しきっているようだ。僕が入ってきたことにも気がついていない。

話し相手が何か冗談を言ったのだろう、彼女がいきなりのけぞり、口を大きく開いて「あっはっは……」と大きく笑った。愕然とした。人間の笑いとは、こういうものなのか。僕は生まれてから、こんな風に笑ったことは、ただの一度もない。僕の内部から、笑いが起ころうとすると、反射的に、全内臓が力んで、笑いに閂《かんぬき》をかけてしまう。僕は、周囲を観察し、今笑うことがどのような影響を与えるのか考えを巡らす。それから、笑っているふりをする。しかし、今たしかに彼女は、見た目をまるで気にせず、感情が起こると率直にそれに反応していた。

だが、次の瞬間にまた僕は驚いた。話し相手が一皿食べ終わると、彼女は即座に膝立ちの姿勢になった。何かの言いつけを待つ姿勢に見えた。

一行が食事を終えて、立ち上がり始めると、やっと彼女に近づくチャンスがやってきた。

「先ほどは、僕のワークショップにご参加いただいて、ありがとうございます」

「心理学っていろいろあるんですね！　すごく感動しました。大学では原書講読ばかりだったので……」

いきなり感情のこもった言葉を向けられて、僕は面食らった。ひどく矛盾する印象を受けた。笑顔は天真爛漫だが、相手の顔色をうかがうような上目づかいだ。どちらかというと、キツネ目のほっそり整った顔だちで、まあ、一種の和風美人と言えないことはないと思った。素朴な一途さの中に、時折、卑屈な視線や物言いが混じり込んだ。

マズローを研究したいのだが、指導教官が承認してくれないという。マズロー？　「欲求の五段階説」だっけ？　健康者を研究して自己実現とか至高体験とか言ってた心理学者だっけ？　僕は、ついこの前まで、統合失調症と心理テストの勉強に明け暮れていた。接点が見つけにくい。何とか話を合わせるうちに、その晩はお開きとなった。

翌日、二日目の学会に向かう朝、偶然、小さな四つ辻で彼女と出会い、会釈した。同じ道を、彼女は数歩先を歩いていた。そして振り向いて笑顔を見せた。純粋――真っ先にそんな言葉が浮かぶ笑顔であった。胸が詰まる思いがした。僕はこの何年間か、あんな笑顔で笑ったことがあったろうか？　いつの間にか駆け引きばかりに長じてしまった僕にあの笑顔を向けられる資格があるのか。女性はちらりと横を見た。僕が追いついてくるのを期待したのだろうか。まさか。

その日の学会は、多くの教室に分かれての個人発表だった。発表の終了時間になると、多くの参加者が、次の時間帯に興味ある研究発表が行われる会場に移動する。会場の廊下がごった返す。僕は人の渦の中で、その女性のきょろきょろと誰かを探している視線を見た。僕の姿を探しているのだろうか？　いや、誰か知り合いを探しているんだろう。

そんなことが何度か繰り返されるうちに、「気持ちがだんだんやばい場所に入ってゆくぞ、危ない」と思った。相手は大学院生だ。三四歳になる僕とは一〇歳以上年が離れているかも知れない。恋愛感情に陥ったところで、その後どういう展開があるというのだろう。

学会の締めくくりは懇親会の立食パーティーだった。彼女は年配の参加者から話しかけられたのか、相手の前に釘付けになっている。

僕は心の中で苦笑した。相手の姿を一日探していたのは僕の方じゃないか。それだけのことだったんだ。もう二度と会うことはないだろう。

僕は会場の出口の方に向かった。背後から「先生、先生」という声が聞こえた。振り向くと、彼女が小走りにやってきたところだった。

「手書きですが、これ、私の名刺代わりです」

渡されたカードには住所と電話番号を添えてこう書いてあった――「日本女子大学文学部教育

学科博士課程前期一年　宗像奈緒」

苦学の人と

奈緒が関心を持てそうな学会のパンフレットや、活字になっていた僕の文章を幾つか送った。そのうちの一つの学会に誘うという口実ならば、電話をかけることは難しくなかった。申し合わせて参加した日本芸術療法学会では、僕たちはほとんど行動を共にした。

新宿の東京医科大学が会場だった。発表会場に並んで座ったが、やがて奈緒は「人が多すぎて気分が悪くなった」と言い出した。二人でいったん会場を出て、喫茶店で向かい合った。そこで初めて聞いた奈緒の孤独な努力の人生は僕の心をわしづかみにした。

高校時代は完全に家に閉じこもっていた時期もあったが、少しでも学校に顔を出せば遅刻か早退扱いにしてくれたので、辛うじて必要出席日数を超えることができた。ひとまず実践女子短期大学部で栄養士の資格を取った。確実な資格を確保してから、放送大学で四年制大学卒の資格を得た。その間、家庭教師やウェイトレスのアルバイトで大学院進学のための学費を稼いだ。心理療法家という目的へと歩みを進めるたびに、亜空間と呼んでいた状態は霧が晴れるように消えていった。更に一年間文教大学で聴講生として学んだ末に、臨床心理士を目指して現在の大学院に入った。紆余曲折を経た彼女は、通常の大学院初年より年長の二五歳だった。

僕は知る限りの学会でのコネ作りの方法を説明した。自分の論文が印刷された冊子のコピーをたくさん取って自己アピールのツールに使う。だが学会雑誌は論文審査に時間がかかる。特定の流派や技法を広めようとしているグループは学会より小規模だから、そういうグループが自主的に出している研究誌は審査も緩くすぐに活字になる——そんな業界事情を説明した。

「僕が紹介できる研究誌もあります。二〇〜三〇枚にまとまりそうなネタはないですか」

「たまたま一冊ノートがありますけど、殴り書きですし、全然まとまっていませんし……」

彼女はネガティブなことを散々言いながら、鞄から取り出したノートを渡してくれた。

ノートをざっと見て僕は驚嘆した。マズローどころではない。現象学的心理学者ジオルジからの引用がある。コリン・ウィルソンの評論の引用や体験談の記述まである。

「大変な勉強量の先生がいらっしゃるんですね。これだけ幅広い範囲を扱ってるってどういう名称の講義なんですか」

「いいえ、私が勝手に作ったノートです。卒論の時に取ったアンケートの抜き書きも入っています。めちゃくちゃですよ」

僕は本当に驚いた。にわかには信じられなかった。

「これを全部独学でなさったのですか？　あなたは強靱な知性をお持ちですね」

「でも、ただ書き写しただけですよ」

「書き写すといっても、そこには編集作業があるわけでしょう？　普通の学生さんは、ただ先生の板書を書き写すだけですよね。でもあなたは、独自の視点からまとめようとしている。本当に自分の頭で考えようとしている。そういうことができる人は少ないんですよ」

奈緒は、誰のことを言っているのだろう、という戸惑った表情をしていた。

「女性にこういう言葉は何ですが、あなたの知性は野武士タイプですね。そこにダイヤの原石が見えます」

はあ、と彼女は他人事のように言っただけだった。この人は、こういう視点で他人から評価をされたことがなかったのだろう。なぜ、今まで誰も気がつかなかったのだろう。

しばらくして、奈緒から電話がかかってきて、「私の勝手な思い込みだと、思うけど」と、一〇回以上繰り返した上で、「先生のことで頭が一杯になっています」と言った。僕は「自分も同じ気持ちだ」と答えて「会って、ゆっくりと話したい」と申し出た。

電話を終えて僕は呆然としていた。頭が一杯です——何て、真っ直ぐな言葉だろう。沖縄の精神病院で、僕はどういうコミュニケーションをしていただろう。澄まし顔での嘘。腹の探り合い。威嚇。揚げ足取り。ごまかし。欲しい言葉を引き出そうとする釣り。みんな、相手に与える印象を計算し、本当のこととは別のことを信じ込ませようとするものばかりだった。開院当初から七年間続いたごたごたの中で、僕はそういう偽りが巧みになるように自分の言葉を磨き続けていたのだ。そんな言葉に比べて、シンプルな真実の言葉とは、なんと胸を打つのだろう。

二人ともデートスポットをまるで知らず、新宿御苑しか思いつかなかった。申し合わせたように、二人は人影の少ない場所を目指して歩いた。次第に言葉は少なくなった。それがどんな結果になるかわかっているはずなのに、僕は何かの流れに抗することができなかった。そして僕たちは公園の端の影が拡がる領域にある太い木にたどり着いた。

「あなたの人生に敬意を感じます。僕に、あなたの力にならせていただけないですか」

僕はぎこちなく言った。それからもっとぎこちなく奈緒の肩に触れた。だが、奈緒の方はもっとぎこちなかった。奈緒は、遠いまなざしのまま化石のように身を固くしていた。

短いひとときの後、僕たちは出口に向かって歩き始めた。長いこと、言葉はなかった。不安だった。並んで歩いてくれるのだから、怒ってはいないのだろうが、様子をうかがう勇気はなかった。

「わぁ、きれい！」

突然奈緒が歓声を上げた。僕は新宿御苑が、赤や黄色などの紅葉に覆い尽くされていることに初めて気がついた。

告白

僕にはっぱをかけられ、奈緒は『青年期における目的意識と成長』と題する小論を持参した。「目的を持つことで人間が成長し、その全体的成長が病んでいた部分を治療する」という主張で自分の頭で考えて書かれたものではあったが、悪文だった。僕は、原稿用紙に朱筆を入れながら、他人にどう受け取られるかよりも自分の思いが先に立つ性格がよく出ていると思った。奈緒は自己演出によって「他人に見える自分の姿」をコントロールすることが全く出来ない。不器用な人間だ。奈緒のやりたいことを理解してサポートして、その人生の目的の達成を助けられる人間は僕以外にはいないのではないのか。奈緒は、適切な助っ人がいれば、必ず大きく開花する。

やがて奈緒は、近所の南川げんきクリニックでサイコロジストとして非常勤採用された。僕は、学会での口頭発表を勧めた。奈緒の話しぶりははきはきしていた。終わった後で、学会誌の編集委員がやってきて「今の発表内容を論文にしてみたら?」と声をかけてくれた。奈緒に注目するのは僕だけではなくなってきていた。二本の論文が採用され掲載された。

奈緒との年の差は九歳だった。結婚を考え始めた。すると、このことだけはどうしても言っておかなければならないような気がした。

「僕はもしかしたら、あなたにとっては、初めて自分を認めてくれた人なのかもしれませんね。あなたの夢を実現に導く人に見えているのかもしれない……でも、僕はあなたが思っているような善人ではありませんよ。僕の中には、あなたが知らない邪悪なものがあるということです」

僕は、奈緒に自分が組合闘争の中で何をしたのかを話そうかと思った。僕は、院長の精神にダメージを加えることを目的に、その耳元で執拗に罵声を浴びせ続けたシーンを思い浮かべた。その後、僕は「今日はどれだけ奴にダメージを与えただろう」ということしか考えなかった。自分がいかに無慈悲で残忍な人間になりうるか――しかも、怒りに駆られてではなく、計算の上で。

僕は好きであいうことをしたわけではない。元は、単に「ちょっと計算高い奴」程度だったと思う。だが、組合争議の中で、僕は、相手の弱点を探し、裏をかき、甘い言葉で誘い、罠を張り、餌で釣る、そういう嫌な技を極限まで磨かざるを得なかったのだ。そうしなければ生きてゆけなかったのだ――だが、僕の攻撃性が闘争で過剰に引き出されたとはいっても、それは元から僕の中にあったと認めざるを得ない。

奈緒は、怪訝そうに僕を見ていた。僕はやっぱり具体的なことはとても話せないと思った。

「あなたは、笑いたいときに笑い、泣きたいときに泣く――僕はそういう純粋さにふさわしい人間ではないような気がするんです」

「よくわかりません。私は、何も考えてません」

「僕は何をするにも一々考えてしまうんですよ。奈緒さんにはご自分の良さは決してわからないと思いますよ。でも、ありのままの自然でいられるということは、できない人間から見れば神の技なんです」

交際期間中に奈緒がかつてそれと呼んでいたものが一度だけ軽く起こりかけた。指導教官が、奈緒が修論テーマを変えてもそれを認めてくれず、退学するかどうか思い悩んでいるときだった。喫茶店で、しばし口をつぐんだと思うと、「今、あの感じが起こっている」と力ない声で言った。その目は、遠いところにある何かを、ぼんやりと見つめているようだった。僕は、テーブルの上に、力なく投げ出された、奈緒の手の上に、自分の手のひらをのせた。何分間かたった。

「大丈夫。もう、もどってきた。こんなこと、本当に久しぶり」と奈緒は言った。

心理療法を勉強するうちに、奈緒は、現実の中にいながら別の空間に閉じ込められてゆくような不気味な感覚を「離人症状」だったと位置づけていた。話を聞いた僕もそれに同意見だった。

離人症状とは、自分が体験していることに何の感情も起こらなくなったり、現実感覚がなくなってしまう精神症状である。「今、ここに自分がいて、現実を体験している」という現実感とは、なくなってみて初めて、どんな活動をするときにも伴っていたということに気づくという代物なのだ。

精神病院に勤務していた何年間かの中で、それを主訴として自ら入院してきた人がたった一人だけいた。見た目は普通の人と変わりなかったが、暗い表情で周囲を避けていた。言葉少なく「説明するのがとても難しいんです。どれほど苦しいものか、誰にもわかっていただけないでしょう」と言うだけだった。その男性のカルテには離人神経症という今はもう使われない診断名が書かれていた。

奈緒がもう消えたと思っていた体験が危ういところまで近づきかけた。聞くと、その指導教官は定年退官まで残りわずかだという。僕はいったん休学し、復学する時に新しい指導教官を選ぶことを勧めた。奈緒は退学を思いとどまり、休学してクリニックの勤務日を増やすことにした。

僕は、奈緒が、多彩な精神症状に苦しめられてきたことには不安を感じなかった。僕は、奈緒は基本的に、健康な精神の持ち主であると固く信頼していた。抑鬱。拒食。不登校。離人症状。それらのものは、奈緒の過酷な生育史によって、後天的に形成されたものに過ぎない。環境の圧力さえなくなれば、健全な人間性の方が前面に出てくるはずだ。そしてこれまでの個々の症状は、過労が引き金になっている。奈緒は、疲れやすい体質だった。奈緒の精神症状は、僕が疲労が重ならないよう気を配れば、おそらく起こらない。わずかに残っていた拒食症だって、僕と付き合っている期間に自然消滅しているのだ。

結婚の可能性を感じると、さすがに僕も奈緒を今までよりも子細に観察するようになっていた。恋人関係になると、奈緒は完全に男言葉で話すようになり、僕を戸惑わせた。何かに駆り立てられるようなせっかちさを感じることがあった。駐車場に車をつけるとファミリーレストランの入り口まで一目散に走ってゆき、後で理由を問うと「時間がもったいないから」と答えた。時折、奈緒は張りつめた高い声で早口でまくしたてることがあった。考えてからでないと言葉が出せない僕と波長が合うのだろうかと迷うこともあった。それでもプロポーズは僕の方からだった。それから二人は経済感覚が実に合致することがわかった。共に「贅沢なものには一切出費しない」主義で、僕は安上がりなレストランを式場に選び、奈緒は一番安いウェディングドレスを借りた。形だけでもと思い、結婚指輪も人から借りた。

三月に珍しい雪が降った日に、僕たちは結婚した。僕は三七歳、奈緒は二七歳だった。

奈緒と二人で力を合わせれば、カウンセリングルームを、やってゆけそうな気がした。心理療法家としての腕前は、集中力が高い奈緒の方が、僕よりも遥かに上だろう。奈緒は非常勤で担当したクライアントのことを常に僕に相談していた。僕はその話を聞きながら、奈緒のクライアントへの誠実さや温かさを感じた。

僕は、ようやく独立開業を本気で考えるようになった。僕は、「自分は子どもは苦手だ。不登校児などはすべて君に任せる」と言った。奈緒は「心身症治療をライフワークにしたい」と言った。奈緒の不登校は、登校時に身体症状が出ることが原因だった。心の問題が体の症状となる――奈緒にとっては、自らの人生の根拠を問うものであった。心身症だけで精神病院に入院する患者は見たことがなかったので、僕には経験のない分野だった。二人は、互いに補い合えそうだった。

疲労というトリガー

しばらく僕は明治生命厚生事業団の研究員を続け、奈緒は都心の赤坂溜池クリニックに一日おきで非常勤のカウンセラーとして勤務することになった。

奈緒の集中力は大したものだった。毎日、いったん面接の記録を始めると、周囲のことは全く目に入らなくなり、時にはそのまま二、三時間脇目もふらず仕事に没頭し、食事時間を忘れるほどだった。奈緒はよく体調を崩した。それでも奈緒は徐々に勤務日を増やしてフルタイム勤務にもってゆきたいと言い張った。奈緒にとっては、社会で仕事をしているということが、不登校だった自分が一人前になったという証明なのかもしれない。やる気と体調のバランスが取れていなかった。「その気になれば肉体の限界を超えられる」という精神主義的な発想があった。僕はしばしばふらつく足で無理に出かけようとする奈緒を後ろから抱きしめて止めなければならなかった。こういうときに無理をすれば、奈緒はその後二日近く調子を崩した。

「鏡を見てみなよ。病み上がりの病人としか見えないよ。自分が病気になっちゃ世話ないぞ。時間ぎりぎりまで横になっときなよ」——そう言ってぎくりとすることがあった。僕の言い方には少しとげがあったのではないか？

僕は奈緒に感謝していた。自分の言葉に、ややもすれば闘争の時代の毒のある皮肉が混じり込む。奈緒はそのとげに気がつかなかった。空振りする自分が愉快になってきた。そのたびに僕の中の牙は鈍った。奈緒と一緒になってから僕は少しずつ真人間になってゆく——。

ある晩、奈緒は、仕事からかなり疲れた顔で帰ってきて、「ごめん、食事すぐに作れそうにない」と言った。僕は「いいよ。後でコンビニで弁当を買ってくるよ」と言った。しばらく二人は、こたつを挟んで向かいあって、寝そべっていた。奈緒は、その日にあったことを、僕に話さないと気が済まなかった。いつもならば、そのままちょっとした症例検討会になった。

「院長が、その人を、抗鬱剤も、必要に、なるんじゃないか……と……言った……」

おや、今の言葉はさっき言ったことの繰り返しだ。「抗鬱剤は……」、また同じ言葉だ。しかも、言葉と言葉の間隔が長くなってゆく。「……その人の、職場……」、睡魔に襲われて、言葉を論理的につなげようとする意識が次第に薄らいでゆくように聞こえた。

ろれつが、回らない。疲労で居眠りしかけているのだろうか。僕はこたつの向こうに半身を横たえた奈緒の様子をうかがった。ぎょっとした。その目つきは変わっていた。結婚前に離人症状を起こしかけたときの目つき？　いや、よく見ると、違う。この世にはない別の次元を見る、遥かな目つきではない。ただ、それはどんよりとしていた。この世の何も目に映っていない。

僕は奈緒の声がピッチを落としてゆくのを全神経で追った。寝ぼけた声ではない。消え入りそうになりながらも、その声の中にいつもの声とは異なる音調が混じってくるのを僕は聞き分けた。得体の知れないものが近づいてくる。

解離の時間

不意に奈緒の声ががらりと変わった。それは、奈緒の口から一度も聞いたことがない声だった。半分、男の声が入り混じったような、どこかの深淵から出てくる声だった。僕は背筋が寒くなるのを覚えた。声は、先ほどよりもはっきりとしていた。それでも、意味が聞き取れない。ただ、語尾に「〇〇じゃ」「〇〇じゃ」という古風な言い回しが続くのだけが聞き取れた。

亡霊？　もしかすると、この安アパートの一室は、古くからさまよえる苔むした魂が満ち、僕の後ろには血が染み込んだ鎧をまとい、恨みを抱いた武者ががらんどうのような瞳で僕を見下ろしているのかもしれない。

僕は恐怖に凍り付いたまま、無表情の奈緒の呪言を聞き取ろうとしていた。だが、僕の中に事態にあらがうものが頭をもたげていた。これは、神託でも呪いでも憑依でもない。そこに、意味を探してはならない。これは、解離性障害ではないのか。例えば、はっと気がつくと自分が居住地から遠く離れたところをさまよっており、そこに至るまでの経過を全く思い出せない等、常に行動を観察しているはずの「自分」が自分から離れてしまう。一見夢遊病に見えることもある離人症状は今日では解離性障害というグループの中の一つの症状として位置づけられている。

解離性障害は長い過酷なストレス状況の後に現れることもあるという。奈緒はまさにそういうケースで、思春期から解離性障害というゾーンに陥ったのではないか。離人症状も、目下の自己意識が一時的に消失する一過性の意識状態も、解離性障害の一つの現象と位置づけられるのではないか。この様子を見るたびに親が驚いて通院先を変えていたとしても、不思議ではない。

僕はようやく落ち着きを取り戻した。すると、一時は高まっていた奈緒の異様な声が次第におさまってきた。それは次第に間遠になっていった。やがて終わった。

僕は息をのんで様子を見ていた。奈緒、帰ってきてくれ。焦点の合わない目。寝起きのような曖昧な表情。しばらく黙っていた。奈緒が人心地に戻るまでまだ時間が必要だった。

「私、今、何か変なこと言っていた？」

「いいや、別に」と僕は答えた。奈緒の表情に少しずつ生気が戻ってゆく。奈緒が先ほどの状態で発していた言葉を分析するという誘惑にとらわれてはならない。そこをいじっているうちに症状が固定的になってしまい、多重人格などと呼ばれる事態になりかねない。今の奈緒の様子、そしてかつての離人症状、これらはいずれも奈緒が疲労の極致にあるという条件があって発現する。それなら、奈緒が疲労を蓄積することがないように留意さえすればいいのだ。

一人でパソコンに向かっていても奈緒のことをしょっちゅう考えている。すると、奈緒が「洋ちゃん」と声をかける。そして「好きだよ」と続ける。「うん」と僕は答える。翌日にはそんな日常に戻っていた。過労さえ避けていれば、奈緒は明るくておしゃべり好きな自然体そのものの人間だった。僕たちは毎日お互いのクライアントについて意見を交換し、話が尽きることはなかった。だが、もっと多かったのは、冗談だった。僕のつまらない冗談にも、奈緒は大きな口を開け、のけぞり転げ回って笑った。僕たちは幸福だった。

唯一、影を落としたのは、奈緒の父親の死であった。父親はいまわの際に「奈緒を呼んでくれ」と言った。母親は「奈緒は、今、地方の学会に行っていて、来ることができない」と嘘をついた。父親が最後に何を伝えようとしたのかは永遠の謎となった。父親の遺体を前にして奈緒は激しく泣き、「間に合う距離なのに、どうして伝えてくれなかったの？」と怒った。母親は「お前がショックを受けないように気を遣ったんじゃないか」と答えた。その唇の端に薄笑いが浮かんでいるのを僕は見た。奈緒と母親とは絶縁状態になった。

イリノイの天使

開業にあたって、もっと自分に箔をつけなければならないと思った。調べているうちに、セオドア・ミロンという人格障害の分野での国際的権威が日本に全く紹介されていないことがわかった。主著を注文すると、両手で持たなければならないほどの辞典のような分厚い本が届いた。内容も、是非日本に紹介したいと思わせる魅力的なものであった。僕は睡眠時間を削ってこの超大作の粗訳に取りかかった。

かたや、奈緒の論文はとうとう最も審査が厳しいとされる日本心理臨床学会の学会誌に掲載された。

僕たちは、新宿に小さなカウンセリングルームを借りて、夫婦二人の事業を出発させることになった。臨床家の二人から生まれる子どもは、援助職に興味を持っても不思議ではない。独立のリスクはある。だが、僕たちの子どもに、将来の職場の選択肢を一つ提供することはできる。

カウンセリングで生計を立ててゆくには、僕たちにしかないものが是非必要だ。明治生命厚生事業団を退職した年の夏、イリノイ大学のアートセラピー夏期講習に参加した。緯度では北海道とほぼ同じイリノイの空は高く澄んでいた。

粗い樹皮の樹が間隔を空けて並び、なだらかな傾斜の芝生に影を落として柔らかい縞模様を作っていた。その向こうのきらめきをこの国の人々は湖と呼ぶのか、池と呼ぶのか。そちらの方からさわやかな風が吹き抜ける。木立ちの間にまばらに散らばる大学の建物。まるで避暑地の明るく閑散としたコテージ村だ。建物の陰で切り抜いた何枚かの写真を画用紙に貼り付けた後、終了を告げる声の方角に向かった。

コテージのテラスに円形に並べられた椅子。そこには、様々な人種の二〇人ほどの人がいた。一人一人、コラージュで作成した家族イメージを説明した。僕のコラージュ作品では、奈緒は、常に天使や女神の姿で現れた。

「あなたの、家族イメージは、いつも、奥さんが、崇高な存在として高みにいて、そして下界に当たる位置に、ネガティブな男性の、像があるのですね。それがご自分にあたるのでしょうか」と女性教授が言った。そのコラージュでは、絵の下の方に、浸水した水に腰までつかり、苦悩の表情で目をつぶって頭を抱えた男の姿があった。

「あなたの奥さんに対する思いは、信仰に近いものがありますね」――年配の教授の言葉はそう言ったように聞こえた。

妻の章――空白の娘

ミルクを受け付けない

産婦人科から退院した日から躓《つまず》いた。エリが、ほ乳瓶からミルクを呑まない。ミルクを別の種類に買い換えても、口を開こうとしない。

私は、リビングルームに目をやった。夫婦二人で住むには、かなり大きかったリビングルーム。この子を新しい家族として迎え入れるためにきれいに掃除をした部屋の隅っこには、赤ちゃんグッズが山のように積まれている。私は、自分に普通の体力がないことを知っている。出産後、よそのお母さん以上に身動きが取れないだろう、だから、買い物には行けないと予想して、何ヵ月も前から、育児書をチェックしながら必要なものを買いそろえておいた。紙おむつ、ウェットティッシュ、肌着、ベビーチェア、授乳用クッション、使用済みおむつ用ダストボックス。考えられる事態に全て対処できるようにしておいたはずなのに、いろいろなほ乳瓶吸い口を用意するなんて思い浮かばなかった。事前に購入した育児書には、赤ちゃんが、人工的なミルクの方をおいしがるようになって母乳を受け付けなくなることがあると記されていたが、その逆は特に書かれていなかった。

パパは、試しに別の形状の吸い口を二つ買ってきた。どちらをそっとあてても、口を開こうとしなかった。そして、小さな泣き声を上げ始めた。私たちの間で、沈黙が広がった。

私は、出産前に、クライアントには、「出産後、一ヵ月間は面接はできない」と伝えてある。その後は、私が面接室で面接している間に、エリがお腹をすかして泣き出したら、パパがほ乳瓶でミルクをあげる、という予定だった。だけど、エリが泣くたびに、私が駆けつけて母乳を与えなければならないとなったら……私は、エリが乳離れするまで、面接をすることができない。子どもに手がかかるうちはパパは新宿に行く日数を減らして育児支援をし、大宮で私が面接をする──その構想が不可能になってしまう。すると、今まで維持してきた家計はどうなるのだろう？

「夜泣きしたら俺がほ乳瓶をくわえさせればいいだろうと思っていたんだけれどもな。いちいち君が起き出さなきゃならないというのは、負担だろう？　対策を考えなくちゃな」

誕生直後のエリをパパが撮ったビデオを見るはずだったのに、あたふたしているうちに眠る時間が来た。

私は、腕の中のエリを眺めた。不思議な気持ちだった。パパが四二歳になって、「なんとかカウンセリング業でやっていけそうだ」ということになって、私が三三歳で、やっと授かった私たちの娘。つい先日までは、人間が二人だけだったこのリビングルームが、今は三人になっている、ということがどう考えても信じられない奇跡のような気がする。でも、私の腕の中にある小さな生命から温かいぬくもりが伝わってくると、いとおしくてかけがえのない宝物のように思う。私は何度もエリをそっと抱きしめ、ちょっとこけしみたいに見えるその顔を眺めた。ちっちゃな指が開いたり閉じたりしている。

この家を、私が育てられたような家にはしない。平和な家庭を作ってみせる。私が味わったような思いは絶対にさせない。あなたを必ず守る――私はエリをぎゅっと抱きしめた。

眠らないエリ

ふと気がつくと、私は黄昏《たそがれ》色の四角い畳間にいた。両腕の中にエリがいる。部屋はオレンジ色の常夜灯に薄暗く照らし出され、日没寸前の最後の光にあたりが満ちているように思えた。

自分は、エリを抱いたまま椅子の上で居眠りをしていたのだ、と気がついた――もう、どれぐらい長いことこんな日々が続いているのだろう。昔からパパにうるさく「零時前に床につくように」と言われているし、確かにそうしなければコンスタントに体調を維持できない――だが、それどころではない。最初は夜中に何度起こされようと懸命に頑張って対応していた。そんなめはりがない。自分が気力をふりしぼっているのか惰性で動いているのかすらわからないのっぺりした時間の中にいる。何時に眠って、何時に起きているのかも分からない。とにかくエリが眠ってくれない。正確に計っているわけではないが、エリの眠りは一五分程度しか続かない。

エリは、小さな拳を握って楽しそうに上下させている。育児書には、「生後一～三ヵ月で、赤ちゃんの睡眠パターンは大人のように夜まとめて眠るようになる」と書いてあったのに。

覚めることのない悪夢の中にいるようだ。もう、生後三ヵ月。あんなに疲労に弱かった自分が睡眠パターンをずたずたにされて倒れないでいるのが不思議だ。ふと不安が起こる。かつて私がそれと呼んで恐れていたものが、長い眠りから身を起こしてくることはないのか。私はこの子を育てられるだろうか。もし、突然、ダイニングテーブル・ベビーベッド・がらがら・冷蔵庫・パソコンといったものたちが、私から遠く離れていく感覚が襲ってきたら……。

一瞬、眠りに落ちかけていた。倒れちゃダメだ。倒れちゃダメだ。居眠りなんかしたら、エリを危うく腕から落としかねない。

「ねぇ、約束したのに、何で三時に起こしてくれないのよ。さ、その子、渡して」

パパがやってきた。時刻を見ると午前三時三〇分。午前三時になったら、交代しようとパパが言っていた。パパは廊下を隔てた面接室にふとんを敷いて眠っていた。三〇分前に交代時間だなとは思ったが、私はパパを起こしには行かなかった。生後間もない赤ちゃんを見るのに、父親の手を借りたら、一人前の母親ではないような気がした。

「深夜勤務のしのぎ方は病院に勤めていたときに見ていたんだよ。今まで俺は眠っていたんだから、大丈夫」とパパは、エリの体の下に両手を入れるとひょいと抱き上げた。私は、両手で耳を覆った。エリが泣き叫び始めたからだ。

何だろう、この鼓膜を貫くような激烈な泣き声。耳を覆っても、脳に突き刺さる。振動する脳から悪い化学物質が広がるようで、全身が震える。エリの叫び声が廊下を遠ざかっていっても、悪寒はおさまらなかった。

違う。あれは、私を求めて叫んでいる声ではない。人間に向けられたものではないという直感がある。誰も不在な場所で存在の根底から来る絶叫。脳が壊れて、その裂け目から故障した非常ベルが鳴り響いているような無意味な強音。

あの叫び声は、私を戦慄させる。玄関のドアの閉まる音。ようやく叫び声は遠ざかる。

眠らなければならない。パパが私を眠らせるためにマンションの無人のエントランスまで行っているのだ。パパは、この前のように、表で登校する小学生の声が聞こえる朝になってから「やっと眠ったよ」と言ってエリを連れて帰ってくるのかしら。私だって、朝まで一睡もせずに頑張ったことは何度かある。でも、今晩はもう立っていられない。

横になった。眠りはやってこない。あんなに眠かったのに、変に目がさえてきて、胸がどきどきしている。カーテン越しに一日の最初の光がうっすら見え始める。

この子に輝く未来を

エリは、ベビーベッドで仰向けの体勢のまま、小さな右肩を上げた。顔もごろんと左側を向いた。次の瞬間、反動で元の仰向け体勢に戻ってしまう。それでも、同じことをまた始める――寝返りを打とうとしているの？

それは朝早くから始まり、休む間もなく繰り返されていた。動きが少し大きくなってきている。今日は珍しく泣くことが少ない。パパがやってきて交代しようと言った。

やり終えていないことが次から次へと積もってゆく。もうろうとしたまま、ただ体を動かしてルーチンをこなしている。自分が何をやっているのかわからなくなる瞬間がある――。

「おーい、すごいとこ見ちゃった」と叫んで、パパが飛んできた。「たった今、エリが寝返りに成功したぞ。何度も繰り返してさ、俺の目の前でくるって回ったんだ……そして、両手を床につけて、口を大きく開いて『オーッ』って雄叫びを上げたんだよ。すごい風景を目にした大人と同じだったな」

「信じられない！　三ヵ月そこそこの赤ちゃんが、こんなに強い意志を持ちうるの？」

「意志の固まりみたいな奴なんだな、生まれつき。こりゃ、大きくなって中東の戦争従軍記者になるなんて言い出したら、何を言っても曲げないだろうね」

「私たち、『ハイ、わかりました』ってすぐに銀行からお金を下ろしてくるしかないのよ」

「活発そうだから、ダンスで身を立てたいとか言い出すかもね」

「何かわからないけど、この子は、きっと大きな使命を持って生まれた子どもだと思うの。カウンセリングみたいなことじゃなくて。本当に、どんな人になるのかしら、エリちゃんは」

「何かの使命を天から授かっているのだとしたら、俺たちは、この子を本当に大切に育てていかなければならないね」

　特別な子ども。そう思うと、今までずっと続いてきた身を削るような子育ての苦労も、全て耐えるに値することのように思われた。あと少し辛抱すれば、この子の睡眠だって少しは正常化するはずだ。きっと来月ぐらいには……。

孤立した育児

　夏になった。エリは眠らなかった。私はただ惰性で体を動かしている。エリのおむつを取りかえる。エリの小さな夏服を洗濯機の中に入れる。それらを、エリを一人に放っておける短い時間で済ませなければならない。せめて、エリを背中におぶってやれれば両手が空くのだが、それをしようとすると、エリは泣き叫びおぶられることを拒絶する。おんぶひもを買った時には、赤ちゃんを背負って家事をしている自分の姿を想像していたのに。おんぶひもを体の前に回して抱きかかえる体勢をとるしかない。そうするとエリを抱いている限り、両手が使えず何もできない。しかも、エリは抱いていなければならない時間が圧倒的に多い。

自分が何をしているのかよくわからない。時折、それがやってきたのではないかとぎょっとする感覚に襲われる。だが、昔の拒食時の透明な体感と違って、体が濁った重たい汚水に満たされていると感じる。そして、頭が割れるように痛い。おでこに手のひらをやってみると、熱があった。

とうとう風邪で寝込んだ。こんなことをしている場合じゃない。起き上がって、エリが汗をかいていないかどうかチェックしなければ。パパがやってきて、熱があるのを見破られてしまった。頰が紅潮していたようだ。「風邪薬を飲んで、寝ていたら？　授乳以外のことは、こっちでやるから」と言うが、任せられるのか、任せていいものなのか。

熱は、三七度と少しあった。パパがうるさく言うので、仕方なく内科に行った。パパは、もらってきた薬をすぐにチェックして「漢方薬しかないじゃないか」と言い出した。

西洋薬なんて、飲まない。妊娠しているときだって、風邪を引いたことはある。パパに散々「もう安定期なんだから、風邪薬ぐらいいいじゃないか」と服薬を勧められたが、私は絶対に飲まなかった。熱冷ましシートを薬局から買ってきてもらっただけだった。

今だって、薬を飲めば、母乳に入って、それがエリの体にも入ってしまう。エリは、母乳だけで育っている。私の母乳は絶対に汚すわけにはいかない――妥協しても、漢方薬までだ。それも、熱が下がり始めたら、すぐに飲むのをやめる。

パパは、しばらく「お腹の中にいるんじゃなくて、もう外に出ているのに、考えすぎじゃないのか」などぶつぶつ言っていたが、最後は黙ってしまった。

熱は下がらなかった。二、三日たって、パパは、ベビーシッターに家に来てもらうことを主張し始めた。

私たちは、どちらの親にも助けを求めることができなかった。私は、自分の母親とは音信不通の状態だ。

パパの実家には、結婚当初に何度か行ったことしかない。実家に向かいながらパパは「俺が高校に入ってすぐに父は湘南支社長になったんだ。俺一人が下宿して、そのまま、六畳一間の生活を長年続けていた。たまに実家に帰るたびに家具が増えていくのを皮肉な視線で眺めていたね。俺一人だけここの家族じゃないような気がする。ま、形だけ挨拶してくれればいいよ」と言った。

パパの話は本当だった。妹さんや弟さんが実家に帰ってくると、舅も姑も満面の笑みを浮かべて椅子から立ち上がって迎えたが、パパが帰ってきても、立ち上がろうとも顔を上げようともせず、ただ「おかえり」と素っ気なく言うだけだった。パパの方も、部屋の奥に行って背を向けて黙ってコートを脱いでいた。

姑の容貌は、若かった頃はふくよかな美人だったんだろうなと思わせた。会う前に、パパが、「昔のことでよく分からないが、友達が勝手に母の写真を応募したら、ミス戸畑市に選ばれたそうだ。結婚するときの着物姿が、写真館のショーウィンドウに飾られていたらしい」と言っていたが、確かにそれぐらいの器量だったのだろう。姑は私にしきりに料理を教えたがったが、パパは私に「聞き流しといて。新作料理にチャレンジするのが好きなんだ。ことごとく失敗してるよ」と耳打ちした。

あれから三年たった。パパは「うちの母親に助けを求めても時間が取れないよ。社交好きなんだ。老人会とか合唱サークルとか、首を突っ込んでは代表にされる人だから」と言う。たしかに、あの世代には珍しい女性ドライバーなのに、孫が生まれても車で訪ねてこない。

料理を教えた時の調子であれこれ指示されるのなら、姑よりもシッターさんの方が気兼ねしなくて良さそうだ。一番安いベビーシッター派遣所を調べ、そこに依頼した。

年配のシッターさんが何度かやってきた。毎回、「本当に、元気で明るいお嬢さんですね」と言って帰っていった。そう言われると、うれしい。エリは、あのすさまじい声で泣き叫びさえしなければ、上機嫌で喃語《なんご》を発声し続けている。

「ベビーシッターさんに見てもらっているうちに、君は、隣の部屋で眠れるだろう?」とパパは言ったが、ふすま越しの部屋では、私は隣が気になって眠れなかった。結局、シッターは何度かしか頼まなかった。口には出さないが、パパにも私にも、少しでもお金を使わないようにしておかなければ、という気持ちが働いていた。

パパは、マンションとは別空間で他の人にエリを見てもらえる可能性を探していたようだ。大宮そごうデパートで、二歳までの子どもを一時間無料で預かってくれる託児室を見つけた、大宮ダイエーには、一定以上の買い物をすれば、二時間無料で預かってくれる託児室がある……と言い出した。毎日、パパはその二ヵ所にエリを抱いてゆくようになった。託児室の保母さんにエリを任せて、その時間をデパートの中の喫茶店で仕事に使うことができるので合理的だという。

こうして数時間エリから解放されても、睡眠時間に充てられるのはその中の一時間ぐらいだった。家事は次から次へとたまっていった。

廃れゆく部屋

秋になった。エリはまだ眠らない。

きれいに整理されていたリビングルームは、今や、花瓶の花は萎《しお》れ、テーブルの上は雑多な小物がうずたかく積まれており、部屋の隅には、それが何なのか、もう確かめてもいない正体不明のものが転がっていた。それらのものを片づける余力すら残っていなかった。

部屋に漂うおむつ用ダストボックスからの臭い。まるで籠城だ。一方がエリを抱いては、他方が横になる。時には、浅い眠りが訪れることもあった。他に何もやることがないので、パパがデジタルカメラを買ってきた。私たちはエリの撮影に夢中になった。一一月には一〇〇枚以上のエリの写真を撮った。

「お人形さんみたいね。遠い彼方を見ているみたい」

「神秘的な表情だな。この世の何も目に映っていないという感じだね。だんだん人間臭くなっていくんだろうね」

「この子、きれいになるわよ。この子を育てるの、大変だけど、頑張ろう。将来を想像すると、うれしくなっちゃう」

床の上に仰向けになっているエリ。泣くときの激しさは相変わらずだったが、エリは何かに夢中になると、楽しそうにしている赤ちゃんだった。私たちにとっては、どんなに苦しい毎日を送ろうとも、守り抜かなければならない輝く宝物だった。

エリは親の姿を見かけると、すごいスピードで這ってきて、膝にすがりつく。そんな風に激しく求められると、やっぱりうれしい。その都度抱き上げては抱きしめる。気まぐれなのか、しばらくたってエリが私たちの腕をふりほどいて床に降りてしまうまで、私たちはエリの柔らかい肌と、良い匂いと、生命感を抱きしめる。だが、甘美な時間が時折救いのように訪れる一日が終わりに近づく頃になって、私は家事のやり残しがまた増えていることに気づくのだった。

外出することも殆ど出来ない。パパは、近くのコンビニに立ち読みに行ってすぐに帰ってくる程度。私は、エリの生後、久しぶりに駅前のデパートの中でやってる占いコーナーに行った。頭から信じているわけではないが、人柄の良い初老の女性で、最後に必ず良い方向の占いを出してくれるので、気持ちが楽になる。エリが寝返りを一日自主特訓して成功した話をすると、「将来はアスリートだったら水泳選手、学問だったら東洋史などの東洋に関する学者か、考古学」という占いだったので、いい気持ちになった。パパは私が何回か通っていることを知っていたが、「終わったら、気が楽になっているの？　そりゃあいいや。カウンセリングみたいなもんだ」と好意的だ。

深夜のベビーカー

エリに知育テーブルを買った。つかまり立ちができるようになっていたエリはしばらく色とりどりの様々な形やボタンで遊ぶのが気に入っていた。その間に、私の体調はやや回復した。

パパは、片手に小型テープレコーダーを持って、エリをおんぶひもで前に抱えながら「口述筆記」をするようになった。「これならば、抱っこで片手がふさがっていても時間の有効活用ができるぞ」という。片手に小型テープレコーダーを持ってエリを抱っこして散歩に行く。公道でもあたりかまわず吹き込みながら歩いているのだろうか。内容は、パパのカウンセリング手法である解決志向セラピーのことらしい。

私たちはもう「来月こそは、エリが普通に眠るようになってくれるだろう」という期待を持てなくなっていた。一歳になって多少は手がかからなくなってからカウンセリング業の方を本格的に再開——そんな期待はどこかに行ってしまった。多分、パパは、収入の中心をカウンセリングから、家で育児協力しながらできる執筆活動に移さなければならないと思っているのだろう。

アルバイターにテープ起こしをしてもらった文章を、最終的には自分の手でまとめ上げなければならない。パパが、少しでも手が空けば書斎に行ってパソコンを打つことが次第に増えているのは、執筆が仕上げ段階に入っているからだろう。

エリの騒ぎ声がパパの作業を妨害しないようにしなければ。私は、体調が良いときには、エリをベビーカーに乗せて外出した。

空の高いところで木枯らしの音がする。疲労感はすぐにやってくる。それでも、少しでも時間を稼がなければならない。外は、初冬の風がざっと吹いては枯れ葉が路上にまき散らされた。エリは上機嫌に、曇り空を見上げながら、日本語の中にはありそうもない音で喃語をおおらかに唱えている。無理に文字に直せば「イェイイイェイイイェイ……」という感じだ。デパートなどでは、フロア中に響き渡るほど楽しそうな大声を出すので恥ずかしかった。どうも、この子は、屋外の方が機嫌がいいようだ。私は、襟巻きのすき間から冷たい風が染み込んでくるのを感じた。肩を上げて襟巻きを首に密着させようとしたが、襟巻きの中にはまだ冷気が残っていた。もう少し頑張ろう。

どれくらい時間がたったのだろう。灯りが消えた。また一つ、別の家の灯りが消えた。頭がふらつく。エリは、眠たそうな様子も見せず、なにやら笑っている。夜空には冬の星座が冷たくきらめいていた。襟巻きのすき間から流れ落ちる冷気は私の脇腹を凍らせ、そこの感覚は失せていた。冷たいアスファルトの上に倒れ込んでしまいそうだ。街灯だけが照らす街に、ベビーカーの車輪の音だけがいやに大きく響き渡っていた。

足音がしたので、私は顔を上げた。人とすれ違うこともなく長い時間がたっていた。ビジネスマンらしき男性がちょっとびっくりしたような顔でこちらを見ていた。ベビーカーを押したまま、半ば睡魔に襲われていたのかも知れない。時計を見ると、午前一時だった——こんな深夜に、ベビーカーを押していたら、確かに変に見えるだろう。

もう帰ろう。パパの執筆は進んだだろうか。夫婦二人とも、この奇妙な事態から密かに互いを守ろうとしているのかも知れないと思った。

終わらないブランコ

エリが「バー」と言っているのを「『いないいないバー』の『バー』だ」……と私たちは二人で喜んだ。生後一〇ヵ月で初語が出たんだから、言葉は順調なのだろう。

この、お人形さんみたいな子どもが、もうすぐ「これ、なぁに？」と小さな指で指しては、私に質問してくるようになるのだ。もう少し頑張れば、報いはやってくる。

ほどなく、エリは一人歩きができるようになった。ぎこちないところが、かわいらしい。それから二、三ヵ月もすると、歩き方もしっかりしてきた。もしかすると、よそのお母さんのように、私も公園でエリが遊んでいるのを見守っていられるかも知れない。エリも、ひたすら歩いてみたくてしょうがない様子だ。

一方で睡眠パターンの方は、ようやく夜まとまった時間眠る方向になりつつあったが、早く寝付いても午前一時。午前三時まで元気なこともざらだ。そして、いったん目が覚めると、それが午前三時であろうと四時であろうと、再び寝付くことはなく、親を求めてきて元気一杯に枕元で跳びはねたりするのだった。

私は、エリを連れて、外を歩いた。日中に十分運動させれば疲れて眠るかも知れない。

一年で最も寒い季節がやってきた。さすがに、零時前には帰宅するようにしていた。だが、そんな散歩から帰ってきても、エリは、勢いよく親の膝に駆け上ったり、おもちゃで遊んでいる。パパに、エリをお風呂に二回入れてもらったが、エリの元気さには変化はなかった。

およそ考え得る限りのことは、殆ど試してみたが、何の効果もなかった。変な気がする。どんなに寒くてもこの子は平気だ。どんなに歩いても疲れを見せない。家で転んでも、泣かない。回路が途中で途切れているかのように、感覚がどこにも反映されていないのではないか……そんなことを考えながら、ある日、自分の方が疲れてしまって、近所の公園に来たところで、エリを膝に乗せて、ブランコを少し漕いだ。ところが漕ぐのを止めようとしたとき、エリが絶叫した。

おしりが痛い。でも頑張ろう。この子は、ブランコが好きになったのだ。私は、自分の母親に遊んでもらった思い出がたった一度しかない。雨で、農作業ができなかった日に、ボールか何かを交互に受け渡していた薄暗い場面が浮かんでくるだけだ。私は、あんな母親にはならない。私は、エリが遊んでほしがるだけ、応じてやる。

いつしか二の腕の内側の、ブランコの鎖にあたる部分が痛み始めた。一漕ぎするたびに、そこを硬い鉄がこすっていった。もう、拷問だ。私は、とうとう携帯電話でパパに助けを求めた。

その日から、エリを散歩に出すたびに、毎日、ブランコを要求された。それは、三、四時間に及んだ。とうとう、私が前半、パパは後半と交代することになった。だが、やがてパパも私と同じように、二の腕の内側が真っ赤に腫れ上がった。パパは、リストバンドをスポーツショップで買ってきた。私も、昔テニスに打ち込んでいた頃使った記憶がある。それを、ブランコの鎖にあたるところに巻いた。痛みは少し軽くなった。

季節は移っていった。その変わり目ごとに、私は軽い風邪にかかり午前中は起き上がれない日々が続いた。大宮そごうの託児所は、満二歳までしか預かってくれない。あと半年しか利用できないのだ。三歳までは自宅で育てるつもりでいた。仕事をしているわけでもないのに預けるなんて、情けない母親だ……だが、体が悲鳴を上げていた。

送迎バスで通う私立保育園では、エリはバスの時間に合わせて起きられない。近くの公立の保育園は、家庭での育児が困難であるという証明書が必要だ。私は腰痛に苦しめられていた。整形外科で医師に診断書を書いてもらうことにした。

レントゲンをとってもらったが、検査レベルで見つかる異常はなかった。疲労の蓄積の結果だろう、と言われた。「痛くて夜もなかなか寝付けない」と私が訴えると、整形外科医は睡眠導入剤の服用を勧めた。家に帰って薬袋を開けてみると、それは、サーモンピンクの細長い錠剤だった。手のひらに置いてしばらく眺めた。

「痛みがある時の安眠用だけじゃないぞ。君は昔から、入眠するタイミングが遅れると、深く眠れないだろう？　寝付けないときでも、睡眠が深まる時間帯に確実に寝ることができるぞ」ここぞとばかりにパパに力説されると、これが体調を少しでも改善してくれるかも知れないというすがるような気持ちになってくる。

もらった診断書を片手に公立の保育園を見学に行った。「預かってくれるというだけで、後はほったらかし」という印象を受けたが、嫌でも一、二歳児ぐらいの子どもに目が行った。

かすかな不安が起こってきた。中には、エリと同じぐらいの子どももいる。拙《つたな》くても、知っている言葉を懸命に使おうとしているように見える。エリの毎日を思い浮かべる。自分の欲求を通そうとするとき、言葉を使おうとするよりも、金切り声を上げることの方が多い気がする——楽しみにしていた質問攻めはいつまでたっても始まらない。

パパも他の保育園も見てみようという意見だった。その後、何とか、午前一〇時からでも預かり可能という保育園を探し当てた。パパが自転車にエリを乗せて一五分ほど走れば到着できるところだ。二歳になると同時にその保育園に預けることに決めた。

だが、保育園に預ける日まで指を折って数えるほどになったある日、私は、不安を抑えられなくなった。

「ねえ、この子、あまり言葉が増えていないんじゃないの？」

「うーん……実は、俺も気になっていたんだ」

「ブランコ」という言葉は覚えた。他にどんな言葉を覚えただろう？　一歳時から一年間で増えた言葉は数えるほどしかないような気がした。そしてまた季節は移っていった。

奇妙な早熟

……エリの大声が聞こえる。私は、眠りの底から引き上げられた。深く潜っていた、水の中を浮上する感覚だ。

チューリップ！

何だろう？　タンポポ！　ヒヤシンス！　バラ！　サクラ！　……。とても楽しそうな声だ。

最初私は、また、エリは起き出してしまって、大好きな植物図鑑絵本を一人で見ているのだろうと思った。だが、まぶたを開けると、部屋は暗かった。おかしい。図鑑の文字が見えるはずがない。私は、半身を起こした。

「コスモス！」

エリは、目をつぶっていた。寝言だったのだ。夢を見ているのだろうか。エリの表情に、喜悦の色が浮かんでいた。花の名前を言うだけの夢でも、とても幸せなものらしい。

「ハイビスカ……」

さすがに、少し間隔が空いた。明るく元気な寝言は終わろうとしていた。そのあとは、語尾がはっきりしなくなり、ただ、右肩を一度つり上げ、にんまりと笑ったかと思うと、首がころんと横に倒れた。

私は、驚いていた。この子は、植物絵本の花の名前をいつの間にか暗記してしまっていたのだ。夢にまでそれが出てくるとは、知的好奇心が旺盛な子どもなのではないだろうか？

翌日、パパが保育園から自転車でエリを連れて帰ってきた後、早速、知育玩具をやらせてみた。ボードに、ひらがなが書かれた木片が敷き詰められたもので、二、三回使っただけで部屋の隅に置きっ放しにしていたものだった。その一つ一つを指していくと、エリは正確に文字を読んだ。いつの間に学習したのだろう。数えるほどの学習回数で文字を覚え、図鑑絵本を見ながら、エリは花の名前を覚えていたのだ。

気持ちが昂ぶった。私は、お風呂に入るたびに、指を折りながら「一、二、三……」と数えていった。エリが二〇まで数えられるようになったとき、私はエリを抱きしめた。

これまでの自分の身体を壊すまで頑張ったことは無駄ではなかった。とうとうここまで育てた報いがやってきたのだ！

保育園のゲーム大会に参加した。エリを膝の上に乗せていると、初めて一人前の母親をやっているという喜びが湧いてきた。話を聞くと、エリは保育園でも絵本を見るのが好きらしい。歌も、一度聴くと覚えてしまうそうだ。もっとも、お昼寝の時間に横にならずに歩き回っているらしい。「決まりごとに無頓着なところがありますが、これも個性でしょう」と言われた。園の中では、エリは、フロアの他の園児がいない場所に移動していくように見えた。

帰りがけ、パパに、エリが年齢よりも早い知的発達を見せている、と話した。

「これだけのものがあるんだから、頑張らなくちゃ。やっぱりこの子は、何か社会に貢献するぐらいのこと、きっとできると信じられるの」

「ふうん、記憶力がいいのかね」

パパはそう言うと、「新宿のカウンセリングルーム、閉鎖することにしたよ。実は、クライアントさんも新規募集を前から停止しているし、自宅でのカウンセリングだけでコンパクトに固めようと思う。残っていたクライアントさんには、ここまで来てもらうか、電話カウンセリングに切り替えるかにしてもらったよ」と言った。多分、私の体のことが心配で、何が起こっても即座に対応できるという時間を増やしたいのだろう。もうずっと前から腹を決めていて、私の機嫌が良い時を見計らって切り出したのだ。パパは、すぐにこう付け加えた。

「この前出版した解決志向セラピーの本を読んで、西武文理大学っていう大学の学部長さんが、非常勤講師をやらないか、と言ってきてくれたんだよ。ここから電車で二〇分行って、スクールバスでまた二〇分行ったところの丘の上にある単科の大学だ。俺は、父親に反対されて大学院に行けなかったから、大学で教えられるなんて、夢のような話だよ。新宿から撤退しても、講師として給料がコンスタントに入るしさ」

それでも私たちは、収入のうちの一番大きな部分を失うことになるのだ。不安だが、この子のためには、何とかやっていかなければならない。

エリ、狂乱

エリは三歳になった。エリの持って生まれたものを最大限に伸ばしてやりたい——そう思っていた矢先、風邪を引いた。医者から「少し強い薬を出します」と言われて、それを服薬したら、一日中気分の悪さが残った。そんな日々が長く続き、その薬を止めた。止めてしばらくして、ようやく風邪は治った。不適切な薬を処方されて、長びいたのではないだろうか。

すぐに五月がやってきた。季節の変わり目は、毎年体調が悪くなる。その時期が終わったと思うと、それから一日のうちに必ず一度は腹痛がやってくる時期が続いた。それが軽くなったと思うと、腰痛で立てない日々がやってきた。腰痛が軽くなると今度は毎日頭痛が続いた。目の奥に痛みの核があり、そこから脳の四方八方が鋭利なもので貫かれたような痛みだった。

　私を一番恐れさせたのは、心臓の痛みだった。執拗な圧迫感に押さえつけられた心臓のびくびくいう音が胸に不快に響く――まさか、心疾患？

　一体、どうなってしまったのだろう、私の体。荒波が四方八方からやってきて、私の体はみじんになるまでたたきつけられる。私は、ようやく理解した。たとえどんなに睡眠不足が続いても、それはもう二度とやってこない。私の心身の態勢は、一〇代、二〇代とは変わってしまったのだ。二〇年前は、ストレスは全て心の症状となって現れた。今は、全て身体の不調となって現れてくるのだ。これらの、検査しても器質的な障害は発見されない身体症状に延々と悩まされ続けるのだろう。それは、若い頃の精神症状の苦しみとは、また別次元の苦しみだった。

　結局、ほとんど一年近く、朝から夕方まで床に臥して過ごした。パパは自転車でエリを保育園に午後五時に迎えに行き、エリをあちこちのブランコに乗せにいって時間を稼いだ。もうエリも、次の公園に行ってくれることがわかっていて、昔のように一つのブランコにしがみつくことはないらしい。その間、私は何とか起き上がって夕食の準備をする。二人は、七時近くまで時間を費やし、辺りがすっかり暗くなってからマンションに帰ってくる。

　それから、三人の夕食が始まる……いや、時には、その時間になっても体が言うことをきかないことがあった。「いいよ、外食で済ますから」とパパが言う。

　私は、短大で栄養学も学んだのだ。栄養バランスには注意を払っている。外食産業の、添加物が一杯詰め込まれた食事をこの子の体の中に入れるのか。それに安売りチェーン店を使っても出費になるじゃないの。それでも、立ち上がれない。短い逡巡の後、私はとうとう、パパに「じゃあ、外で食べてきて」と言ってしまう。

玄関の戸を閉める音。体を支える力も尽きて、私の体はふとんの中に沈み込む。涙がぼろぼろ流れて止まらない。自分が情けない。夕食も作れなくて、何が母親だろう。

こんな日々が過ぎるにつれて、ふとんの中にいても、焦燥感が体を駆け巡るようになった。エリはもうすぐ四歳。それなのに、トイレットトレーニングが何の効も奏さない。

パパも、「デパートのおむつ交換台に載せると、足がはみ出すんだよな。それでもこの子、何やらにんまりと笑っているんだよ。『隣の小さな子どもよりも私はお姉さんなのに』とかは感じないのかね」と不審がる。パパは、とうとう、おまるを買ってきて、ズボンを脱いでその上に座った。

「モデルを見せれば、『楽しそうだな』と思ってくれないかな」

――無意味だった。散々いろいろな方法を試してみたので、もうそんなやり方しか残っていなかった。問題は、おしっこだけではなかった。

「もう一〇日以上便が出ていないのよ。また辛い思いをさせるんだから、その代わり、今週はみんなで行楽に行こう」

「レンタカーの予約しとくよ。また近隣の公園でいいよね。三人でシート敷いてっていう君の好きなパターンでいくか。ま、その前の一仕事だな」

エリは、ディズニーのぬいぐるみを持って遊んでいる。スワチナという名前を付けている。エリは造語が好きだ。たしか、本当の名前はデイジーダックだったと思うが。エリはそれを片手に持って「キャー、ドッシャーン」とマットの上に墜落させるという遊びを何ヵ月も毎日繰り返してやっている。

私は「エリちゃん、うんちしよう」と声をかけた。とたんにエリが「お尻の薬!?」と大声を上げた。

「もう長いことうんちが出てないでしょう？　このままだとお腹の病気になっちゃうの」

エリが痛みを予感したときの半狂乱ぶりは常軌を逸していた。聴診器を当てられただけで涙をぽろぽろこぼす。予防注射は、パパと看護師さんが二人がかりで、声の限りに絶叫しているエリを羽交い締めにしなければ受けさせられない。そんないつもの金切り声を上げながら、私の首に両手を回してしがみついてくる。命綱にすがるかのように。すぐに、エリを抱きしめた――その体を固定するためだ。既に、パパがエリの後ろに回り込んでいる。エリが、いっそう強く私の首を絞め付けるので呼吸が苦しい。まるで殺されようとしているかのような必死な力だった。いくら何でも、これは、尋常じゃない。

「わりい、片手でこの子の足を開くことできる？」

エリは、両足を渾身の力で合わせている。エリは、この世のものとは思われないようなすさまじい絶叫をした。空気が振動する。鼓膜に突き刺さる。

パパは刺激を少なくしようと座薬にゼリーを塗りすぎたらしい。

「ぬるぬるして、うまく肛門に入れられないよ。今、やりなおすよ」

「いい。私がやるから」

「毎回、大人二人がかりだからなー。神経削られるなぁ」

「エリちゃん、こっちにきて。おトイレに座ると、力が入らないんでしょ。廊下で頑張ってもいいんだよ」

私は、エリをリビングルームから連れ出しトイレの横の壁に両手をつかせた。便座に座るとなかなか出ない。廊下で排便させてそのあとを掃除するしかない。

「ほら、ママも一緒に頑張るから、一緒にね。ウーン、ウーン、ウーン……」

エリは私の力んだ声に合わせてぼろぼろ涙をこぼしながら、「ウーン、ウーン、ウーン……」下半身裸のまま両足を踏ん張っていたが、「出ないよー」と悲鳴を上げた。

「もうちょっとだから、頑張ろうね。ウーン、ウーン、ウーン……だめなら、トイレに座ってみようよ。きっと、お尻の近くまで来ているよ」

私は、「出ないよう、出ないよー」と泣いているエリと一緒にトイレに入った。エリを便座に座らせ、私もその前に膝をついて、エリが力みやすいように足の下を両手のひらで支えた。

「ママと一緒に！　ウーン、ウーン、ウーン、ウーン……」

エリがそれに唱和して力むと、手のひらに載った足に力が入り、私は前のめりになった。目の前に、便器の内側にこびりついた茶色い汚れが近づく。トイレの洗剤の匂いが鼻をついた。私は、下腹部を刺激しようとして、手で押しかけたが、エリは「痛いっ」と悲鳴を上げたので、手を引っ込めた。下腹部はまるで石みたいに硬くなっていた。それでも、とうとうエリは「おしりが痛いよー」と泣きながら私の両肩にぐったり凭《もた》れてきた。

「うんちが、おしりの所までもう来ているよ。じゃあ、また廊下で頑張ろう」

二人で、廊下とトイレを何度も往復した。座薬を入れるのに失敗してから、どれぐらい時間がかかったのか、もうわからない。やっと固い小さな便がトイレで出た。

「ああ、良かった！　頑張ったねぇ」

私はエリを抱きしめた。エリの方はしばらくべそをかいていたが、お腹が軽くなって気分が良くなったのか、下半身そのままで、何事もなかったかのように絵本を手にとった。

「あんなに小さな子が、かわいそう。どうしてこんな思いをしなくちゃいけないの？」

私はまだ涙に暮れていた。パパがそばに来て「君、すごい気迫だったなぁ。俺も随分イクメンしてきたけど、あそこまでは、とても真似できないや」と言った。

救急車の中で

エリ、四歳の晩秋。ある日突然、エリは朝七時台に起きるようになり、私立保育園の園バスに間に合うようになった。それまで通っていた保育園は原則は満四歳までということになっており、それを越えたエリは特例でみてもらっていた。同じ年齢の子どもがいない環境では成長に支障が出ないか気になっていた。

今度の保育園は、三歳以降の年齢別の年少・年中・年長組が中心となっている、幼稚園に近い私立保育園だった。それまでの保育園では年下の子どもしかいない環境しか知らなかったので、最初は一歳下の年少組に入れてもらうことにした。パパは、エリを通園に慣らそうと、園見学のときに何度も園バスにエリを乗せていた。

保育園に入ってまもなく、トイレで排泄できるようになった。エリが帰ってくるのは、夕方六時ごろになった。その上、「イルカ、ビューン」と言いながら同じようなクレヨン画を描くことに、帰宅してからのほとんどの時間を使うようになった。奇跡でも起こったようだった。五年近く、私もパパもほとんど自分の時間はなかったのだ。

今までの張りつめたものが一気に緩んだからだろうか。エリが生まれてから時折感じる心臓の圧迫感が起こる頻度が増えてきた。

翌年。それまで自分よりも一歳下の子どものクラスに入っていたエリは、四月に年長組に入った。つまり、周囲の子どもたちが二歳年上になったことになる。五月、私の最悪の季節がやってきた。気候の変わり目、私の体はどんより濁った汚水に満たされた感覚となる。ことに、心臓のあたりは黒い水がたまっているようだ。

この季節の常で、私は日が高くなっても横臥していた。朝から心臓はおかしかった。切れ切れの眠りの合間に心臓の痛みは次第に増していった。これは、ただごとではなさそうだ。心臓の病気としか思えない。このまま心臓麻痺で死んでしまうのではないか。助けて。エリの食事は誰が作るのだろう。誰が園服をエリに着せるのだろう。

玄関が開く音がした。ノートパソコンを持って喫茶店で仕事をしていたパパが戻ってきたのだ。リビングのドアが開く大きな音がした。いつの間にか、私はうめき声を上げていたのだ。

「心臓が……苦しい、救急車呼んで」

救急車が到着するまでの間、私は痛みに身もだえしていた。パパが付いてくるというので、私は、エリが家に帰るのを待ってから、入院に必要なものをそろえて来てほしい、と言った。

担架で救急車の中に運び込まれた。あれこれの救命用具が置かれている中、私は、天井の小さなランプを見ていた。それは、どんなことをやっても、手が届かない遠い彼方の救いの星のように見えた。

三〜五歳児は一生の間で一番、起こった出来事を親に聞いてもらいたがる年頃だと聞いて楽しみにしていた。ところが、朝から夕方まで保育園にいるのに、帰ってから何があったのか聞いても「製作」の一言だけ。私が同じ年頃だったときは、子ども同士で考えつく限りの遊びをやって、それが楽しくてしょうがなかった。この子は、一日に何時間も同じ題材のお絵描きに没頭している一方、友達の話は全く出ない。他の子どもと遊んでいるとは思えない。

食事は、食べている途中で口の中を一杯にしたまま噛むのを止めてしまい、やがては、床に下りて遊び始める。そっぽを向いているエリに、スプーンで食べ物を運んでやると、一食食べさせるのに二時間近く取られる。この子と同じ年には、私は、ほうれん草をひもできぱきと縛る作業を毎日やっていた。この子は、一人でボタンをはめることもできない。Tシャツのようなボタンのない服を選んでいるが、一人でやらせると時間がかかりすぎるので、結局、服の着せ替えも全部私がやらなければならないのだ。

何もかもが、おかしい。特定の分野の発達が遅れているとか、そういうレベルの問題ではない……もしかして、発達障害？

救急病院に到着して点滴を打ってもらうと、心臓の痛みは軽くなった。救急医から胃腸科の受診を勧められた。意外だった。そのあと、パパが小脇に入院準備の洗面器を抱え、エリの手を握ってやってきた。

胃腸科を受診したところ、慢性的な胃炎だった。胃の壁を溶かしかねないほどの胃液が出ており、それが十二指腸まで達しているという。極度の胸焼けが「心臓が苦しい」と感じさせていたらしい。パパは「原因がはっきりしただけ、良かったじゃないか。胃腸科できちんと治療を受ければ、体調全体がよくなるかも知れないぞ」と慰めるような言葉を繰り返していた。

発達障害なのか？

エリが長い時間保育園に通えるようになり、夫婦で話し合う時間を何年かぶりに持てるようになった。私はずっと引っかかっていたことを口にした。

「もしかして、この子、発達障害なの？」

「うーん、もしかしたら、軽く、何かはあるかもね。でも、これまで園から何も言われたことがないということは、集団行動は、それなりにやれているんだろう？」

「……自閉症？」

「いや、それはないよ。僕のいとこに一人、自閉症の子がいて、伯母が、うちの母親の所によく相談に来ていたから、子どもの頃から知っているんだ。今でも、一言も言葉がないよ。エリは、遅れているかも知れないけれど、日常生活ができるぐらいには話せるだろ。それに、そのいとこは母親の顔を全然見なかったよ。エリは、ハイハイができるようになったら、すぐに猛烈な勢いで僕たちを求めて突進してきたじゃないか」

私は、自閉症か否かが問題になるような子どものクライアントが来たら、そういう検査ができる関連機関を紹介するつもりでいた。自閉症に関しては「先天的原因による社会性の遅れ、言葉の遅れ、同じことへの固執を特徴とし、発達障害の中でも深刻なもの」という程度の知識しかない。パパの方も暇さえあればミロンの原書をひもとく毎日を五年近く続けている。パパは自閉症児に接する職場の経験が全くない。そして「唯一知っている自閉症児であった母方のいとこがエリとは似ても似つかなかった」ということ以外の知識はない。子供を診るためには「何歳でどの程度の言葉と生活スキルが身についているか」という知識と、子供の様子を観察して判断を下せる長年の経験が必須であり、私たちにはそれがなかった。

お絵描きをしながら猛烈な勢いでしゃべるエリの言葉は五歳の水準を超えている気がする。ジャンルによって言葉の出方に凹凸があると見ればいいのだろうか。

「この子は、うまく使えないだけで、頭の中には、言葉がぎっしり詰まっているのね。いつか、堰を切って言葉があふれ出てくるんでしょうね。あぁ、早くエリちゃんとお話しがしてみたい」

「ところで、話は変わるけどさ、そろそろ、二人目はどうする？　この子が、小学校に上がれば、俺たち、ぐっと楽になるんじゃないの？」

胃薬を飲み始めて、体調が少し改善してから、パパは遠慮がちにこの話を出すようになっていた。「子どもは二人」と結婚当初話し合ってはいた。だが、「子どもは苦手だ。自分の作為が見透かされるような気がする」と言っていたパパが、どうして積極的になったのだろう。

「もう、こんな思いをするのなら、子育てはこりごり」

そう言うと、パパは引き下がるのだが、その後も何度も説得してきた――「エリは、少し特殊だろう？　二人目も同じような経験をすると今から決めなくてもいいんじゃないか。エリの時と同じように育児には全面的に協力するからさ」。

何度も言われると、私も押されてきた。でも、睡眠導入剤を常用していることが気になった。そこで、二人で大病院の出産相談室を訪ねた。記入用紙に服用中の薬を書いて提出すると、すぐにパソコンでデーターを調べてくれた。妊娠には、殆ど影響のない薬らしい。

「是非、元気な赤ちゃんを産んでください」――年配の女医から温かい言葉で励まされ、二人ともすっかりその気になって何度も頭を下げて病院を後にした。

ウェンディ

私は、就学時健診でエリに何か問題が発見されるだろうと恐れていた。何もないということはどうしても考えられなかった。

健診は近くの小学校で行われた。他の子どもたちは、健診医に敬語を使ったやりとりをすることができたが、エリだけは単語を言い放すだけの発言が多く、異質だった。知能検査が始まったとき、エリは最初から泣いていた。初めて見た。ずっと明るかったエリ。そのエリの中に、いつの間にか物怖じと不安が染み込んでいた。保育園の最後の一年で初めて同じ年の子どもたちの中に入り、要求されるレベルが高くなり自信を失っていたのだろうか？

エリが質問に答えられず、涙をぼろぼろこぼしている。遠くの光景を見ているようだった。次の質問にもすすり泣くだけだった。次に、エリの前に三角形と四角形のピースが出された。ああ、こういう問題は苦手だ。検査者はすぐにピースを引っ込めた。最後の質問にようやくエリは蚊の鳴くような声で答えた。検査者はエリの口に耳を寄せた。エリはもう一度答えをくり返した。年配の女性検査者は初めて大きくうなずいた。

「初めてのお友達がたくさんいるので、緊張しているのかもしれませんね。場所を変えましょう」

エリは、がらんとした教室に一人、検査者に手を引かれるまま入っていった。今度はエリはうまく答えることができた。図形の問題だけはやっぱりできなかった。

帰った後、エリのことで何か連絡が来るのではないかと何日間か恐れていた。しかし、何の連絡も来なかった。結局、たった一問できなかっただけだ。問題視されるほどのことではないのだろうと私は思った。

すぐに卒園記念の発表会が近づいてきた。年長組はピーターパンの劇をやるそうだ。私たちは「何の役をやるの？」と尋ねた。するとエリは「ウェンディ」とこともなげに答えた。

私たちは驚いた。ヒロインではないか。この子が、ピーターパン役の男の子が台詞を言った直後に、自分の台詞を言う——そんな高度な応答ができるとは、ちょっと信じられない。

二人で交互に詳しく聞き出そうとしたが、エリからは「セリフ、読んだ」という程度の漠然とした答えしか返って来なかった。パパは保育園の連絡帳に「エリが、ピーターパンのウェンディに選ばれたと言っているのですが、本当でしょうか。何か、勘違いしているのではないでしょうか」と書き込んだ。しかし、担当の保育士の書き込みは、事の真偽には全く触れていなかった。ただ「今日は、みんなで近くの公園に行きました。エリちゃんは、ドングリを興味深そうに観察していました」とあるだけだった。

「本当かね。なら、家と違って、エリは保育園では結構ちゃんとできているんだね」

「できそうでなければ、先生が、エリをヒロインに選ぶわけがないし。あの子、親バカ目線では、けっこうかわいいもの」

エリは何日もそのことを特に話さなかった。今度は私が連絡帳で同じ質問をした。保育士の書き込みはそのことに何も触れていなかった。何日か私たちは不思議な気持ちの中にいた。

ある日、帰ってきたエリにパパが何気なく聞いた。私はその様子をじっと見ていた。

「ピーターパンの練習は、ウェンディをやっているの？」

「迷子」

エリはクレヨンを床から拾いながら一言で答えた。画用紙を見つけると、その前にしゃがみこんだ。背中を向けたエリは、もうお絵描き時のいつもの独り言を始めていた。

エリの反応はあまりにも不思議だった。もし「ヒロイン役をやると思い込んでいたのが、それどころかちょい役だった」と気づけば、落胆を感じるのではないだろうか。しかし、どんなに目をこらしても、エリに落胆の色を見ることはできなかった。どうでもいい、関心がない――それを通り越して、何事も起こらなかったかのように見えた。自分の一大事が頬をなでるそよ風にすらならず通り過ぎていくだけなのだろうか。

さすがにパパと私はリビングに座って話し合った。私たちは、普段、エリの面前でエリのことを話していた。自分のことが話されていても、エリは何の関心も示さなかったから。パパは、配役のことよりもエリの無関心ぶりの方にショックを受けたらしく、「一瞬、あの子の姿の向こうには空白があるだけなんじゃないかと思ったよ」と言った。

その言葉のニュアンスはわかった。この子と同じ年齢の頃、私は、自分の家族の一人一人を客観的に観察しようとしていたし、そこで自分がどのような役割を取るべきなのか、頭の中は様々な考えで一杯だった。だが、この子の中には、「自分とは、これこれこういうものである」という自己意識や、人間と人間の間で何が起こっているのかについての理解はあるのだろうか。スポットが当たってところどころ把握できる部分があるだけではないのか。一日の大半は、他人がなんだか動いたり発声したりしているだけで、自分とは無関係に通り過ぎていく――エリから見た世界はそれだけのものではないか？　もしかすると、この子は、私が世界を体験していたのとは違うように体験しているのではないか？　早すぎた目覚めではあったのかも知れないが、五歳の時に私は確かに自我を持っていた。だが、この子には自我はあるのか。喜怒哀楽の感情やお絵描き帳を舞台にしての空想生活は確かにあるが、周囲の人間の立場を把握した上で、「自分はこれこれこういう者だ」という理解に立った、自分自身をテーマとした内面生活はあるのか。

パパは連絡帳に「エリの口からぽろりと出たのですが、ウェンディ役ではなかったのですね」と書いた。すると、担当保育士が二人そろって「エリちゃんの勘違いです。最初に、役を決めるとき、女の子みんなに試しにウェンディの台詞を読み上げてもらいました。それで、自分がこの役をやるんだと思い込んでしまったのかも知れません」などとたくさん言葉を連ねてきた。パパはそれを見て腹を立てた。

「何なんだよ。『子どもの夢を壊さない』とかいう耳触りのいい臭ぇ台詞ってこういうことなのかよ。保護者が子どものことを真っ向から何度も質問しているんだぞ。都合の悪いことに直面するのを避けてるだけだろ。こんなの、優しさでも何でもない、ただのなぁなぁじゃねぇか」

本番で、エリは、たった一つだけの台詞を、もう一人の迷子役の子どもが言ったのに続いて、そっぽを向いたままかろうじて言った。帰り道、二人でエリに「セリフ、上手に言えてたよ」と声をかけ、エリをねぎらって三人でレストランに入った。

告知

「歯磨き粉と仲がいいもの、なぁに」

パパがエリに質問している。エリはテーブルで向かい合っているが、興味を示しているように見えない。パパが、歯を磨く動作をした。ヒントを出しているわけか。

「歯ブラシ」

エリが答えると、パパは「大正解！」と言って、大げさに手を叩いた。

最近、パパはこんな問答を始めた。「何を始めたの？」と聞くと、「見りゃわかるでしょ。ただの、なぞなぞだよ。これくらいの年齢の子どもには、知育になるんだよ」とさらりと言われた。エリの方を向いてまた問答を続けた。

「傘と仲がいいもの、なぁに」

月に二回、胃腸科に通うようになってから、私の体調は小康状態だ。腰痛や頭痛など、消化器と直接関係のない部位に関しては波がある。睡眠薬も必要だ。だが、不安の大きな対象だった心臓部の鈍痛はなくなった。

私は、テーブルにつくと、久しく感じたことのない安堵を感じた。エリは、あと二ヵ月足らずで小学生になるのだ。ノートや鉛筆を買いそろえるだけで心躍った。ランドセルだけは奮発して赤いつやが美しい立派なものを買った。床の上にランドセルが、これまでの苦しみへのトロフィーのように立っていた。

やっとここまで来たのだ……やっと。文字通り命を削った六年間だった。大人の指示に順応できた私に比べると、この子はこの子なりの険しい道をたどったのかも知れない。だが、とにかくこの子を小学校に上げるところまでなんとかたどり着いた。ここまで来るのにどれほどのことをやってきたのか具体的な場面は思い浮かばなかった。ただ頭は空っぽで、「ほっと一息」というような呼吸が静かに洩れるたびに、しばらく時間は安らかに止まったかのように思われた。

とうとう、保育園の最後の日がやってきた。園バスの所まで連れて行くのは、だいたいパパの役目だったが、その日は私が行って、それぞれに晴れやかな顔をしているよそのお母さんたちに挨拶をしてきた。家に戻ってから、やはり一度は身を横たえないと持たなかった。浅い眠りが断続的に訪れた。

ふすまを開けるとパパがテーブルについていた。お茶でも飲まないか、と言われて高級なお茶を入れてもらった。甘みのある苦味が口の中に広がり、私は胸いっぱいに息を吸った。ゆっくりとおろした湯のみがテーブルに触れてかたりと音をたてた。視線を向かいに移した時、私はパパの目つきがその瞬間を待っていたものだったことに気づいた。

「エリは、児童精神科で、自閉症だと診断された。今では、自閉症は応用行動分析という方法で改善すると言われているんだ。ABAとも呼ばれるその療育方法を先月から実施していて、既に成果が出ているよ。環境の変化を乗り越えるために、春休みの間に学校教室のシミュレーションを行いたいので協力してほしい」

パパは、一気に言った。

パパが私に内緒でエリを児童精神科に連れて行ったことを初めて知らされた。しきりに行っていたなぞなぞは、ABAの手法だが、本来ならば、質問者以外の人が目に入らないような部屋の隅などに机を置いて行い、何回正答できたのか数えなければならないそうだ。自閉症児ができないことを細かい課題に分けて訓練し、それでもできなければ手助けしてやり、正答率が七〜八割を超えるようになったら、ステップバイステップで次の段階に進むという。

就学時健診のすぐあとに、特殊教育課から呼び出し通知が来ていたのだ。喫茶店で一仕事して帰ってきたパパが偶然それをポストに見つけ、一人で赴いたらしい。

「にこやかに『特殊学級へ入れば普通学級で大勢の子どもに揉まれなくても済むのですよ』と言われて、殆ど、そうしておいた方がいいのかな、と思ったんだよ。ところが、俺の反応を見てお役人が、露骨にもう嬉しくてたまらないっていうような顔をして『今日、決めていただければ、書類がスムーズに進むんです』と言い始めたんだよ。それを聞いて、お役所の業務上の都合でエリが背中を押されるのかよって反発心が起こってね。『一年間の試験期間ということで構わないから、普通学級に行かせてくれ』って言ってみた。そしたらその後は脅してみたり甘い言葉をかけてみたりのあの手この手さ。『今日承諾していただけると書類の準備がスムーズなのに』って本当に残念そうに繰り返されたけど、俺は悪党だから、お役人の都合なんざ知ったこっちゃないとしか思わなかったたな」

「その人、エリ本人を一度も見ていないんでしょう?」

あの就学時健診の紙切れ一枚で子どもの運命が決められるのだろうか?

「園の方には、連絡は入れたの?」

「もちろん、翌日には入れたよ。そしたら、『今だから言えることなのですが』って前置きされてから、この子が最初に園に来たとき、嫌がって、何日も泣いていたって話を始められたよ。ま、他にも慣れない環境に入って最初は泣いてばかりいる子どもはいるらしいけど、エリの場合、前代未聞のすごい泣き方だったらしい。他の泣く子よりも、遥かに長く続いて、大変だったんだってさ……俺たちは、最初から、何も知らされていなかったんだよ」

「私、二人目は産まないわよ」

パパの表情に狼狽の色が浮かんだ。

「改善する方法があるわけなんでしょ？　私は、この子のことに全力を尽くすわよ」

「わかっているよ、君の言うとおりだと思うんだけどさ、結論を出すのは、ちょっと待ってくれないか。少し時間をかければ、俺も断念を受け入れられるようになると思うからさ」

「ああ、今まであの子の育児がどうしてこんなに大変だったのかやっとわかった。発達障害だって聞いても、今更驚くことでもないんじゃないの？」

「いとこの自閉症児と似ても似つかないものだから、それだけはないと思っていたんだ。でも、自閉症児の中には、他人に自分から近づいてゆく積極奇異群というタイプがあるらしくて……」

「じゃ、私はどうすれば良いのか、後で教えてくれる？　私は、まだ準備が残っているから」

それから私は、昨日チェックして洩れていた文房具を買いに行った。最後の日なので、エリが帰ってくる時間は早かった。エリが持って帰ったアルバムをめくった。卒園祝いに、夕食のおかずの品数を少し増やした。エリの入浴後の着替えは、いつも通り親が二人がかりになって急がせないとさっぱり進まなかった。

夜の底

夜の底で私は目覚めた。三月の終わり、部屋の空気に春の兆しはなかった。冷気が四方八方から侵入し、私の体は縮み上がっていた。まるで、深海だ。空気が、水圧のように、重い。常夜灯が、遠い遠い星に見える。だが、冷気が私の体をむしばんでいるのではない。

それは、悲しみであった。潮のように、引いたと思うとまた盛り上がる悲哀。胸を鋭く貫いたかと思うと、あたりに鈍く広がる悲しみ。

今から、七年前。この子は、私のお腹の中にいた。一月の冷気の中だった。私は熱に耐えていた。どんな薬の一錠だって体の中に入れるものか。ふとんの中でがたがた震えながら、私はお腹の中のエリを守ろうとしていた。そして、今から、六年前。熱と夏の暑さとでだらだら汗を流しながら、私は授乳中、錠剤を拒み通した。

全て、無駄だったのだ。あの子の内側に、既に異常な遺伝子があったのだ。それを知らずに、外から薬の成分があの子の体の中に入ることを必死に阻止しようとしていた私。

私は、健康な赤ちゃんを産むことができなかったのだ。

涙が頬を伝った。こみ上げるものがあった。私は口を押さえた。指の合間から嗚咽《おえつ》が漏れた。頭からふとんをかぶった。母胎のような暗い空間の中で私は忍び泣いた。どれだけむせび泣いても、涙は止まらなかった。

ぎくりとした――パパは、私にショックを与えるまいとして、まだ隠していることがあるのではないか。

暗い空間の中に、パパの寝息とエリの寝息、私の小さな家族の呼吸の音が交錯していた。

私は起き上がると、廊下を急いだ。冷たい廊下。その上を歩いているという感覚がない。パパの書斎の電気をつけると、本棚の一番下、海外から取り寄せたパーソナリティ障害の分厚い原書が並んでいる。それらが妙に棚から出っ張っているように見えた。

パパが何年間もかかりきりになっていたミロンの大きな本を引き出した。するとそこに、背表紙を壁の方に向けた本が隠されているのを見つけた。引っ張り出してみると「応用行動分析」などの言葉があるタイトルの数冊の本が出てきた。やるとなると徹底的なパパでも、これぐらいしか本を見つけられなかったのだ。そのうちの一冊を手に取ってみた。

どのページを見ても、日本語なのにさっぱり頭に入らない。それでも、断片的に目に飛び込んできた文字で、パパが事態を楽天的に伝えようとしていたことはすぐにわかった。三歳から五歳までの間に週四〇時間のＡＢＡ療育を二年間行っても、成功率は五〇％を超える程度という報告があるのだ。エリは六歳になってから、園から帰った後で療育めいたことを始めたに過ぎない。そして、五歳以降に療育を始めた場合、効果が見られたのは一〇％という数字を私は見た。

それとは別に、はっと気がついたことがあった。パソコンの電源を入れた。ドキュメントフォルダをクリック。マイピクチャをクリック。エリ写真集フォルダをクリック。エリが零歳の時から撮りためた写真。

……ない。一つもない。エリが私を見ていない。写真の中でエリは、カメラの方を向いていたり、抱かれたままのけぞっていたりした。私とエリの二人が一緒に写っている写真の中で、エリが私の顔を見ている写真は一枚もなかった。何かが胸を突き刺す。エリを抱いた私が幸せ一杯な笑顔を浮かべている写真がみんな残酷なものに見える。何も知らないエリ、何も知らない私。

息が止まりそうだ。もう、本を読み続けられない。それに明日から、入学という関門を乗り越えるための特訓が始まる。

眠らなければ。しかし、眠りはやってこない。私たちを驚嘆させた一日以上続いたエリの寝返り特訓――それは、エリは一日以上親に関心を持たずにいられた、ということの裏返しだった。私は、寝返りを打った。とても睡眠はやってきそうにもなかった。私は起き出した。薄暗がりの中で、小物入れを引き出した。いつもは一錠までにとどめているサーモン色の錠剤をもう一錠、手のひらに出した。それを飲んだ。

もう一度横になった。母乳とほ乳瓶のわずかな違いに拒絶反応を示したこと、座薬を入れるときの半狂乱ぶり、あれは感覚過敏と呼ばれる自閉症特有の現象に過ぎなかったのだ。

眠りはやってこなかった。私は、もう一度小物入れに向かった。手荒く三錠の睡眠導入剤を出すと、手のひらに並んだ薬を乱暴に口に押し込んだ。

私に、眠りはやってくるのだろうか。自閉症児は、変化を嫌い、頑固だと書いてあった。私立保育園入園時に長いこと泣き続けたというのは……ブランコを何時間も続けたのは……障害から来ていると思われることを数え上げているうちに、いつしか私はもうそれ以上数えることができなくなっていた。

それはやってきて、去っていった

翌日、寝室を片付けた。使っていないテーブルを引っ張り出し、その前に食卓用の椅子を置いた。壁に小さなホワイトボードをかけた。「教科書の二ページを開けてください」と教室で使われそうな言い回しをパパが言って、折った紙をホチキスで留めた「教科書」をエリが開くのを手伝った。一五分ほどの「授業」が終わると、パソコンの音声ファイルをクリックしてチャイムに似た音を隣の部屋で出すのが私の仕事だった。その後、「熱いものには、どんなものがあるでしょう。三つ言えるかな?」とクイズのようなことを幾つかやったりしているうちに夜になった。

今晩も眠りはやってこなかった。この子は、これから学校でやっていけるのだろうか? 友達はできるのだろうか? そしてその先の未来は……。子どもに後を継がせることができるようにカウンセリングルームを開業したことも無駄だった。自閉症は、その一つの特徴として、他人の心理を推測することが苦手なのだから。

いやな空想が一つ現れれば、次に不吉な予感に変わる。私の周りをびっしりと悪いイメージが十重二十重《とえはたえ》に取り囲み、私はふとんの中でおぼれそうだった。書斎のドアが開く音がした。パパが深夜の仕事を終える時間まで、私は眠れなかったのだ。私は、ふとんから飛び出して廊下に向かった。パパの肩にすがるように手を置いたとき、両目から涙が首筋まで伝っていることがわかった。

「ねえ、この子のことは、何とかしようよ。貯金、全部使っちゃってもいいから」

「ああ、そのつもりだ。破滅をかけてやってやろうじゃないか。俺らが破滅しても、この子一人が生き延びてくれればそれでいい」

「私も、ショックだったけど、覚悟は決まったよ。もうカウンセリングの仕事の方はいいから、この子の療育に全力を注いでやってよ」

「覚悟が決まったのは、俺も同じさ。もう忘れるよ、第二子のことは。カウンセリングの方は事実上の開店休業だな。大宮も新規募集は停止して、エリに時間を割くことを最優先するよ」

私は、もうそれ以上言葉が見つからなかった。リビングに戻ると、小物入れが目に付いた。睡眠導入剤を取り出した。指が震えてなかなか錠剤が取り出せない。ようやく手のひらに錠剤を五つ並べ、一気にそれを飲み込んだ。

次から次へと悪夢の光景をはき出す脳を麻痺させれば睡眠は訪れるのだろうか。私は気がついた。それはやってきていたのだ。パパから診断のことを聞かされたとき、こんな感情は湧かず、私は論理的に答えていた。だが、あの時、奇妙な違和感を感じていた。

死に至る病の宣告を受けた瞬間に少し離れたところから医者と自分の姿を眺めているような感覚が訪れる、という話にも似て、あの最悪の瞬間に、それは、若いときとはいささか違った姿でよみがえっていたのだ。

あれほど私を苦しめたが、先日は旧友のようにやってきて一瞬だけ私の心を守ってくれたそれ。もう二度と訪れはしないだろう。残酷なむき出しの現実が私を待っている。

僕の章――オーディション

ＡＢＡから発達論的アプローチへ

エリは八歳となった。好きなピンク色のジャージを羽織り、ランドセルを背負った姿は、一見普通の小学校三年生だ。だが、通学路をずっと下を向いて歩き、時々にやっと笑ってカクカクッとすごい速さで首を縦に振る。大人が同じことをやれば「挙動不審者」視されかねない。

指示されたことを嫌だと思ったときに、教室の床を転げ回りながら叫ぶことは一年生のうちになくなった。だが、教室移動の際には、担任が手を引いていかなければならなかった。その途中で水槽があるとぼうっと見入ってしまう。

一方、「挨拶をしましょう」という標語に忠実で、「おはようございます」と誰よりも大きな声で言う。しかし、相手が言葉を返したときにはもう別の方向を向いている。観察する限り、級友との会話は、成立していない。家での会話は目の前の必要事に限定されていた。

僕は、ＡＢＡを放棄した。このレベルにくると、ＡＢＡには、これ以上社会性を向上させるハウツーがなかった。困ってアメリカから療育本を取り寄せるうちに、ＡＢＡとは異なる一大潮流が存在することがわかった。日本では、その潮流を紹介する雑誌論文が幾つかあるに過ぎなかったが、とりあえず「発達論的アプローチ」という名前がつけられていた。ＡＢＡが、自閉症児と定型発達児童の間の相違は基本的に言葉や生活スキルの量の差でしかないとするのに対し、発達論的アプローチの方は、自閉症固有の障害特性があり、独自のアプローチを必要とする、と主張していた。

発達論的アプローチは、自閉症児は定型発達児童と比較して、零歳段階から母親の表情に対する興味が薄く、ここから、その時期に習得するべきコミュニケーションの基本を身につけることに失敗し、後年それは、言葉の遅れ、社会性の遅れなどの問題となるという。

ＡＢＡのドリル的なやり方はエリの年齢が高くなるにつれ、合わなくなってきていた。発達論的アプローチに魅力を感じたのは、「子どもは、自発的な興味に基づいた活動のさなかで最もよく学ぶ」というその療育原則であった。どうやって、子どもの興味を引き出すか。子どもが好む活動の中に、どうやって自閉症児を伸ばすきっかけを持ち込むか。僕は、発達論的アプローチの数冊から、わかるところだけをざっと翻訳した。プリントアウトすると、それはバインダーで挟むのにちょうどいいほどの厚さになっていた。コピーして奈緒に渡した。

エリ、始まりの時

ある日のことであった。エリは、一人でお絵描きをしていた。ふと「保育園で、先生に叩かれた」と言った。

ちょうどその場に奈緒も居た。二人ともひどく驚いた。

「叩かれた？　いつのこと？　どの先生？」

エリは、私立の保育園に入園したとき最初にクラスを担当した男性保育士の名前をあげた。小柄な若い男で、照れ笑いともふざけているともつかないような曖昧な笑顔をいつも浮かべていた。

「もう一人の先生にも、叩かれた」

「もう一人の先生って、女の先生のこと？　たくさん叩いたのか？」

「女の先生は、時々。男の先生は、たくさん」

僕たちは、息をのんでいた。その二人の保育士は、すでに退職していた。果たして、事実なのだろうか？

「O先生も、叩いた。つねった。お芋掘り。早くしろって。他のお友達も、つねった。O先生」

この話を聞いて、僕は、エリの話は十分信憑性があると確信した。このO先生というのは、送迎バスの運転手で、保育園の外出でのレクリエーションには参加していたのだ。そして、僕も奈緒も、この定年間近の男が、保護者が居るときにはやたらにこやかに振る舞い、自分の周囲に園児しか居ないと見ると、突然態度を変え、園児の背中を小突いたり、怒鳴ったりしているのを送り迎えで毎日のように目撃していた。本人は、保護者に気づかれていないと思い込んでいたのだろう。

一度などは、理由はよくわからないが、男の子が園バスに乗るとき、親に思い切りおしりを叩かれて叱責されていた。すると、運転手は、その男の子の頭を平手で強く叩いた。その場面だけで運転手にその男の子がなぜ怒られているのかわかったはずがない。便乗してストレス発散したわけだ。保護者からクレームが来さえしなければ、子どもに暴力を振るってもいいという人物だった。

エリが他の園スタッフに暴力を振るわれたと言い出したのなら、僕たちは首をかしげたことだろう。だが、あの男がレクリエーションの最中にも、目立たない形で子供に暴力を振るっていたということは容易に想像が付くことだった……とすると、この保育園の最初のクラスで、担当保育士たちから暴力を振るわれていたということもおそらく事実だろう。

僕と奈緒は話を確認した。エリは、同じ話を、二、三回繰り返した。僕と奈緒は沈黙した。エリが、園時代の思い出を話すなど、これが初めてだった——すると、これはエリの最古の記憶なのではないだろうか。

僕はエリの小学校前の記憶はほとんど空白かもしれないと思っていたが、そうではなさそうだ。それでも記憶が豊富に残っているとは考えられない。エリは、周囲で誰がどう動いているのかほとんど把握できていなかった。

僕は、慄然としていた。エリの人生は、暴力と痛みの記憶で始まっているのだ。

もちろん、人間は、過去の自分の記憶と歴史を持ってこそ、初めて人間と言えるであろう。エリは、園時代、何があったかの報告をほとんど一度もしなかった。何にせよ、過去の記憶があるということは、その上に蓄積されるべき自我の成長の土台があるといえるであろう。だが、最初の記憶が、暴力と痛みであるとは……あまりにも残酷な人生の目覚め。

「出来事の再現」に苦戦する

エリの大きな問題は、興味の範囲がワンパターンなお絵描きなどに限定されていること、出来事を他人に報告できないことだった。絵を描きながらの独り言で、エリは昨日も今日も殆ど同じ空想的なフレーズを繰り返していた。それに対して、現実についさっき起こった出来事を話すことは、困難を極めた。「学校で何があったの？」と聞いても「田中君がひゅるるるる～と言った」という面白い物音だけに報告は限られていた。誰が、何をして、その結果どうなったかという流れを把握できない様子だ。

エリが小学校三年の夏、さんざん頭をひねったあげくの長期的な試みを開始した。発達論的アプローチに従えば、話すためには、まず、エリが「話したい」という意欲を起こす出来事が起こらなければならない。僕は、土曜、日曜、祝日、長期休み、つまり一年間のうちの、全ての休みの日に、何かのイベント見物に連れ出すという決意を固めた。

それだけの頻度でゆくのであれば、お金がかかるものは無理だ。僕の深夜は、近郊の無料イベントをネットで探し出すことに費やされるようになった。ショッピングモールで行われる無料ライブ。デパートのイベントスペースで行われる無料イベント。お祭り。無料フェスティバル。路上イベント。学園祭。

東京大塚阿波おどりの前夜祭を南大塚ホールに見に行った。主目的は、イベントから帰ってきた後に出来事の流れを報告させることだ。朋有小学校の太鼓演奏を見て家に帰った。まず、「今日のイベントで、体験したこと」を、思いつくままに、エリに言わせる。エリは、お絵描きや絵本の方に注意を移しており、そっぽを向いたまま答えてゆく。「六年生でやった」「先生」「三人組」「女の子もいた」「日本の大きな太鼓」「少しダンス」「すごい音」……これだけか。そう思いながら、これらのコメントを黄色いポスト・イット一枚に一つずつちょっとずれた感のある助詞もそのまま書いてゆく。エリの言葉は出来事全体の中の断片的な事実への執着を示していた。「先生」など単語的なコメントが多い。「他には？」と言葉を引き出そうと質問すると、しばらくして「男の子といっしょ」とぼそりと付け加える。「三人組」という単語に追加質問をすると、「やってない人もステージにいた」という言葉がしばらくたって返ってきた。

結局、「先生と男子児童がいっしょに太鼓を叩いた」という肝心な情報が組み立てられない。行動を伝える動的な表現にならず、「ダンス」「音」などというモノがあった——というニュアンスの発言になる。「三人組で太鼓演奏をしたとき、ステージには演奏していない人もいた」という末節的な事実が付け加わるだけで、そこからは小学生の太鼓演奏の相当な力強さやホールの聴衆の割れるような拍手などの核心部分は全く伝わってこなかった。

もうそっぽを向いてしまうエリ。僕はA3の大きな用紙を広げる。「六年生でやった」「先生（男の子といっしょ）」「三人組（やってない人もステージにいた）」「女の子もいた」の四つのポスト・イットを上段に並べてその回りをボールペンで囲み、その島に「出た人」と書き添える。

その下段に「日本の大きな太鼓」「少しダンス」「すごい音」の三つのポスト・イットを並べてそれを囲んで別の島として「やったこと」と書き添えた。最後に、エリの口からは決まって出てこないことをピンクのポスト・イットに書いて二つの島の上に貼り付ける――朋有小学校の太鼓演奏。更にその上にボールペンで書く――大塚阿波おどり前夜祭。こういう、「そもそも何の話なのか」という相手に真っ先に伝えるべきテーマがエリの口からはまず出てこない。断片的な印象を言うだけなので、聞き手は何の話題なのかわからず混乱してしまう。

今日は奈緒は風邪っぽいということで横になっている。声をかけると、奈緒は血の気のない表情で布団から身を起こした。一〇枚ほどのポスト・イットに情報が記された用紙をエリにざっと見せ予習をさせる。そして、次は、その用紙を見せずに、今日体験したことを奈緒に話させる。ポスト・イットに書いてあることを話の中に盛り込めたら、ポスト・イットの上に一円玉を置いてゆく。話が終わったとき、エリはA3用紙の上に置いてある一円玉を集め、貯金箱に入れることができる。

奈緒への報告に、記憶に残っている体験を再現できた数が多いときほど、多くの一円玉を集めることができるというゲームである。

「一体、何を見ていたのだろう」と不審に思うほどに、最初に報告できる事柄が少ない。この言語化の乏しさには何年もかけて取り組んでいるのだが。「学年別に小学生が太鼓を打った」というプログラムの基本は？　最後の演目では、六年生が演奏途中でばちをくるりと回転させて持ち替えて聴衆がどよめいたということは？　……残念だが、保育園の時、ピーターパンの配役決めの話が頭からスルーしていたことが腑に落ちてしまう。

更に際立った特徴は、何度この方法を繰り返しても「それを見て、どのような感情が浮かんだのか」という感想が全く出てこないということだった。

発達論的アプローチの本には、自閉症児は自分の体験に対する感情を鍵に使って、自分と相手の話題の接点にするという発想が乏しいと書いてあった。確かにエリの会話には、「このDVD、すごかったよ。パパはどう？」という話題展開が全くない。その前提となる、「出来事に関して、感情を表明する言葉を使う」ということができないのだ。これは深刻なことだ。僕たちは社会生活で「この曲、好きだな」「僕は、イマイチ」と感情体験を表明し合うことによって相手との接点を探ってゆくからだ。

そこで、もう一つの課題を付け加えることにした。一つのイベントにつき、B5の別紙を用意して、そこに「面白かった」「楽しかった」「退屈した」「びっくりした」等の、典型的な感想を並べておき、その中から選択させるようにした。だが、この方法をどんなに繰り返しても、エリの口から、自発的に感情を表明するコメントは出てこなかった。

それでも意外な成果もあった。休みの日に僕とどこかに出かけることが習慣となってから、ある日、エリが「今週はどこに行くの？」と聞いてきたのだ。僕は、お気に入りの台詞の繰り返しと目の前の必要以外のことで、エリの口から自発的に未来のことに関する質問が出てくるのをはじめて聞いた気がした。

過去がある。未来を見通そうとする。そこに「過去から未来へと一貫して存在する自分」の意識は芽生えているのだろうか。

キッズモデルになりたい

「出来事の報告」を続けるうちに、四年生進級目前になった。いつしか、簡単な筋なら観劇の後で、ストーリーを正確に再現できるようになっていた。

「エリがスカートで登校したがっているんだけど……」

エリが眠った後、僕と奈緒はキッチンで荷物に腰掛けながら情報交換をしていた。

「自分の容姿を意識するようになったってことかな？　それなら、外見的なものであっても自我意識の土台ができてきたのかも知れないね」

エリは「他人から自分の外見はどう見えるのか」というようなレベルの自我意識が未成熟だというのが僕たちの共通した見解であった。最近まで、鼻水が黄色く固まって顔に付いていてもまるで意に介さなかった。プール時の着替えではいきなり素っ裸になって周囲の女子児童があわててタオルで隠してくれていたらしい。

「姿見を買ってリビングの入り口に立てておこう。通るたびに自分の全身像が見えると、エリの自我意識も成長するかも知れない」

そう言いながら、おや？　と思った。僕たちは以前とは異なり、エリのことを話題にするときは、台所でひそひそ声でやるようになっていた。同じテーブルで話題に出すと、エリが自分の話を聞こうとしている気配が伝わってくるようになったからだ。

姿見を購入した。その後、エリは通るたびにちらりとそれを見ているようだった。

ある日、エリが突然「キッズモデルになりたい」と言い始めた。

「しめた」と僕は思った。なぜ突然そんなことを強く言い張り始めたのか、きっかけがよくわからない。僕とたまたまネットで一緒に見たキッズモデル事務所のホームページで、所属モデルの子どもたちの顔写真をクリックすると詳細データーが拡大表示されるものがあった。その後、エリは連日そのページを見ることを要求する。何回クリックされたか多い順で顔写真の順番が変わるのも面白いらしい。ずらりと並んだ顔写真の中に自分も入りたいとでも思ったのだろうか。エリは三歳の時からチューリップ・バラ・タンポポ……と同格のものが並んでいる秩序には夢中になるのだ。

エリは、同じクラスでチアダンスをやっている子がいたことから、ダンスを習いたいと言いだし、二年生からチアダンスを習い始めていた。四年生進級前になって担当講師が変わったことをきっかけに辞めてしまっていた。今は、定期的な習い事の場所はない。

キッズモデルの世界など、僕は全く知らないが、おそらくウォーキングやポージングの練習があったり、リハーサルがあったりするのではないだろうか。興味が広がらないエリでも、キッズモデルになりたいという動機付けがあるのなら、アクティビティーを広げられるかも知れない。

現実は、せいぜいスーパーの子ども服安売りのチラシに載せてもらえるかどうかというぐらいだと思うが。

ところが、ネットで調べても、何らかの教室をやっているキッズモデルの事務所など数えるほどしかなかった。それも、内部での模擬ファッションショーが年に一回ある程度である。結局、

「演技も、ミュージカルも、ファッションも」というようなキッズタレント養成所的なところにしか習い事的な体験ができる定期的な教室はない。NEWSエンターテインメントという事務所に子役養成のためのエンターテインメント・コースとは別にコミュニケーション・コースという名のコースを見つけた。うたい文句は「コミュニケーション能力や表現力の欠如・低下が指摘される昨今……自分の感情や考えを正確に表現・伝達できるようにしていきます」となっていた。「マスコミ出演は希望されず、表現力や感性を育てたい子供たちのためのコース」とある。実際にモデルをやることよりも、付属の教室目当てなのだから、こういうところがよさそうだ。

エリが夢中で見ていたキッズモデル事務所に写真を送ってみたが、返答はなかった。NEWSエンターテインメントの春の一日だけの演劇集中教室に試しに参加してみようと誘った。僕はもうキッズモデルのことよりも、習い事をさせるのであれば対人関係の比重が多いものを体験させたいと思っていた。

療育と、学業と

「一議員時代の福田氏の国会質問は単調な口調が特徴である。感情に対しては抑制的で、頭の中ではどのような組み立ての話にするか、論理的に考え続けているのかも知れない……」

僕は、頭に取り付けたヘッドセットに吹き込みながら皿洗いをやっていたのだが、皿を一通り洗い終わって、「次は、何を洗おうか……フライパンにしよう」と思ったとたん、それまでの思考の流れがふと途絶え、どこまで音声入力したのか、不分明になった。

洗剤に手を伸ばしながら考えた。僕は『反社会性パーソナリティ障害概論』『強迫性パーソナリティ障害概論』と二冊分の原稿をまとめて学術出版社に送ったが、原稿は送り返された。確かに、ミロンを中心にアメリカのパーソナリティ障害の五つの流派の主張を要約したに過ぎない内容だった。だが、言葉だけは知られている反社会性パーソナリティ障害の「日常的な刺激では満足できないリスクテイカーで、危ない橋を自分の腕力で渡ってみせたというパワー感覚を求める」という特徴など、専門家にも十分に認知されていないのではないかと思っていた。こういう地味な学説紹介でいっぱしの研究者として認知されたい思いもあった。

学術書の出版が難しいと分かった後、何か世を騒がす犯罪事件が起きると、書きためていたミロンの粗訳をかみ砕いて解説し、事件ネタとセットにして次々に出すことが一番効率的な執筆方法として残されていた。今、僕は目下の時事ネタである福田康夫首相のパーソナリティについて論じるためにミロンの説を紹介しようとしているところだった……「強迫性パーソナリティの特徴の一つは結果至上主義である。その行動が楽しいかどうかということはほとんど問題にならない。ベストな結果を出すために彼らは思考作業を重視する」。

……さっきはどの文章まで行っていたのだろう？　先ほどとはうまくつながらないような気がする。洗い場の隅に、何年か前に作成したミロンの粗訳のプリントアウトを置いてある。確認しよう。片手で鍋を洗いながら首を伸ばすと、紙束のそばにワイングラスが置いてあるのに気がついた。

使ったことがないワイングラスに透明な液体が入っている。白ワイン？　僕は全然酒は飲まないのに、何だろう？

首を伸ばした発声では、正確には認識されないだろう。だが、音声入力はしょせんは誤認識だらけなのだ。それでもこのソフトは、しゃべっていることが同時に録音されるという機能が付いている。その録音を少し聞いては明らかに誤記だと思われるところを奈緒がワープロで修正し、次の録音を聞いてはまた修正し……その後、それでも残っている誤認識も含めて僕が大幅に訂正する——こういうプロセスを経るので、文章の構成もその段階で変更を加えることが可能なのだ。今は、元となる文章を吹き込んでおけばよい。

僕たちには時間がない。汚れた食器は流しにつめ込んでおいて、一日分を夕食が終わった後でまとめて洗っている。奈緒が食器洗いをやれば、それは家事だけの時間に終わってしまう。僕がこうして音声入力しながら洗えば、洗い物の時間は執筆時間とすることができる。今や、僕の著作の印税が家計の大きな割合を占めているのだ。ながらで音声入力による執筆ができる皿洗いと洗濯は僕の分担となっていた。

最後は、コップ類だ。カウンター形式のキッチンなので、洗いながらリビングが見えた。食卓では、奈緒がエリに算数を教えている。

「7の中に、3はいくつ入るかな？　7の中に、3はいくつ？……考えて！　7の中に、3はいくつ入る？　……ねぇ、こっち見て」

その間、エリはあっちを見たりこっちを見たりしていた。「こっち見て」という奈緒の声はやや強かった。エリは、ちらりと教科書の方を見た。そして、「二」と答えた。すぐに他の方向を見た。

　僕には、奈緒がやっていることが、無意味なことにしか見えなかった。奈緒の教え方は、駆り立てるようなところがあった。追い詰められて、答えにたどり着けるはずがない。まず、注意力を一ヵ所に集中するという療育課題を先にするべきだ。小学校時代の学業は、後でなんとか取り戻せるものではないのか。むしろ、遅れて始まった療育の方に全力を注ぐべきだろう。

　僕が、そのことを強く言い切れないのは、総裁選がホットニュースであるうちに原稿の完成を急がなければならず、エリのかなりの時間を奈緒に任せざるをえないからだった。

　いつの間にか僕たちは、エリに関して、「お互いが子育ての中でやりたいと思っていることに関しては、口出ししない」という暗黙のルールを共有していた。僕は、苛立ちを感じながら、「奈緒には、自分が必要だと思うことをエリに行う権利がある」と自分に言い聞かせていた。

　奈緒が、「もう、いいよ」と言うと、エリは、お絵描きに飛びついた。奈緒は、しばらく宿題のノートをチェックしていた。ちょうど皿洗いが終わって、手をふいていた僕の所にそのノートを持ってやってきた。

「字が汚くて、それでミスが多いのよね」

　見ると、エリの割り算は、数字がまるでそろっていなくて、斜めに書き流した筆算だった。答えが合う方が、不思議なぐらいだ。

　だが、これは、「空間を秩序によって整理する」というスキルが欠落していることがそもそも問題なのではないか。いや、そのことを忘れて、見るなりいきなり書き始めようとする衝動性が問題なのかもしれない。そういう障害特性を先に改善しなければ計算ミスはなくならない。

「ねぇ、海外の療育本のわかるところを訳したやつ、結構前に渡したよね。あれ、少しは読んでくれたのかな」

奈緒は、黙ってしまった。多分、全く読んでいないのだろう。

「療育は、今、集中的にやらなければならないんじゃないかな」

僕の遠回しの苦言だった。奈緒は、しばらく黙っていたが、「あの子の、持ち物の準備をしてやらなくちゃならないから」と言って背を向けた。

夫婦の方向性の違いがこんなに目立ったことは、今までになかったような気がした。

演劇エチュード

モニター越しに、エリが空想上の壁に向かってペンキを塗る動作を黙々としている姿が見える。耳をすましても、エリの声は聞こえてこない。隣で、二人の幼稚園児が「ここに秘密の通路を作るぞ」「でっかい窓もあるんだよ」と男の子らしい元気な声を上げている。

「おっ、これはお城？　それとも秘密基地？」

黒いTシャツから太い腕をのぞかせた演出家が、背後から声をかけた。一人の男の子が「四次元空間の壁！」と叫んだ。

僕は祈るような気持ちだった。エリは変な言動を始めないだろうか？　ほんの二年前。エリは、ダンス教室で、講師の周りを生徒が床に腰を下ろして説明を聞いている中で、突然立ち上がり、奇妙な笑顔を浮かべながら一人で離れていった。異様な光景だった――だから、講師も他の生徒も、エリの方を見ないようにしていた。エリは鏡張りの教室をぐるりと一巡りし、バーに両手をかけ、足をかけて遊んだ。その後、エリが他の生徒をよそに鏡の前に立って、それにじっと見入っている姿を見ると、半ば気が遠くなった。あんなショックはもう味わいたくない。

すっとんきょうな声が聞こえた。

「お姫様が出てくる劇をやりたい！」

一体、何を言い出すんだ？　園男児が二人、小学校四年生のエリが一人、この参加者でそういう即興劇をやってくれというのは少し無理な注文ではないか。

「ああ、それは次にやろうね」

演出家はうまくはぐらかした。

「さあ、それでは、二人の人が部屋の両端から歩いてきます。真ん中で出会って、何かを話します。最後に握手をします。何を話すのかな？　それを考えてください」

エリが勢いよく立ち上がった。エリは「やりたがり」なのだ。授業参観で真っ先に手を挙げ、指名されて立った後、何も言えずに立ち往生する姿を何度も見ている。何が求められている場面なのか理解していないまま、衝動的な勢いだけで突っ走ってしまう。今日は理解できているのか？

エリは、相手役の男児に「おはよう！」と言って、握手した……驚いた。なんとか、指示されたことの範囲内におさまっている。

二人の園児の空想力は豊かだった。「戦闘準備はできたか？」「犯人逮捕、おめでとう」「外国に行くぜ、しばらく会えないな」……相手が設定した状況に即座に合わせて応答する。エリの場合は、即興で振られるとほとんど理解できないようで、ただうなずくだけであった。自分からセリフを振るときは「おはよう！」のワンパターン。

最初から最後まで、エリの空想力は紋切り型で、園児に圧倒されるほど乏しかった。だが、いいのだ。ＮＥＷＳエンターテインメントの演劇集中教室終了まで、残り一〇分。

「お姫様が出てくる劇をやりたい！」

またエリの声。何度同じことを繰り返すのだろう――だが、即興劇をやるというこの場のコンセプトの範囲内をキープしているといえば、キープしている。あと五分。

演出家の前で三人の参加者は並んで一礼した。

それまで身を乗り出してモニターを見ていた僕は、ほっとしてはじめて背もたれによりかかった。……やった。エリは二時間以上の即興劇を中心としたワークショップを、特に「変な子ども」と見られるほどの逸脱はせずに乗り切ることができた。こういう本格的なごっこ遊びをエリがやるのを見たのは初めてだ。

ごっこ遊びどころか、小学校の入学式の数日前、砂場で出会った顔見知りの一歳年下の女の子に「一緒にお山を作ろう」と声をかけられたが、エリは共同作業を一〇分も続けられなかった。いつの間にか取り決めから滑り落ち、一人言を言いながら足元の小石を拾っていた。年下の女の子はぶつくさ言いながら、一人で山を作っていた。

ああそうか、遊びを成立させる「他者との約束事」を共有し維持することができないのか――そう嘆息してから三年。この成長ぶりはどうだろう。僕は喜びが表情に出ないように抑えながらレッスン室から出てきたエリを迎えた。面白かったかい？　と聞くと「楽しかった！」とエリは答えた。

これだ、と思った。対人関係が拙劣な自閉症児のためにはソーシャルスキルトレーニングで「あいさつ」「買い物」などのシミュレーションで練習を行うという方法がある。そういう演劇に近い内容は従来から使われている。エリはステージ活動に関心がある。「演劇教室に通わないか」と誘うと、喜んで飛びついてきた。必ず得るものがあるはずだ。

子役芸能事務所にて

ＮＥＷＳエンターテインメントの主体は子役養成を目的とするエンターテインメント・コースだ。それとは別に、コミュニケーション・コース内に「アクターズクラス」が設けられている。僕たちは簡単に「演劇教室」と言っていた。それだけ単独で通うならば、月謝もチアダンス教室と大差はない。

演劇教室は、午後六時半開始だった。通い始めてしばらくしたある日、ビル最上階の強化ガラスの扉を開いたとたん、エリは走りだした。フロアに入ると、目の前の通路に設置されたモニターがあり、そこには、レッスン室の中の練習光景が映し出されている。モニターの中で、小学生か幼稚園児ぐらいの子どもたちが講師のかけ声に合わせてダンスを踊っている。エリはそれに興味を覚えたらしい。モニターの前には、パイプ椅子が一〇個近く置かれ、その後ろには立ち見をしている母親もいた。僕は、あわてて後を追い、エリの肩にそうっとそうっと手を置いて「後ろの人が見えないじゃないか」と猫なで声を出した……まさか、ここで癇癪《かんしゃく》を爆発させることはないと思うが。

エリは「ごめん」と言って一歩引いたが、「後ろの人が見えなくなる?」と何度も僕に聞き返した。こういう風に質問を繰り返してくる時は、憤懣《ふんまん》を抑えているのだ。別のレッスン室から、小学校高学年ぐらいの華やかな衣装をまとった女の子が四人出てきて「ねぇ、本番直前にもう一度、フォーメーションのこと、先生と相談した方がいいんじゃない?」と一人が興奮した口調で話している。

「おっ、あの人たち、来週の内部自主公演でダンスをやるグループみたいだな」

僕は、エリの注意がそちらに転換することを期待したが、背後で、エリがもう一度「後ろの人が見えなくなる?」と繰り返す。エリの発言は大半が質問の形式を取る。自分がすでに理解したことを確認する場合にも、いちいち答えを要求する形で聞いてくるので、次第にこちらも苛立ってくる。

これではまずいぞと思い始めたとき、演劇教室の女性講師が通りかかった。茶色のニット帽を頭に載せた上品な着こなしで学校の先生のように見えた。始まりますよ、と声をかけられると、エリは後を追った。つい先程までフロアは親子連れであふれ返っていたが、自主公演向けレッスンの時間帯が終わったのか、殆どの人が帰りかけていた。びっしり座れば四〇人ぐらいは入れるだろうと思われる待合スペースの壁には三つのモニターがかけられ、各教室のレッスン内容を見ることができる。空いた席に腰かけてモニターを見上げると、薄暗い画面にエリが入ってきたのが見えた。多分、気持ちを転換してくれたのであろう。

出欠確認が始まった。エリの「はい！」という元気な声がモニターから聞こえてくる。今日の参加者は五名だ。エリが四年生、次は二年生、次は一年生、あとの二人は幼稚園児だ。

ところが、その後のレッスン内容がよくわからない。他の母親たちの話し声で、肝心のセリフのある演技のところがほとんど聞こえない。春の特別教室とは異なり、発声練習や短い台本を使った台詞のやりとりが中心となっているようだ。最後は、半数がボールを持って、全員動きながら近くにいるボールを持っていない参加者に渡していた。エリは年下の子どもたちよりも集中力が悪くやたらとボールを落とす。レッスンが終わってから「何の練習？」と聞くので、「舞台で、他の人の動きをよく見るための練習なんじゃないかな」と答えておいた。

他の参加者がみな帰った後、待合スペースで、エリはキッズタレントブックにいつまでも見入っていた。それは、一ページに一人ずつ、写真・プロフィール・活動実績など、エンターテインメント・コースの登録者が紹介されているものだった。子役オーディション向けに演技・ダンス・歌などまんべんなくレッスンを受けているいわば正規生たちだ。本当に、エリは同格の情報が羅列されているという形式に惹きつけられるのだ。一年生の時は毎日インターネット上のキノコ図鑑を一枚ずつ延々と見て、僕はその名前を一つずつ言わされていたが、それに比べれば、人間が対象なだけ、まだいいだろう。

奈緒の憂鬱

僕はカウンセリング室に入ると、一番座り心地のいい椅子に深く腰を下ろした。エリが床についた後、全身にじわりと虚脱感が広がる。何も考えられない。空っぽの頭をラフマニノフの陰鬱な音楽で一杯にしたくなった。

カウンセリングの新規募集を停止してから三年以上だ。僕たちの本業の大半は電話カウンセリングになっており、このカウンセリング室に直接やってくる患者は数えるほどしかいなくなっていた。僕たちがエリの療育で手一杯だという事情を知っているクライアントだけなので、カウンセリング室の奥の方には、シルバニアファミリーというドールハウスセットがろくに片付けられもせず三、四個積まれたままになっていた。結局、あまり使わなかったのだ。

そしてうずたかく積み重ねられたこれまでのお絵描き帳。今も、勉強や療育が休みになるたびにエリは画用紙に飛びつく。昔は奇妙きてれつな生物を延々と描き続けていたが、それは登場しなくなっていた。現在では表情もある人物シーンが描かれている。マンガにしては固い格子状のコマワリに、学校を舞台にした物語が描かれる。だが、彼らにはクラスメートの名前がつけられているだけで、コンサートをやったり、サーカスをやったりと、現実の級友と関係がない空想世界の住人だった。

そんな雑然とした背景に、僕にとって唯一の息抜きとなっているラジカセが置いてある。僕が音楽を聴く準備をしている時、ドアを爪の先でこするような小さな音が聞こえた。遠慮しているのだろう。だが、僕はたちまち気が重くなった。一日のエリのお相手が終わったと思ったら、今度は奈緒の相手をしなければならないのか。ああ、一人の時間がほしい。

奈緒が入ってきた。少し前かがみになり、それでも顔は僕の方に向けて。眉間には皺がより、唇は歪んでいる。僕は反射的に顔を背けた。どうしても僕にはそれが「私は、こんなに苦しいの」とアピールしようとしている表情に見えてしまう。奈緒がゆっくりと床に腰を下ろした時には、僕は椅子を少し回転させて奈緒から半ば背を向けていた。

しばらく続く無言。苛立ちが微《かす》かに湧いてくる。この無言すら、「私は、すぐに言葉を発せられないぐらいに辛い」と伝えようとしているかのようで、僕には重い。先手を打った。

「どうなの、体調は」

「……今の睡眠薬で、寝つけないの。あれこれ、あの子のこれからのことをいろいろと考えてしまうの。話せば、少し気が楽になるんだけど」

薬を増やすよりも、僕と話す時間を増やしたいということなのだな。結婚してずっと、僕たちは毎日の長い時間を会話に費やしていた。仕事が同じなので、話題はいくらでもあった。

育児の疲労が蓄積するようになってから、二人のストレス解消方法が異なることが浮き彫りになった。奈緒が、他人と交流することでストレスを解消するのに対して、僕は一人きりになることが必要だった。だから僕の本音は「増薬で解決できるなら、それで何とかしてくれないか。俺には俺の休息時間も必要なんだ」ということだった。

また、奈緒の話すことが毎回同じような憂鬱な愚痴であることに、僕の身体は拒絶反応を示すようになってきていた。次第に陰々滅々な話が始まると、僕の心はシャッターを下ろすようになり、近頃は、体が別の方向を向くようになってしまっていた。奈緒も辛いのだ、ちゃんと関わらなければ、という思いと自分の体がせめぎ合う。

「あの子と話をしていても、人間的な会話をやりとりしている気になれなくて」

そう感じるのは仕方がないことだ。エリの会話は、「言葉のキャッチボール」の体《てい》をなかなかなさない。それは、ボキャブラリーが不足しているとかいうような量的な問題ではない。毎日何度も同じ空想話を繰り返し聞かされるのだ。会話というものは、ある程度の情報量がなければ人間はうんざり感という生理的反応を起こす。それを身をもって知ったのは保育園時代、絵本や空想から来た同じリフレインを毎日聞かされるようになってからだった。

「私、今度の授業参観、行きたくないの。私は、あの子が誰からも話しかけられないでぽつんとしているのを見るのが辛いのね。他のお母さんたちとも顔を合わせたくないし。私は、中学時代から、集団と距離を取るようにしているの。今は、他のママたちを見ると、違う時間を生きている人っていう感じがする」

これまでは、ＰＴＡの会合は僕が行っていたが、授業参観の方は奈緒も時々参加していた。

「普通の子どもを見るのが辛いの。どうしても、比べちゃう」

「あぁ、僕が行ってくるよ。他の子と比較して、観察できる機会だから」

「悔しくならないの？　普通の子どもがうらやましいと思わないの？」

「それが、何にも感じないんだな。他の子どもにだって、それぞれいろいろあるんじゃないの？

ただ僕は、同年輩の子どもにできて、エリがまだできないでいることは何か、是非知りたいんだよ。次の療育計画に役立てたいからね。貴重なデーター収集の機会だと思ってる」

「この子の様子を、恥ずかしく思ったら、この子にかわいそうなのかな」

「君さぁ、ネットとかで、自分を責めるネタになるような言葉ばかり探しているんじゃないの？『自分の心の中にこの子の様子を恥ずかしく思う気持ちはないか』って顕微鏡で探し回るつもりなの？　俺たち、ただでさえ重い荷物を抱えているのに、更に荷物を増やしてどうするの。あっ『荷物』っていう言葉を使うだけでも、『子どもにかわいそう』って非難されるんだよな。前の先生に非難されたことがあってね」

それは、低学年の時の担任にエリの学校の様子を聞きにいったとき、「日常生活のエリの負担で仕事が進まない」と愚痴ったところ、負担という言葉を聞きとがめられて「『負担』ですって？　子どものありのままを受け入れてください」と叱られ、口論になったことがあったのだ。

僕は「そういう理想論は、父親がおつとめで経済的な不安がなくて、母親が専業主婦で子どもに時間を割けるという家庭を無意識に想定しているんじゃないんですか？　自営業とか共働きで、子どもの面倒を見る時間が増えれば収入が減るという家庭の事情を無視していませんか？　経済的負担になっても事実を言ってはいけないんですか？」とむきになって反論したのだ。

「世の中には『子ども十字軍』ってのがいてさ、子どものことはやたらどんなことでもカワイソーと合唱するんだ。だけど、俺たちの方は、何がどうなってもカワイソーじゃないらしいぜ。睡眠不足になっても『この子のためになれるなんて、シアワセ』って言わなきゃならないみたいだな。俺は強制収容所送りにされるんだろうな。思想改造されたら、ブランコで腕が真っ赤に腫れ上がっても『シアワセ』って言えるようになるかもな。俺たち障害者の親には、辛いときに辛いって言う権利はないらしいぜ」

「あの先生がそういうこと言ったの？　まぁ、子育ての経験がない人だったから」

「大体だよ、何らかの手のかかる子どもを育てて、時々『しんどい、うざい』って気持ちが一度も起こったことがないおうちってあるの？　ものすごく、ありふれた気持ちじゃないの？　で、口に出さなくても、その気持ちが子どもに伝わるってわけ？『この子を生んで幸せ』って感じていようと、『しんどい、うざい』って感じていようと、出す飯に何か違いが出てくるの？　やることやってりゃいいんだよ。『心の隅々まで愛情で一杯です』なんて、まず健康なお子さんのご家庭でお手本を見せてくれないもんかな。だったら、俺だって真似できるかも知れないけど。俺たちが先に見本をやらなきゃいけないって、どうしてなのよ」

　先ほどまで書斎に来た奈緒と話すのを面倒くさいと思っていた僕が、いつの間にか火が付いたような勢いでまくしたてていた。

「俺ら、道徳の教科書に載るために家族やってんじゃねぇ。世間は、俺たちに幸せそうなふりを演じることを期待しているみたいだけど、俺はそんな期待に応えるつもりはさらさらないぜ。判断基準は、たった一つ。俺たち達一家が、楽になるのかどうかってことだけだよ。俺がうざいと思うのは、『心がけを変えれば、苦痛も喜びに変わる』っていう精神主義なんだよ。心がけを変えれば、現実が変わるのかよ」

どうしてこう辛辣な表現が出てくるのだろう？　僕は奈緒が鬱に陥るのを恐れて、奈緒にプレッシャーを与えるものを力ずくでたたいているのかも知れない。だが、自分の言っていることは奈緒が聞きたいこととはどこか違うような気がする。だんだん疲れてきた。

奈緒の視線は焦点が合わなくなってきていた。ようやく眠気がやってきたようだ。

「うん、君はまじめだから、考え込むのはしょうがないよ。抗鬱剤を試してみてもいいかも知れないね」――苛立ちと、それを表に出すまいとする努力がやっとのことで釣り合い、僕は澄ました顔で言った。もうそろそろ、音楽に没頭したい……。

奇妙な演技

エリが演劇に対して意欲を持っている今、ドラマ的なアプローチを療育方法として活用できるのではないだろうか、と僕は思った。

僕は、エリと共演する寸劇を作ってみた。エリは笑える話が好きなので、必ず笑える落ちを持ってくる。途中に、感情表現を必ず入れる。

A　あなたにプレゼントです。ダイヤです。

B　本当？（うれしそうな顔。開けてみて怒った顔）

A　あっ、まちがえた。

B　いりません。（Aの指の上に空の入れ物を置く）

A（痛がる）

二枚印刷してそれぞれ台本を持ちながら読み合わせをすればこの程度の往復のやりとりはすぐに覚えられる。ところが、台本を脇に置いて演技をして、僕はショックを受けた。

おかしい。うまく言葉にできないが、直感的に「変」なのだ。なぜ、こんなに簡単なやりとりでエリの演技は奇妙な印象を与えてしまうのだろうか？

何度か演じて、視線とアクションの連係がちぐはぐなのだと気がついた。「あなたにプレゼントです」と言って相手に手渡す時、普通僕たちは、手渡す対象に軽く視線を向け、相手に差し出すだろう。Aが自分のプレゼントに視線を向ける。BはAは何を見ているのだろうとAの手元に注目する。プレゼントがスポットライトを浴びる。Aのプレゼントを差し出す動作が、Bに期待感を持たせる。AはBに渡そうとするまでのどこかの時点で、Bの反応を確認するために相手の顔に視線を切り替える。

僕たちは日常生活で何も意識せずに視線や動作を用いて、相手の視線を誘導している。それによって僕たちのコミュニケーションは円滑になっている。だが、エリはそういうミクロな調整を一切行わなかった。これから差し出すプレゼントの方を見るわけでもない。相手の表情を確認するわけでもない。視線のベクトルと動作のベクトルがちぐはぐで、自分自身の行為からそっぽを向いてやっているように見えた。

また、「開けてみると同時に怒った表情をする」「入れ間違えたと気がついたときに当惑した表情をする」「指の上に置かれたときに痛そうな表情をする」というような感情表現のタイミングがずれていた。それは、「感情が生じたときにそれが自然に表情に現れた」ようには見えなかった。まるで、感情と表情の間の回路が切断されており、「台本にそう書いてあるから、そうしなければならない」というだけの理由で、申し訳程度に後から付け加えたように見えた。「しなければならない」という意識のもとに行われた感情表現は、大袈裟すぎたり不自然だったりで、普段僕たちが他人との交流の中で目撃する感情表現とは隔たった奇妙なものに見えた。

僕は、五〇本以上の台本を作ってエリと練習してみたが、奇妙さは消えなかった。自閉症の診断基準の中に挙げられている「ジェスチャーの不適切」という項目が深い意味を持っていることがはじめてわかった。視線や動作のミクロな使い方の深刻な障害――僕にはそれは容易に解決できないものと思われた。

惨めな儀式

「やろうか」

夏休み前。今頃エリは学校だ。

「やるの?」

奈緒の表情に苦笑いが浮かんだ。僕はいつもそれが嫌だった。どちらもやりたくってするわけではないことを表に出すのはますます惨めになるだけではないか。僕たちは、手早く布団を広げると、一年に一回かろうじて続いている夫婦の儀式を行った。それはもはや、お互いがまだ男であり、女であることを証するための行為に過ぎなかった。結婚当初は、そこには祝祭的な何かがあったはずなのに。

　惨めな気持ちのまま、儀式は昨年よりも短く終わった。僕も奈緒もエリの育児で疲れ果てていた。これ以上疲れたくはなかった。

　その一方で、営みの後に広がる申し訳なさ。最近、会話を求めてくる奈緒が重い。僕はいつもなるべく早く切り上げようとしている。

　今日、小型パソコンに音声入力しながら洗濯物を室内に干していたとき、いつか見たグラスが花瓶の横に置いてあった。またもや透明な液体をたたえていた。まさか、奈緒はキッチンドリンカーになっているわけではないだろうな。あの液体がアルコール類だったら、僕の目に付くところに置くわけがないが、不安は払拭できない。ここは、軽い話題で行くか。

「やべぇな、この靴下、もう二つ目の穴が空いている」

「買ったら？　もう、靴下ないよ。それから、夏向けの肌着も少ししかないけど」

「もう少したって、夏物一掃大バーゲンの時期を待っているのさ。合理的だろ」

　こう言っておいて、結局は買わない。それが何年か続いている。僕たちの家計方針はとてもシンプルだ――とにかく、買わない。エリのもの以外は。

「ねぇ、テレビでコメントする時用のスーツぐらい買いなよ。今あるやつ、もう一〇年ぐらい着ているぼろぼろでしょ？　スーツ半額バーゲンというチラシがあったけど」

「そういう自分だって、何年も同じ服着ているくせに」

「うん、今着ている上っ張り、学生時代からずっと着ているやつ」

「昔は、学期の終わりには、エリの慰労ってことでみんなで近場の温泉に行ってたのにな」

「エリも『ウチはビンボー』って言ってるよ。学年で自家用車を持っていない家ってウチだけみたいね」

「俺たちみんな、一生懸命にやってるのにな。こりゃあ、前世でよっぽど悪いことをやった報いが今生で来てるんだろうぜ。きっと俺たちグルでとんでもないひでぇことやってしこたまもうけていたんだろうな。児童人身売買とかさ」

「二人で『主もワルよのう』とか密談していたのかもね」

「そりゃ、君の方のセリフだろ。君が悪代官で俺が手下の悪徳商人かなんかだよ。俺の方は『へっへっへ、お代官様ほどでは』ってな」

僕たちは虚しい笑いを笑った。とにかく、やりきれない気分が冗談で軽くなってきたことはたしかだ。僕は近くのゴミ箱の中から、まだ使える部分があるティッシュペーパーを拾い出して、その隅っこで鼻をかみ、また使えるようにたたんでゴミ箱に戻した。

エリのことで、明るい話題はないだろうか。

「そうそう、エリがNEWSエンターテインメントの子役コースのオーディションを受けたいんだってさ。待合室のオーディション受け付け中っていう貼り紙を見たんだろうね」

「えっ。何でまた……」

「それが、いきなり言い出したんだよ。演劇教室が終わるとね、いつもそこのエンターテインメント・コースに通う、いわば正規生の名前とプロフィールが掲載された冊子を夢中で見ていたんだ。自分もここに掲載されてみたいっていう気になったのかな。とにかくずらっと並んでいるのが大好きだからなぁ」

「ね、結構いけるんじゃない？　親バカ目線だけど、あの子、かわいいし」

「無理だよ」

台本を使ってやってみると、エリの演技がひどく奇妙に見えること、それは、とても奈緒には言えない。もし言ったら、奈緒はたちまち泣き顔になる。

「でも、あの子、積極的なところがあるでしょう？　脇役ぐらいもらえるんじゃない？」

「絶対に無理だって。エンターテインメント・コースに行く前に、オーディションがあるんだよ」

奈緒の声が弾んできたので、僕は驚いた。奈緒は勉強を教えることには熱心だったが、エリの芸事にあまり関心を示してこなかった。チアダンスにしろ、演劇教室にしろ、教室通いも発表会の付き添いも僕がやってきたのに……しかし、考えてみれば、「わが子の将来を夢見る」という普通の母親が味わえる幸福を奈緒は殆ど体験していないのだ。諦めていた喜びの可能性に胸がときめく心理は理解できる。

「まぁ、オーディションを受けてみるだけでも、社会経験にはなるかも知れないな」

「受けさせたら？　事務所に事前に自閉症だって言うの？」

「わざわざこちらから言う必要はないと思うよ。コミュニケーション・コースに通っているんだからさ、向こうからすれば、社会性の発達が遅れている子どもも来るだろうってことは前提になっているんじゃないかなあ。オーディションを受けさせてくれるのならば、その出来映えだけで判断してもらえればいいんじゃないの？」

いざチャレンジすることになると、僕もできるだけのことはしてみようという気になった。電話を掛けると、オーディション日時はすぐに決まった。短い寸劇の課題が送られてきた。二人の子供が線香花火を眺めている。花火が消えてしまう。もう一度やってみようと話をする。小景ではあるが、大げさな演技で大味に済ませることができない課題だ。

「面接の練習もやろうよ。自己紹介をしてって言われると思うよ。自分のことを他の人にどういう風に言う？」

エリは、相手が何を求めているのかさっぱり見当が付かないという表情を見せた。僕の方も驚いた。いくら何でも小学校四年生だ。自分に関する情報を求められた時に、最低でも「桜木小学校四年生」「埼玉県に住んでいます」ぐらいの言葉は出るだろうと思っていた。

「自分のことを言うんだったら、学校名と学年をまずは言ってもいいんじゃないの？」

エリは、「桜木小学校四年生」と言った。それに続く言葉は何もなかった。

「クラブは、何に入っているんだっけ？　それから、自分の特技を言った方がいいよ」

クラブ名は「クッキング部」と今のクラブ名を言っただけで詰まってしまった。

「ほら、二年生から三年生まで続けたのがあったよね」

そこまで言って、やっと「チアダンス」が出てきた。こんな調子で幾つか自分に関する情報を言わせて、それに基づいて面接で想定される質問とそれに対する答えを作成した。エリは過去から未来に続いてゆく時間の中にいるという意識はある。だが、それ以上の自己意識はあるだろうか？空白とまではゆかないまでも、そこにあるのはほとんど内実のない自我だけなのだろうか。

廃屋

その場所に、エリを伴ってゆくのは初めてであった。自動ドアの玄関は掃除がよく行き届いて新築のマンションのように思われる。「消毒済み」というプレートの下に来客用のスリッパが並んでいた。来客者名簿に二人の名前を書く。エレベーターは、通常のものよりも幅が広い。いつ来てもここは静寂が支配している。

三階で降りると、広々とした明るいフロアに、一〇人前後の車いすに乗った老人たちがいた。エリを見かけると、「あら、かわいいお嬢ちゃん」など、親しげな声が幾つか飛んできたが、エリはそちらに目を向けなかった。

廊下に並んだ部屋には、複数の入居者の名前のプレートがかけられている。その中で、一つしかプレートがかかっていない個室があった。僕は、エリの手を引いてその部屋に入った。

そこに母がいた。ベッドの上に入居者用のガウンを着て横たわっていた。肉がそげ落ちた片手は、くの字に曲がってベッドのてすりを握っている。左に傾けた顔、その片目はいつ来ても少し左に寄っていた。何を見つめているのか、その視線は動かない。なかば開いた口の脇が少しよだれで濡れている。

母は、脳溢血で倒れた後、すでに六年間、意識が戻らないまま、静かに齢《よわい》を重ねていた。その脇の椅子に、小柄な老人が腰掛けていた。後ろから見るその頭に白髪がわずかに残っている。老人は僕たちに気づいて振り向いた。父の目にはかつての険しい眼光はなかった。

一人の男は、二度と起き上がらぬ妻の傍らに寄り添っていた。もう一人の男は障害を持つ娘の手を引いていた。二人の男は瞬時に理解した。もうあらがう理由が何一つ残っていないことを。

「ああ、来たのか」

父が席を立ったので、僕はエリを母の横に連れてきた。

「エリ、おばあちゃんだよ。おしゃべりすることはできないけどね、耳元でお話しすれば、聞こえるかも知れないよ」

三歳の時に脳溢血で倒れた祖母の記憶は、エリにはない——「おばあちゃーん……」。

「オーディションのこととか、話したら?」

「おばあちゃん、オーディション受けるよ」

母のうつろな視線がエリの方に動いたかどうかわからなかった。

お母さん、あなたの血を一番濃く受け継いだ僕の娘です。親戚中で一番あなたに顔立ちが似ています。でも、互いの無交流のため、この子をあなたが抱くことはありませんでした。

エリは、それ以上続く言葉を探せなかった。

「じゃ、エリ、おじいちゃんに一学期の通知表を見せなさい」

エリは手提げから通知表を持ち出した。父はもう一つの椅子に座ると、それを子細に眺めた。

母が倒れてから六年間、父は毎日老人ホームに通い詰め、この椅子に半日座って介護するという生活を続けている。

「なになに、誰にでも明るく挨拶をしています、環境委員に熱心に取り組みました……これは担任の先生が書いたんだな。成績は、まあまあじゃないか。Aが一つあるね。おじいちゃんは、小学校の時は、オール5だったな」

父の顔に得意気な表情を見て、僕は嫌悪を覚えた。障害を抱えていても、何とかほぼオール3の成績を取っている子どもに対して、自分の小学校時代の成績自慢はないだろう。だが、エリは父が自慢しようとしていることにさらさら気がつかない様子だったし、この衰えが目立つ父と争う気にはなれなかった。次回、この老人ホームを訪れる前に「エリの成績をほめてやってください」と電話で頼んでおこう。そういうことは、伝えれば呑み込みは早い人物だ。

父は僕たちの帰り際に、わざわざ僕を呼び止めた。

「体重の減少が始まると、飲み込む力もなくなっていって衰弱死を待つだけだそうだ。でも、減少していたのが、ちょっと止まっているんだよ」

父は、母の体重の推移グラフを見せた。おや、と思った。父のこんなにうれしそうな表情を見たことはないような気がした。

オーディション本番

浅黒い肌のNEWSエンターテインメントの社長は、だだっ広い会議室のような部屋の椅子を手早く脇に運んでスペースを作ると、長机の上にレポート用紙を広げた。

「おはようございます！」

元気の良いエリ。これだけ聞けば、活発な子どもに見えるだろう。エリが机を挟んで向かい合った社長の質問に答える風景を、僕は少し離れたところに座って手を固く握って聞いていた。エリは家で想定問答集を使ってリハーサルしたとおりにはきはきと答えてゆく。

一つだけ、予想しなかった質問をされた。「目標にしている、あるいは好きなタレントは誰ですか？」――そもそも、家にテレビがない。僕たちは最近のタレントの顔も名前も知らない。エリは詰まってしまった。

「特に、まだ目標は決めていないの？　じゃあ、それはいいとして、台詞を印刷して送ってあるよね。Aを僕がやりますので、エリちゃんはBをやってください。暗記していなければ、見ながらやってもいいです……え？　覚えているの。練習してきたんだね。それじゃあ、お芝居の一場面だと思ってやってください」

エリは、そこを何とかやってのけた。

「ここの、『花火が落ちた』と言うところね。この二人は、線香花火が落ちて消えていくのをじっと見ているわけでしょう？　だから、台詞に少し間を空けた方がいいね。じゃあ、そこに注意してもう一度やってみよう」

エリと社長はもう一度その場面を演じたが、エリの演技にはほとんど変化は見られなかった。社長は一瞬黙った。だが、これでオーディションはおしまいのようだった。「思い切って演技するところが良い」と褒められた。

「それじゃ、お父さんと少しお話があるので、エリちゃんはちょっと待っててください」

僕は少し狭い部屋に呼ばれた。黒っぽいジャージを羽織った精悍な社長の前で、僕は小さくなっていた。エリが本来興味を持っているのはキッズモデルで、期待しているのはそちら方面のオーディション情報で、演技の方面での活動を特に希望しているわけではない、としどろもどろに説明した。だが、NEWSエンターテインメントはあくまで子役養成が目的で、キッズモデルのオーディション情報はそれほど入ってこないそうだ。

「この際、目標としては、舞台やドラマの方を目指されたらどうでしょうか」

「でも、この間、モニターから教室の様子を拝見させていただきましたが、うちの子は、演技方面ではこれ以上伸びる可能性は期待できないと思っています」

「エリちゃんは、九歳でしょう?　まだ限界を設定しなくてもよいのではないですか。私は、子どもというものは、大人が見るよりも様々な可能性を持っていると思いますよ」

……ああ、そう思ってみたいものだ。「子どもには無限の可能性がある」「才能の芽を伸ばそう」それら、きらびやかに美しい言葉たち。だが、脳の障害という現実の重さを誰にどう説明してもわかってもらえはしないだろう。

「エンターテインメント・コースは、演技以外にヴォーカルレッスンとジャズダンスのレッスンがあります。それを受けてみて内容を確認されてから、秋からエンターテインメント・コースに移行するという段取りでどうでしょうか」

エリはもうオーディションに合格したということなのか？　もしかすると、ＮＥＷＳエンターテインメントでは、コミュニケーション・コースの最初の目的は半ば忘れられ、事実上は演技力をもっと磨く目的で追加する教室という位置付けになっているのかも知れない。

思いも寄らない方向に事態は動き始めた。

違う色の破滅

ヴォーカルレッスン体験参加の日。その日行ってみると、女児が一人、講師が来るのを待っている。参加者は二人だけのようだ。

エリが、いきなり「友達になろう！」と大きな声をかけたのでひやりとした。相手は初対面だ。まず自分の情報を小出しにし、相手の情報も少しずつ出してもらって共有できるものがあるかどうかを探りながら近づいていく——そういうスキルが期待される年齢だろう。それでも、相手はにっこりしてくれたので僕はほっとした。

モニターで見るレッスンは特に問題なく進んでいった。ところが、最後になって、その子が手提げからＣＤを取り出した。ミュージカル曲のカラオケで、オーケストラの演奏をバックにその子はなかなか通る声で歌った。エリは、まじまじとそれを見つめていたが、「やりたい」と言い出した。エリが、要求を繰り返していることは、モニター越しにもわかった。女性講師が煩わしそうな表情を浮かべて説明している。だが、いったんこだわり始めたときの執着ぶりが出てしまっていた。エリ、もう止めるんだ……だが、とうとうエリは、退室する講師のすぐ後ろにくっついてまで「どうして？」と質問を繰り返す形で不満を訴え続けていた。

「ねぇ、もう一人の人は前から続けているんだよね。自分が歌いたい歌のCDも持ってないよね。それじゃ、いくら『やりたい』と言っても無理だよね」

「歌いたかったの！」

　この固執ぶりが出てしまうと、どう説明しても無駄だ。

「でも、終わる時間まで質問を繰り返したら、まずいよ」

「いつの間にか質問しちゃうの。質問したいんじゃないの」

　この一件でエンターテインメント・コース移動はおじゃんになるのではないだろうか……。


　ある日、大学から、封書が届いた。年度はじめや試験期間中ではないこの時期に封書が来たことはない。と、すれば……胸騒ぎを抑えながらカウンセリングルームに飛び込んで封書を開けた。「契約終了のお知らせ」という言葉が目に飛び込んだ。

　それは、半ば予期していたことだった。四月に、スポーツ心理学の修士号を持つ元バスケットボール有名選手が准教授として着任し、僕が担当していた講座と同じ名前の講座を担当し始めた。それを見て、「今、担当している講座を新任の常勤勤務者に奪われる」危惧を感じた。視覚教材をふんだんに作成して学生の授業評価を上げようとするなど、精一杯の手は打ってきた。だが、大学側としては、非常勤講師の僕の方を切り捨てることが既定方針だったのだろう。

月約八万円の定期収入と、大学非常勤講師というアカデミズムとの関係。それは今の僕にとっては、小さなものではなかった。かつて、カウンセリングルームとして使っていたその部屋は、以前に比べて、ほとんど動くスペースがないほど散乱していた。使わなかった、または使命を終えた療育道具、エリがこれまでに描いた膨大な画用紙などが積み重なってさながらゴミ屋敷だった。その中の、わずかに膝を突いて座っていられるところから、僕は動くことができなかった。

僕は、自分に驚いていた。僕は若いころから、時折独特の精神的危機に襲われた。それは、目前に危険が感知されるときだった。何をやっても焦燥感にせき立てられ、物事のほんの表面に指が触れているかいないかで、時間の上を滑ってゆくような感覚になるのだった。プチ・パニックだったのだろう。

ところが、今、僕を襲っているのは、かつて体験したことのない感覚だった。その場から動くことができない。自分のなかのすべてのものの動きが緩慢になって、下手をすればいつまでもその場にうずくまってしまいそうな気がする。ドアノブがはるか彼方のように遠い。僕はこのまま部屋の散乱の中に沈殿してしまうのか。エリがもしもエンターテインメント・コースに移籍すれば月謝は一気に上がる。貯金の残高はもう一〇〇万円台になるところだ。そこにこの知らせだ。経済的にどういうことになるのか概算しようとしては頭が真っ白になった。

感情も凍結した。そして、時折波の高まるように込み上げては消える恐怖感――ぼくは抑鬱気分に襲われているのだろうか？　それとも、これは、無力感？

エリの障害が明らかになったとき、僕は「破滅をかける」と誓った。だが、実際に経済的破滅を目前にしてみると、「破滅」は、あのとき高揚感と共に想像したものとはまるで違うものだった。そこには、陶酔的なドラマなどなかった。それは、ATMで金を下ろすたびに減ってゆく数字であった。広がる無力感の中に、時折恐怖心がこみ上げるだけの鈍麻した感覚であった。

帰ってきた希死念慮

ＮＥＷＳエンターテインメントから電話がきた。エンターテインメント・コース移籍の最後の条件であるジャズダンスの体験レッスンの日程が伝えられた。この前のヴォーカルレッスンの態度でだめになったわけではなかったのだ。コース移籍に伴う出費はもう考えなくてよさそうだと思い直していたところなのに。移籍の流れになっているのなら、流れに任せるしかないと思った。エリに今更「止めよう」と言うわけにもゆくまい。金のことは……何とかしよう。それをどうするか考えようとすると思考が停止した。

もう秋といえる季節だった。体験レッスンの直前に、「言われたことだけをやること。質問しないこと」と散々注意した。エリは他の数名の正規生とだいたい同じように踊って、無難に切り抜けた。

その何日か後のことだ。奈緒とエリが怒鳴り合うのが聞こえた。最近、勉強をする、しないで時々衝突する。エリが、涙をボロボロこぼしながら書斎にやってきた。

「お母さんが、自殺したいって言うんだよ」

「今日？」

「少し前のこと。自殺したいって言うから、どうしてって聞いても、何も言ってくれないんだよ。どうしてお母さんは、自殺したがるんだろうね」

お母さんはどんなことを言っていたの、と尋ねるとエリは「生きていてもしょうがない」「楽しいことが何もない」「生きる意味がない」「私は役に立たない」と奈緒の言葉を伝えた。……参ったな。でも、エリもよく他人の言葉を聞いて再現できるようになったものだ。そう思っていたが、「私も、自殺したい！　生きていたくない！」とエリが叫びだしたので、僕は啞然としてしまった。単に、奈緒の言葉を借りているだけなのだろうが、やけくそになると、自己破壊的な言動をとる。自分も自傷行為をしているとアピールしたいのか、書斎の上に積み重ねた昔のお絵描き帳の上から「エイッ」と飛び降りた。

「子どもの前で言うのは困る」と一言言おうと思って寝室に行ったが、横になった奈緒の顔を見て言葉を引っ込めた。あらためて、頬の肉が落ちているのが気になる。胃炎が悪化しているのではないか。食欲が回復してきたらきたで、次は偏頭痛に悩まされる。次は風邪。季節の変わり目には必ず一ヵ月前後体調不良の時期がやってくる。結局、年中具合が悪い。僕はもう奈緒が起きて活動を始めるのは午後三時だと考えるようになってきていた。夕方まで起きられず、僕がエリと二人で近くの安売り外食チェーン店に夕食に行くことも珍しくなくなっていた。

「腰の痛みは軽くなったのかな。少し、やってみる?」

奈緒は、何度か「横になっているだけで十分だから」と小声で言ったが、僕が押し切った。僕は若いときに指圧師の友人から、凝りをほぐす程度の簡単な指圧を教わっていた。

うつぶせになった奈緒の背中に手を当てると、左側が一枚の板のように硬くなっていた。

「痛いっ」

「ごめん。軽くやっても、痛いのか。じゃあ、手のひらを当てるだけにするから」

僕は奈緒の腰に手を置いた。僕の手が温湿布の役を果たせれば、いい。

……話すことが、ない。昔は、いくら話しても話が尽きなかったのに。ふと、鴨居の上に白い紙のようなものが置かれているのが目に入った。あれはなんだろう？　この前まではなかったものものようだ。だが、奈緒に質問しても答える気力はないだろう。

カーテンの向こうに

これで、後はエンターテインメント・コースにいつから参加すればよいかの連絡が来るのを待てば良いはずだった。ところが、来るはずの連絡はいつまでたっても来なかった。

ある日、演劇教室に行くと、社長から「ちょっと、お父さん、お話が」と声を掛けられた。以前に面接をやったスペースに行った。話は「あと半年間コミュニケーション・コースの演劇教室でやってもらって、エンターテインメント・コースに転科するかどうかはその段階で判断させてほしい」ということだった。

エリにはそのことを伏せて、家に帰ってから奈緒にその話をした。奈緒は、「あと二つ教室に体験参加すればエンターテインメント・コースに行けるはずだったのにどうして？」と残念がった。僕は、多分コースを変更する最後の事前チェックとして、今の演劇教室の担当講師にエリの様子を聞いたのだろう、何かそこでネガティブな意見を言われたのだろう、と答えた。ここまで来て話をひっくり返すほどの量の情報が入る元としてはそれ以外には考えられなかった。

演劇教室の講師はまじめに教えていたし、すれ違い際に挨拶するときなど何とはなしに温かい人柄が伝わってきた。あの講師が、悪感情のレベルでネガティブな情報を伝えるとは思えない。他の母親たちの話し声でレッスン中の様子がよくわからないのだが、おそらくエリはモニターの向こうで何か問題のあることをやっていたのだ……。

一方で、これで正規生の月謝を支払わないで済む、とほっとする気持ちがあった。

僕はお絵描き中のエリのところに行くと、「正規生のコースに移るのは三月まで待って欲しいってよ」と結果を告げた。

エリの反応は、全く予想していないものだった。一瞬間をおいて、突然わっと泣き始めたのである。僕は仰天してとっさの一言が出なかった。エリはボロボロ涙をこぼしながら手放しで泣いていた。やや落ち着きかけて「どうして?」と言ったがいったんしゃくりあげて途絶え、「下手だったの?」とやっと言ってから、また「あーっ」と泣き声をあげた。

僕は、驚いていた。かつて保育園で「自分は劇のヒロイン役」と思い込んでいたのが勘違いであったことを知っても、それは、エリの中に何の痕跡も残さなかった。そこには人間はいなくてただ空白があるように僕には思われた。しかし、今、そこには、熱く悲しく脈動する人間が確かにいた。目標を持った、チャレンジした、失敗した、落胆した——こういう誰の心にも起こりうる一連の人間的体験を、エリもまた体験できるようになったのだ。これは本質的な変貌ではないのだろうか。

まだ泣きじゃくっているエリに僕は「オーディションが要らないモデル事務所に申し込んでおくから」などと慰め文句を並べた。だが、自分が敗北したという社会的な出来事をはっきりと理解できているところまできたエリの成長ぶりにうれしさも感じていた。そういえば、ヴォーカルレッスンの講師に執拗に食い下がって僕に注意された時の「いつの間にか質問しちゃう＝自分ではコントロールできない」という言葉も、自己観察の土台の上に立って出る言葉だ。

エリはもう空白ではないのではないか？　エリには自我が育ってきているのではないか？　だが、僕にはまだ見えない。自我の大きな起伏は見えても微細な動きまではつかめない。外の出来事は語れても、内なる軌跡は言葉にならない。

エリ、教えてくれないか。君は何を考えているの？　君の目には何が映っているの？　君は何を夢見ているの？

妻の章——算数プロレス

井戸の中の子ども

駅に近づくにつれて、周囲はビルの大きな影のもとに入った。その影の中を、昼食時のスーツ姿の男女が忙しく行き来している。それを見ると、私が社会との接点を久しく失っていることを思い知らされる。一人で深い穴のような場所に落ちている私。

駅前のデパートに入った。自転車なのに、私は息が切れかけている。全身が衰弱している。何ヵ月も運動らしい運動をしていないからだ。

昼間からデパートで買い物ができる主婦たちの歓談。これも私には遠い。ようやく、エレベーターの所にまで行き着いた。そこに藍色のカーテンが吊り下げられた一角がある。

私の姿を見て、恰幅の良い女占い師は老眼鏡をかけ直した。

「まぁ、奈緒さん。どうなすったの？　そんなにやつれてしまって……」

やっぱりそう見えるんだ。先日、心療内科医に睡眠薬を処方してもらいに行ったときも、「バセドウ病の検査をしておきましょうか？　目が飛び出して見えますね」と言われた。外見だけで診断するなんて、いい加減だな、と思ったが、帰って鏡を見てみると、人生でこんなに頬がこけた自分の顔を見るのは初めてだった。

「食欲がなくて、毎日殆ど食べていないんです」

「ご主人は、そのことについては、何と？」

「胃腸薬を調整してもらったらどうかとしきりに勧めますけど。主人は主人で手一杯です。今、トイレに小型パソコンとヘッドセットが置いてあります。大の方の時に、時間の有効活用ができるとかで……あの人は、効率マニアですから」

私は音声入力ソフトのことを説明した。トイレだけではない。最近パパは、大きなポケットに超小型パソコンを入れ、首にヘッドセットを巻いてどこでもすぐに音声入力ができるようにしている。

年に何回か来る占い。カウンセリングを受けに行くのは絶対にいやだ。同業者同士特有の探り合いや競い合い、相手が自分の流派と少し違うことがわかった時の無用な敵対心——そんなことを考えると、癒やしは全く異なる業界で欲しかった。

「やっぱり、お嬢さんの障害のことでお悩みですか？　前の話だと、少しずついい方向に行っているという印象を受けましたよ」

「ええ、夜寝る前に『レクリエーション・タイムを始めます。最初はクイズ・コーナー』と言って私たちにクイズを出したり、『だじゃれ・コーナー』と言ってだじゃれを言ったりするようになりました。中身はワンパターンなんですが……」

「自分で考え出せるって、すばらしいことなんじゃないですか。それに、こういうお子さんって、相手に配慮することが難しいと以前にお聞きしましたけど、ご両親を楽しませようとしてなさっているのでしょう？」

「ええ、以前では信じられないようなことができるようになっています。この前も『千と千尋の神隠し』のダイジェストを図書館で読み通したらしいんです。ごく基本的なお話の設定はきちんと話せました」

「では、どういうお悩みが残っているんですか？」

「良くなっていますが、一学期たってみると『前学期と比べて、こんな所が変わっているな』というぐらいのペースなんですよ。でも、普通の子育てって何歳ぐらいにはどうなって、何歳ぐらいにはこうなるだろうという見通しができるものでしょう？　そういう見通しが一度も持てないまま、これまでずーっとやってきたんです。どこまでも続く道を歩いているみたい。いつまで続くのだろう、私の人生はこのことだけで終わるのだろうかと思うと、ものすごい焦燥感がやってきて……」

「まぁまぁそれは……そうですねぇ、道が長くなるほど、一里塚や、道しるべが必要ですよね。そのご体調なのに、パーキングエリアもないというのはね」

「一日も早く終わらせたいという気持ちが強くて、霊感商法に引っかかりそうになったんです。電話で、お子さんの障害は治りますって言われてその気になってしまったんです。お札が送られてきて高い所に置けと言われて……」

「それをどうなさったんです？」

「椅子にのったらやっと鴨居に手が届きました。その前は、家で一番きれいな容器に塩水を入れろって言われたので、貰いものの使っていないワイングラスに入れておきました。方角がどうのこうのと言われて、ここだろうと思うところに置いては取り替えました。でも、最後に、二〇〇万円のお守りを買え、と言われて……」

「まぁまぁそれは……お子さんに障害があるとか、原因不明の病気があるという方がよく狙われるんですよ」

「授業ではうまくやっていけるようになったようなんですけど、友達ができないんです。ある朝起きてみたら、障害が治っている、なんてことを本気で願ってしまうんです」

「わかりました。では、今日は特別な方法をもちいましょう。もう長いおつきあいですから、料金はいつもと同じで結構です」

占い師は、小机の引き出しの中をごそごそ探ると、きれいな紫を基調とした、外側に黒い文字がたくさん書かれた小箱を取り出した。そこにさいころを二つ放り込んだ。占い師はその小箱を何度か揺すってさっとひっくり返して置いた。箱を取ると、さいころが二つ机の上にあったが、よく見ると、さいころの面には色々な漢字が書いてあった。

「水に鍵があるようですね」

どうやらさいころの上の面に書かれている漢字の組み合わせを見て判断しているようだった。同じやり方をして、占い師は、今度は「子ども」とつぶやいた。次に出た漢字には眼鏡をずり上げてしばらく考え込んでいた。

「おや、これはちょっと。事故があったようですね」

「事故でしたら、私の兄が幼いときに事故死しています」

「いいえ、その方は、ご両親がちゃんとお仏壇で供養なさっているでしょう？　今、調べているのは、ずうっと昔のご先祖で、十分な供養がなされていない方のことです」

もう一度、占い師は同じことをして、漢字をじっと見ていた。エリの年齢を聞かれたので、もうすぐ小学校五年生になる一〇歳だと伝えた。

「ご先祖に、井戸でおぼれ死んだ子どもがいます。お嬢さんの半分の五歳ぐらいの子どもでしょう。その子の霊が、お嬢さんに取り憑いて、気づいて欲しい、供養をして欲しい、と訴えています。あなたか、ご主人の先祖の家に、井戸はありますか？」

「主人の方は、わかりません。私の方も、昔のことは……」

「どちらにあったのかはっきりすれば、供養をするなり、お祓いをするなりの必要がありますね」

「それで、自閉症が治るんですか？」

自分の声がうわずっていた。女占い師は、力強くうなずいた。

エリが、遠い

キャストネット・キッズの二回目の撮影会の日が来た。私は、エリの髪の毛をツインにしばろうとして四苦八苦していた。椅子に座っていても、腰が痛む。私は、自分の髪の毛をいじっておしゃれをした経験がない。パパも、「会場に着いてから、係の人にやってもらおうよ。簡単なヘアセットならやってもらえるって案内に書いてあったよ」とエリを説得したが、エリは「ツインテールにしたら、どう見えるのか、自宅で確認する」という主張を朝から頑として曲げなかった。エリの髪の毛のところどころにふけが見えるのが気になる。何をやっても、雑に、手早く済ませてしまうエリ。

よくわからない。NEWSエンターテインメントは、半年様子を見て再度エンターテインメント・コースへの移行を検討する、という話のはずだった。ところが、パパは、申し込みさえすれば審査なしで誰でも登録できモデル気分を味わえるというキャストネット・キッズに入会してしまった。半年たってもオーディション再挑戦の話はパパの口からは全く出なかった。

そして、五年生になったこの四月からNEWSエンターテインメントのヴォーカル個人レッスンに月二回通うと言い始めた。エンターテインメント・コースのオーディションに再挑戦したがダメで、パパがそれを私に隠しているのだろうか？　だからといって、今までの演劇教室を辞めてヴォーカルレッスンへというのも唐突だ。エリとの間でどんな話があったのかも知らない……

だけど、今私が確認したいことはそういうことよりも、全く種類が別のことだ——長野の矢幡家の本家には、古い井戸はなかったの？　霊感商法の時はパパに秘密でやることができたが、今回は、パパからも情報をもらわなければならないのだ。占い師の話では、正しい供養をするためには、「何代前の先祖」ということまではわからなくてもよいが、古井戸のあったおよその方向は外してはならない情報らしい。古井戸はパパの実家にあったのか、私の実家にあったのかまでははっきりさせないといけないのだ。

何とか、髪をツインに結わえたところで私は力尽きて、隣の寝室のふとんの上に身を投げ出した。これだけのことで呼吸を整えなければならなかった。顔を横に向けるとチュチュスカートをはいたエリが見えた。

エリは昔夢見たほどの容姿にはならなかった。今時好まれる小顔・細面とはまるで違う。私の小学生時代、ぽっちゃり系のアイドルがもてはやされていた時代だったら、歌手の誰それに似ているねぐらいの褒め言葉をもらえたかも知れない。それでも、大きな瞳に、ふっくらとした頰。かわいい方だろう。撮影会場までの道もおしゃれでいたいのだ。

こんな娘の晴れ姿を見ると、母親は喜びを感じるものなのだろうか？

私は感じられない。エリが成長するにつれてその向こうに、同じ年頃だった三〇年以上前の私の姿が次第にはっきりと見える。

「ボロを着ていなさい」――おばあちゃんからそう言われて、おしゃれをするなど思いもよらず、ただ手元にあった服を着て登校していた私の姿が。エリの姿と昔の私の姿がどうしても焦点を結ばない。別の世界の少女のようだ。これが私の娘なのだろうか、と私はいぶかしむ。

「駅まで、歩いて行きなさい。運動していないでしょ」

横になったまま声をかけると、えーっとエリは不満げに声を上げた。

「パパ、ママが駅まで歩きなさいだって」

「あのさ、撮影会場は東京だから、もう自転車で行かないといけないんだよね」

小柄だとは言っても、小学校五年生、そんな大きな子どもを補助席に乗せて危なくはないのだろうか。私は何度も親二人がかりで自転車の練習をさせるべきだと主張したが、パパは「迷子や事故の危険が増す」と消極的で、エリは、学年で唯一自転車に乗れない児童のままだ。

「近くの写真館で、安く写してもらえばいいんじゃないの？」

「まぁ、服に興味を持たせたいんだよね。駅で『服の流行を観察しよう』って促すと、初めて顔を上げて歩くようになったんだよ。駅から離れて若い女性の姿がなくなると、いつもみたいに下ばっかり向いちゃうんだけどね」

「私、この子に共感できない。同性だからそう思うのかも知れないけど。この子の年頃、私は、料理だって掃除だって、家の仕事でできることは何でもやってたし……」

「ああ、それはわかるよ。でも、時代が違うしさ、それにこの子には障害が……」

パパは声をひそめ、二人の間に沈黙が流れた。パパは私の表情に「この子に甘いんじゃないの？」という色を見たのだろう。

「俺はこの子が意欲的になることの中に療育のチャンスを見つけたいから、仕方なくやってるだけだよ。向こうで用意されてる流行の服に着替えたって、俺はろくに見もしないよ」

パパは少し機嫌を損ねた声で言い捨て、エリと一緒に出て行った。

パパは女子どもだけの場で何時間か時間をつぶすより、本来ならば家で仕事をしたいのだ。エリを連れて年がら年中外出するのは、私の体力を回復させるための時間稼ぎでもあるのだ、と暗に言われている気がしてくる。最近パパの言葉には遠回しな皮肉を感じることがある。古井戸のことを尋ねるタイミングはとうとうなかった。

今、私は、エリが下校するぎりぎりまで横になっている。眠っているわけではない。午後三時半から夜の九時まで、私はエリの勉強を見て、おやつと夕食を食べさせ、入浴の準備をし、最後に五年生になっても明日の授業に必要なものの準備ができないエリに代わって、ランドセルをチェックしなければならない。そこまでやって、私は全力を使い果たしてしまう。わずかなエネルギーを蓄えるためにエリがいない時間帯は極力横にならなければならないのだ。

その上、土日曜も休める時には休んでおかないと、次の金曜日まで持たない……あれこれ考えることを止めて横になるしかなかった。

殴り合い

算数の宿題をテーブルの上に広げたと思ったら、エリは、忘れ物をしたと言って学校に取りに行った。帰ってから「おやつ」と言ってプリンを平らげた。それからケータイでインターネットにアクセスしようとした。パパが外出時の迷子防止のためと言って買ってやったものだ。

私はじりじりしながら待っていた。エリは、算数がやりたくなくてネットに逃げ込もうとしているのだ。引き延ばしをされていると思うと、苛立ちに怒りが混じってきた。

エリはようやくテーブルについたが、右を見たり左を見たりした。「集中！」――私の声に鋭いものがこもった。エリはやっと問題に目を落とした。

「一学年の生徒の中で、男子が六〇人、女子は四〇人です。比であらわすと？　考えて」

「できないよ、できないよ……」

私が最後まで言い終わる前に、エリは悲歌のような奇妙な裏声を出していた。私はむっとした。問題を聞こうともしていない。試そうともせず最初から逃げだそうとする。私は同じ頃、マスターできない問題は、わら半紙に自作の問題を書いて何度も解いていたのに。

エリは、「できない」「疲れた」と連発しながらようやく最初の式を書き、すぐに休憩にお絵描きをしたいとごねだした。床の上に紙を広げ、お絵描きはいつまでも続いた。

「お絵描き、もうずいぶんやってるよ。椅子に座ってノートを出して。さ、考えてごらん……」

「できないよぉ。もう嫌だよぉ。ああああぁー」

「エリ、それはずるい。すぐに宿題に戻るって約束したでしょ！　約束を破るなら、次のお絵描きは5分間以内にしてちょうだい。さ、すぐ椅子に座って。5、4……」

「えーっ、5分だけ？　あー、ひどいよ、ママは、もう！」

「今までずっとだらだらして時間がなくなったのがいけないんでしょ。3、2、1……」

カウントダウンが終わる寸前だった。エリが声を嗄《か》らして叫んだ。

「ママなんか、大嫌い！　いない方がいい！」

「何よ！」

私は思わず平手でエリの頭をたたいた。

次の瞬間に起こったことは完全に私の予想を超えていた。

エリがテーブルの上の算数の教科書をつかんだ。そして、それを私に向かって投げつけた。エリは手加減ということをまるで知らない。教科書は目の前に飛んできたが、体をとっさにそらしたのでかろうじて私の顔に当たらなかった。

「何すんの！　教科書を乱暴に……」

私は床に落ちた教科書を拾い上げ、その勢いで教科書でエリの横面をひっぱたいた。

「きぃーっ！　くわー！　お母さんなんか！」

エリはテーブルのノートを取ると、振り上げて思い切り私の頭を打った。

「お母さんなんか、死んじゃえ！」

エリがテーブルの上の鉛筆削りに手を伸ばした。

あれを力任せに私に投げつけるのか。この子は、私のことを本当に死んでもいいと思っているのだ。私はそれを阻もうとして、手にした教科書を夢中でエリ目がけて投げつけた。教科書はエリの肩に少し当たって床に落ちた。

エリはとうとう鉛筆削りを持ち上げた。私は必死にテーブルの上の花瓶を取った。だが、これでもエリのかんしゃくを牽制することはできないだろう……。

「おい、さっきから何やってんだよ！」

パパの怒鳴り声が聞こえた。パパは、時々怒鳴ることがある。そういう時は、私もエリも怖い思いをする。エリは、鉛筆削りを机の上に慌てて戻し、私は、花瓶から手を離した。

「おい、何だよ、さっきから。詰問しているようにしか聞こえないよ。今までだって、ずっとそうだろう？　追い詰めて追い詰めて、それで答えが出るのかよ」

「算数ができなくなってもいいって言うの？」

「いきなり極論に飛ぶなよ。誰がそんなこと言ったっていうんだ」

パパは私をにらみつけた。私もパパをにらみ返した。

「集中しろだの、考えろだの、言われてできるようなことかよ。そりゃ、ただの精神主義だろうが。集中させるように工夫するのは大人の方の責任だろうが」

「じゃあ、どうしろっていうの？」

「どうしろ？　どうしろだって？　自分で考えろよ！　子どもには、考えろ、考えろって言ってたくせに」

パパは反論できない所を突いてくる。返す言葉がない。パパは目を背けて暗い表情をした。感情を抑えようとしているのだろう。しばらくして「あのさ、うまくやってよね。今、俺の方は君の助っ人をする余裕がないんだよ」と穏やかな声で言って、書斎に行ってしまった。

一度パパにエリの椅子に座ってもらって私の説明を聞いてもらい、私の学習指導のどこに問題があるのか指摘してもらおう。二人で発達障害児を得意とする家庭教師をネットで探したことがあるが、パパは「温かい」「優しい」といった売り言葉を見ると、それだけで「具体的な教え方を説明していないところは、ダメだ」とページを変えてしまった。

それを思い出すと、あらためてパパは、曖昧なものやムード先行の売り文句が嫌いで、目に見える結果しか信じない人だと思った。井戸のこと、タイミングを見て質問したとしても、「占いなんて、無意味だ」と言われるだろう、という確信が強まった。

それでは、どこで確かめればいいのだろう？　舅に確認するしかない。私には抵抗があった。昔、パパの実家で会ったとき、舅は私にさんざん自慢話をした。私は「この相手を威圧してやろう」という意図的なものを感じた。あの時の嫌悪感を乗り越えられるだろうか？　それに癌の小さな手術を何ヵ月か前に終えたという舅の健康状態は、毎日姑の介護に老人ホームに通っているという以上のことは、私にはよくわからない。電話をかけても構わないのだろうか？

苦悶の時間

夜になっても、私は眠れない。零時を過ぎると、自分を責める時間がやってくる。

この感覚には、覚えがある。役立たず。厄介者。私が不登校をしていた頃、毎日繰り返して聞いた声だ。その時も、今も、私はこの声に抗することができない。

私は、誰の役にも立っていない。半人前の母親どころか、ただの病人だ。もしも、私が、せめて、内職ぐらいやることができれば。

パパは、あんな形で長年訳してきたミロンを出したくはなかったのだ。時間をかけて、学術書として出版し、研究者として評価されることが夢だったのだ。犯罪事件の解説にミロンの人格障害理論を使うような形で時事ものとして次から次へと本を出しては印税を稼がなければならなくなった。私が稼げれば、そんな中途な形をとらなくても済んだかも知れない。私は、パパの夢をつぶした一人だ。

私は、エリを、健康に産んであげることができなかった。

自分を責める言葉には限りがなかった。そのうち、ゆっくりと、腹痛がやってきた。押さえつけられるような鈍痛が、下腹部から始まる。その痛みが、全身に広がっていく。「かなりの量の薬を出しているのですが」胃腸科の医師も首をひねっていた。不快感が全身に広がると、それは、吐き気となった。

もう、消えたい。だが、どうすれば私を消すことができるのだろうか。毒など手に入るわけがない。ガス栓を開けたままにしても、もしもエリがそれを吸ってしまうことになったら。首つりなら確実だろうが、エリにショックを与えるわけにはいかない。どこか遠い所に行って、飛び降りれば……だが、私が死んだら、誰がエリの食事を作るのだろう。パパでは、あの子が欲しいと言うものは何でもコンビニで買い与えるだけだろう。

自閉症が治りさえすれば……井戸でおぼれ死んだ子どもの供養さえできれば……パパに舅の様子をそれとなく聞いたら、「癌の方は定期検査ではすっかり落ち着いていて、普通に暮らしている」と言った。それから、「母のことがあったり、自分が病気したりして、あの人もずいぶん変わったよ」とつぶやいた。こころよく古井戸があったかどうか、教えてくれるだろうか？　でも、他県のような遠い場所にエリを連れて行かなければならないようになったら、今の私の体力で、たどりつけるのだろうか？

自分の母親とは、長年音信不通のままだ。私と接触しようとしていないことは確かだ。ことによると、年賀状も出さない私に対して怒っているのかも知れない。でも私のあの家への抵抗感だって並大抵のものではないのだ。二度とここには戻らない、と固く決心した、あの家。あそこにまた行くのか。四歳の私の鼻をつまんで引きずり上げたおばあちゃんのしわだらけの指の感触が生々しくよみがえる。そのおばあちゃんが焼身自殺したときの異様な臭いが思い出される——そんな嫌な思い出が一杯の家の門を私はくぐることができるのだろうか。

体が動かない。だが、顔を横に向けることができた。エリは、寝相が悪い。ふとんが寄って山になっているのが、大きな風呂敷を担いだように見える。そんなエリの寝顔が見える。乱れた黒髪の上に口を半開きにしてひたすらに眠るエリ。ごめんね、何もしてあげられなかった。そして、今度も結局何もしてあげられないかも知れない。

考えても考えても、エリを救う道は細く険しく感じられた——これでは、眠れない。それなのに、とにかく朝の七時には起きなければならないのだ。エリは朝の行動のピッチを速めようとしないので、急かさなければ遅刻する。

もう一度、睡眠薬を追加しよう。下腹部の痛みは相変わらずだが、吐き気は少しおさまっている。ふとんに指を立てる。かきむしるほどに。ようやく体が少し浮いた。そのとたん、背中に痛みが走り、それが消えていくまでしばらく肘で体を支えなければならなかった。少しずつ体を回しながら、ようやく私は起き上がることができた。

常夜灯を頼りに、薬のあるところに向かって、足を引きずっていった。体がおかしい。どこがおかしいのか、うまく言えないようなおかしさなのだ。体の全ての部分の連係がなんだかしっくりいっていない。「自律神経失調症かも知れませんね」——そう言った胃腸科医の言葉が頭に浮かぶ。

薬箱にたどり着いたとき、私は、いつもの睡眠導入剤を追加しても眠りは訪れないだろう、と思った。

小箱をそーっと開けるとそこに、まだ一錠しか使っていない薬の袋があった。初めて飲んだ抗鬱剤。「飲んで効けば儲けものだし、効かなければ飲まなければいいし」とパパが心療内科に処方してもらうように強く勧めたものだ。鬱っぽい感情は目立たず、身体の方の不調感が強いというタイプの鬱病がある。毎晩、自分を責める時間が続く私には当てはまらないような気がするが、この身体症状の背後には何かがあってもおかしくない。

その薬は、赤と白のカプセルでできていた。前に飲んだときには、一錠飲んだだけで立ち上がると頭のふらつきが一日中続いた。夜ならば、大丈夫かも知れない。眠りをもたらしてくれるかも知れない。でも、飲んでしまうと、本当の病人になってしまうようで、私は怖じ気づいた。とうとう薬を口に放り込んだ。やがて私に、夢も半覚醒もない泥のような眠りが訪れた。

本当の理由《わけ》

思い切って舅に電話した。長野県の実家には特に井戸はなかったと教えてくれた。すると、もう私の実家に確認に行くしかない。

母親に、エリの自閉症のことから、説明しなければならないのか……そんなことを思い悩んでいるうちに、エリが通っていたキッズタレントの事務所から、分厚い封書が届いていた。確か、二ヵ月ぐらいレッスン料を滞納していたはずだが、それにしては分厚い。まさか、請求書の束なのだろうか。

開けてみると、「大変遅くなりましたが、エリさんがこれ以上アクターズクラスの在籍が難しいことの理由についての担当講師からの説明を同封いたしました」という紙が入っていた。……エンターテインメント・コースオーディション再挑戦の話が出なかった理由がやっと分かった。本格的なコースどころか、コミュニケーション・コースの演劇教室からも出入り禁止を食らったのだ。パパは、「演劇よりも、歌の方が、つぶしが利くから変えた」とすました顔で言っていたが、「追い出された」という不名誉な結末を私に秘密にしていたのだ。私は、更にもう一枚の白い封筒の中から、何枚もに及ぶ便せんを取りだした。それは、演劇指導の担当講師がエリをこれ以上教室に参加させられない理由を説明したものだった。

「エリさんは、毎回、欠席者に興味があるようで、『○○君は、どうしてお休み?』ということを何度も聞いてきます。私がお答えできないことが多いのですが、『わからない』と言っても、何度も繰り返して聞かれます……」

「出席簿に記録を付けるとき、『休んでいる人には、×を付けるの?』ということを毎回質問してきます。『斜線を引いています』と説明しているのですが、次の回にも同じことを質問されます。このため、レッスンを開始する時間が遅れてしまいます……」

「レッスンの最中に、鏡に見入ってしまうことが頻繁にあります。最初の頃に比べれば、その回数は減ってきています。それでも、鏡に見入っているときには、他のことに気が回らない様子で、レッスン内容について指示したことについて、また繰り返して説明しなければならないことが現在でも多々あります……」

「幼稚園男児との喧嘩が多いです。こちらから見ると、きわめて些細なことにしか見えませんが、いったん始まると、年上らしく相手に譲ってやったりなだめたりというようなことはほとんど見られません。レッスン時間の終わりまで、怒鳴り合いを続けていることもしばしばありました」

「感情表現が、個性的を通り越して、非常に奇妙に見えます。幼稚園児の参加者から見ると、それがユニークで面白いものに見えるらしく、真似をされています。しかし、正統的な演技からはかけ離れているので、他の生徒さんに悪い癖を付けてしまうことが危惧されます……」

「物怖じせず、大胆な表現をするところはよいところなのですが、必要以上に大仰な演技になりがちです。たとえば、二人の人物の会話が次第に口論になってゆくような台本でも、最初から大声で怒鳴ります。女の子の参加者の中からは、これを怖がっている声も聞かれます……」

手紙は、まだ続いた。だが、もう私の頭の中には何も入ってこなかった。

何故？　学校では「殆ど、問題はありません」と担任から言われているのに。それなのに、数人の小さな集団になると、こうも問題が出てしまうのか。

おそらく学校のようにルーティンがはっきりしており、決まったことを決まったようにやる分には問題は目立たないのだ。だが、あまりルーティンがはっきりしていない集団になると、固執ぶり、頑固さ、癇癪、些事へのこだわり――これらが集団を維持できないほどの破壊力を発揮していたのだ。

この手紙に書かれていることは、もう何ヵ月も前のことだろう。それでも私は動転した。学校でだって、担任の先生から机に向かっているエリを見ればまずまずであっても、友達との関係は、どうなっているのだろうか？

過去

梅雨が近づいた空は、鈍色の重たい雲が広がっていた。覚悟を決めていたはずなのに、実家が近づくにつれて、私の足取りは重くなっていった。国道の周囲は以前よりもずいぶん田畑が減ってレストランやアパートが増えていた。それでも、一歩また一歩と近づくにつれて、三〇年前の忘れかけていた感覚がだんだん押し寄せてくる。あの駐車場は昔は畑で、そこで私はキュウリをもいだ。自殺しようとした小学生は国道のあのあたりを横切っていった。リヤカーを引いていった小道は国道から入ってまっすぐ続いており、私はどうしてもその道のずっと向こうまで視線で追ってしまった。

次第に辺り一帯に、記憶の亡霊が満ちてきた。私は時折胸をつかれて、歩いては止まった。近づくにつれて、私が昔感じていた屈辱感、惨めさ、恐怖、そして絶望感が生々しくよみがえり、まるで風圧が次第に強くなっていくようだった。それに逆らって進もうとしても、歩みは遅くなった。だが、行かねばならない。エリのためだ。古い謎を解かなければならない。

家と家の間に、改築された家が見え始めた。位置からしてあの家に間違いない。そこで思わず足を止めた。三五年前の私が目の前を走っていく！　残酷な家から逃れて、友達とのつかの間の喜びをむさぼるために――それは、今時の小学生にしては珍しいぱっとしない色のジャージをはいた女の子が走り去っていく後ろ姿だった。私の視線は、しばらくその姿に吸い込まれていた。私はのろのろと歩き出した。

とうとう視野の中にその灰色の塀が入ってきた。最後にここに来てからもう一二年は経つ。二度と近寄らないつもりでいた。「エリを、救うんだ」と自分に声をかけた。ついに私はその家の前に立った。見違えるようにこぎれいに改築されていた。一瞬、唖然とした。私が苦しんだ薄暗い空間は、もう、ない――だが、例の屋敷神の閉ざされた引き戸はそのままだった。そのあたりにおばあちゃんが焼身自殺した跡があった、あの祠が。もう消えた私の体験。まだ残っている記憶の亡霊。それらが入り混じり、私を混乱させた。

電話一本では、ダメだと思っていた。私の声を聞いたとたんに母親が受話器を下ろしたら、何一つ情報は手に入らない。直接顔を合わせれば、何かは聞き出すことができるだろう。だが、どんな顔をされるのだろう？　一歩歩くたびに、勇気を振り絞らなければならなかった。

ドアホン越しに帰れと言われたら、やはり何の情報も手に入らない。玄関のドアノブにそうっと手をかけた。私に気がついた母親がとんできて、力任せにドアを閉めようとしたら、このノブを押し返しながら、完全に閉められてしまうまでの間、「井戸はあったの？　子どもがおぼれたという言い伝えはあるの？」と叫び続けることができるだろう。

いつでも、全力を入れられるように構えて戸をゆっくりと押した。

誰もいなかった。そこには、私の子ども時代の名残はなかった。ソファ、テレビ、カーペット、クーラー。きれいに整頓されたリビングルームが広がっていた。
私が生きた暗い空間はどこにもなかった。私は虚を突かれて玄関で立ち尽くしていた。

「どなたですか」

エプロン姿の老婆が、奥からゆっくりと姿を現した。腰に片手を当てていた。立ち上がるたびに痛むのを和らげなければならないのだろう。老婆は私を見て目を大きく見開いた。

「……奈緒……」

その一声で私は、母親から伝わってくる感触がまるで違ったものになっていることに気がついた。そこには、昔の、とがった気配がすっかりなくなっていた。私は、母親の頭からつま先まで何度もなぞるように眺めた。母親が私を見る目の中にも、何とも言いがたい感慨が見えた。

「……本当に、久しぶりだね。お茶を、一杯……」

母親は、想像の中の姿よりも一回り小柄だった。手を腰に当てたままゆっくりと歩いていた。

この老婆が、昔、私をさんざん殴ったあの人と同一人物なのだろうか？　随分丸くなったものだな、と私は思った。元凶は、やっぱりあのおばあちゃんだったのだ。おばあちゃんの禍々《まがまが》しい力が全てのものを歪めていたのだ。その圧力がなくなってみれば、母親は、孫のことが気になって仕方がない少々お節介焼きの年寄りに過ぎなかった。一度、気になって、私たちのマンションの前まで来て、ドアホンを押しきれずにそのまま帰っていったことがあったらしい。

井戸の所在のことを聞くと、この家に井戸はなかったという。母方の実家は、ここから更に田舎に行ったところで、親戚の高齢者が住んでいる、という。近いうちに、訪ねていって、確認してみる、と言ってくれた。

　こんなことを聞く理由として、エリの障害のことを話さざるをえなかった――母親は、「へぇ、そうだったのかい」などと相づちを打ちながら聞いてくれた。しかし、話しているうちに、「この人は、調子を合わせているだけで、事情をもっと深く理解しようとまではしてくれていないな」という違和感が強くなってきた。老婆の顔に、昔の母親の面影が見えてきた。だんだん早く帰りたくなって、久々の再会を短く切り上げてしまった。

　マンションに帰って、母親に会ってきたと言うと、パパは、想像以上の喜びようだった。

「お義母さんが俺らのことを気にしているって、もっと早く気づいていれば二人きりで頑張らずに済んだかも知れないね。君がエリを連れて泊まりに行ったり、君の体調が悪いときに助っ人に来てもらったりとか。今後、お義母さんの力を借りられるかな」

　私は、乗り気になれなかった。

「エリが毎日同じ話を何度も繰り返すからいらいらしてくるって愚痴ったら、『障害は個性だと思えばいいって新聞に書いてあったよ』って軽く言われた」と言うと、パパはみるみるうちに無表情になった。パパが怒った時の特徴だった。

「ふうん。それじゃあ、来てもらうよりも、この子を一週間預かってもらった方がいいかもな。四六時中顔を合わせて、それでも個性、個性って言ってられるのかな」

　私はふとキッズタレント事務所の演劇の先生も「これがこの子の個性です」と言ったところで、教室の継続参加は認めてくれなかっただろうな、と思った。

エリと男の子たち

私は、これまで使っていなかった二つ目の子機掛けを、パソコン前からすぐに手が届く書斎の壁に押さえつけていた。パパは、ドライバーでねじを壁に打ち込み固定した。そこに子機を置いたことで、各部屋の一番よくいる場所ですぐに電話が取れるようになった。

義母の入っている老人ホームから急報の場合は固定電話に、家族からの場合はケータイに電話が来る。「持って、せいぜい一ヵ月」──医者から宣告を受け、「母、危篤」の連絡が来たときに、即座に電話が取れる態勢ができあがった。

「もう、父が中心になって、母の葬式の相談をしているらしい。自然死だし、その時が来たら、さっと逝ってしまうとかで、今、家族の付き添いがどうしても必要とかいうわけではないみたいだ。準備が必要なのは、葬式の方なのかなぁ」

「ねえ、私たちの場合、お墓はどうなるのかな。私は、やっぱり自分の家のお墓には入りたくないの。でも、自分たちのお墓を買うようなお金はないでしょう?」

「葬儀会社のサイトを見たら、散骨コースっていうのがあって、ものすごく安いんだよ。そのコースならあの子にお金を負担させなくても済むし、一日で終わっちゃうらしいよ」

「私もそれにしようかな。お仏壇なんか作ったとしても、あの子が私たちの供養を続けていけるとは思えないし。結局、私が安住できる場所は、この世のどこにもなかったってことなんだろうね」

「そうそう、俺も自分のことなんかであの子にかける負担を少しでも少なくしたいと思うんだ。明るく晴れ渡った海原の上で、『パパ、天国で楽しくやってね』と楽しそうに俺の遺骨を撒いて欲しい。エリが笑顔で俺の人生の始末をつけてくれるなら、俺は、この世に存在したという痕跡すら残さずに、魚のえさとなって滅したい」

パパは最後はつぶやくように言った。そこに、エリが帰ってきた。

パパは急に作り笑顔に変わって、真っ先に「学校話《ばなし》は?」と質問する。「普通の会話っていうものは、ついさっき起こったこととか、近況報告とかが中心だ。それができないと、クラスメートとのフリーカンバセーションは成立しない」という考えなのだ。

聞かれたとたん、エリの表情から、笑みがこぼれた。

「河野君が、『アンパンマンが、ばいきんまんにやられた!』って言ったんだよ。どうして、そんなこと言うんだろうね」

「へぇ～! どうしてアンパンマンが、ばいきんまんにやられたわけ?」

パパは、「この話、もう面白くてたまらない」と見える大げさな表情をする。だが、エリの方は、そこで空白地帯を探るような表情に変わってしまう。

「……わからない」

「で、その話、みんなにウケてたの?」

「……特には。……わからない」

パパは、両腕を広げて、「お話し、ウエルカム」の体勢を取っていたが、エリの学校話はこれで終わってしまった。そして、表情がいきなり楽しげなものに変わる。

「まとめ君が、コンサートを開きました。超満員。ジャーン！」

エリは、また空想話の中に入ってしまった。まとめ君というのは、毎月配送されてくる学習教材の付録の中にある、国語の「要点整理」の説明ページに出てきたキャラクターだ。何ヵ所かしか出てこないまとめ君にどうしてエリがはまってしまったのかよくわからない。最近のエリは動画は同じものしか見ず、むしろ動かないキャラクターに夢中になる。保育園の頃は、数字を書くのが好きだったが、結局数字はあの時期のエリにとっての「お気に入りキャラクター」ということだったのだろうか？

「まとめ君」が、同じ小冊子に出てくる「都道府県ちゃん」「熱博士」「割り消し君」というキャラクターと入れ替わり、「コンサートを開いた」が「ドレスに着替えた」「メイクアップした」「新曲発表した」のどれかと入れ替わる。この話を、一日に数回から十数回聞かされることが、半年近く続いている。

ちょっと待った——本当に楽しそうな表情のエリをパパが制止した。

「いつもの話はさ、学校話をもう一つしてから、聞かせてもらおう。さぁー、河野君の他に、何か、面白いことをした男の子は？」

学校で起こったことのエリの報告は、殆ど全て、男子生徒のおふざけの話なのだ。

エリは、黙ってしまった——昔、パパが報告することをあれだけ練習させていたのに、エリは、目の前の必要事を除けば、口を開けば同じ空想話を何度も繰り返そうとする。現実に起こったことを自分から話すことはほんの少し増えたかどうかという程度だ。

「小さなことでも、いいんだよ」

パパが、楽しいことを期待した声を上げる。

とたんに、エリの目から、大粒の涙がこぼれた。

「私は、男の子とも、仲良くしたいのに、しゃべらないの」

そして、しゃくり上げた。パパは慌てた。

「男の子っていうのはね、小学校になると、女の子とは話さないものなのさ。そんなことをしたら、男の子の間で、『やーい、彼氏・彼女』ってからかわれるからね」

「エリ、クラスの他の女の子の所にも、男の子は近づいていないと思うよ。男の子は、中学校に入ってから、女の子とつきあいたがるようになるのよ」

二人で散々、「男の子が近づいてこないのは、自然なこと」と説明したが、エリは頑強に「男の子と、仲良くしたい」と言い張った。そしてぼろぼろ涙をこぼした。

「コンビニで、何でも好きなおやつを買ってきていいよ」

やっと話題を変え、お金を持って出かけさせてこの話を終わらせることができた。一番近い二軒のコンビニであれば、おやつや牛乳を買いに行けるようになったのは最近の大きな進歩だった。

エリがいなくなった後で、パパは吐き捨てるように言った。パパはよほど個性という言葉が嫌いらしい。

「あいつ、『友達ができない』って泣いてるじゃねえか。本人が苦しんでいるのに、周りがよってたかって『それは、君の個性なんだよ』って言いくるめるのかよ。何で、健常者が定義するんだよ。障害を個性と見れるかどうかとか見物人が議論しあったって、俺たちは別に助からねぇ。あの連中の道徳科の修養科目みたいなもんじゃねぇか。当事者が自分の障害をどう考えるかなんて、カラスの勝手だろうが。まぁ、あの子も俺たちと一緒に強制収容所に送られるんだろうな……そういえば、こんなカス本があったぜ。『自閉症がすばらしい個性だということが分かりました』っていう自閉症児の作文が並んでいるのさ。しかも、その全部に『それを教えてくれたナントカ先生に感謝』みたいなことが書いてあるのさ。そのナントカ先生って、子どもにマインドコントロールしてるんじゃねぇの」

パパの言うことももっともだと思った。同じ話の延々たる繰り返し。こういう障害特性が、同級生に喜ばれるわけがない。どんなに友達を求めようとも、エリの孤独は続くだろう。そして、鍵となる古井戸の所在はまだ手がかりがつかめないままでいる。

算数プロレス

昼過ぎになって私は起き上がれそうな気がした。それまでも、眠っていたというわけではない。抗鬱剤を眠る前に飲むようになってから、以前のように、夜中に何度も目が覚めることはなくなった。だが、朝、いったん目が覚めると、抗鬱剤の効果が切れるのか、以前の夜と同じ状態がやってくる。頭はずっとエリの算数のことを考えている。エリは、パーセンテージの問題をわからないままだ。そもそも、それ以前の比の問題から躓いていたのだ……この調子では、中学に上がる前に算数に追いつけなくなるだろう。すると、中学校の三年間、エリは数学の授業中、劣等感にさいなまれながら心ここにあらずの状態で過ごすのか……そんなことを考えていると、不安がこみあげた。それは私の四肢の力を奪った。今日は洗濯をしなければならないことはわかっている。起き上がろうとしたが、憂鬱の霧が覆った。母親から電話が来て、東松山のおばさんの家に古井戸があったらしいと言った……でも、祖母の兄弟ならともかく、祖母の叔母では血縁関係が遠すぎるのではないだろうか。やがて考え続けようにも、切れ切れに言葉が浮かんでくるだけになった。……その親戚が通う祈禱師が霊力の高い人で……そうしてまどろみが訪れた。

玄関が開く音がした。私はなんとか起き上がった。寝室のふすまを開けるのと、エリがランドセルを床に放り出すのと同時だった。エリは「おやつ！」と無造作に言った。

「プリンしかないけど」

「アイスがほしかったのに――」

「プリンじゃダメなの？」

「買ってくる」

エリには、家族に負担をかけないように折りあいをつけようという気持ちはない。私はこの子の年には家族の食事を作り、おやつは残り物のご飯に自分で味噌をつけて食べるだけにしていた……割り切れない思いがしたが、エリに小銭を渡した。昔から、欲しいものを手に入れるためなら、俄然あの子は素早くなる。「行ってきます」とも言わずに出ていってしまった。

その間、私はランドセルを開け、連絡帳を見て宿題をチェックした。算数ドリルを進めなければならないことがわかった。気が重くなる。週に一度は学校に忘れ物を取りに戻るはめになるが、今日はそういうこともないようだ。すぐに宿題を始められそうだ。それにしても、次は最上級生だというのに、いつまで経っても母親が宿題をチェックしてやらなければならないのか。

エリは、「ただいま」と帰ってくると、テーブルについてすぐにアイスキャンディーを食べようとした。エリが放り投げたアイスキャンディーの包みが、ランドセルをのぞいている私の頭をかすめて床に落ちた。好きなものを食べる時のエリは速い。もう食べ終わると、エリは、ゴミ箱に入れ損ねた包みを捨てようともせず、一年間そこに置かれたままになっているストーブの方に向かった。私は苛立ちを抑えようとした。そこにはＤＶＤやら、とうの昔に描き終えたお絵描き帳やらが乱雑に積まれている。もう三年はずっとそこにそうなっているのだ。私には、これが人の住む環境だとは思えなかった。しかし、そこにはパパが療育用に使っているＡ３の用紙などもあることを考えると、片付けるのがためらわれた。

エリはそこから今使っているお絵描き帳とクレパスを探し出すと、テーブルに向かった。また、同じような稚拙な笑顔を浮かべたファッションモデルが並んだ絵を描くのだろう。もうたっぷり一年は続いている絵だ。できることなら止めさせたい。エリの同じ話の反復が一日に何度も繰り返されるのも苦痛だが、ワンパターンの絵を繰り返して描くことも生理的に止めさせたくなる。

私は、何日か教え方の工夫を考えるうちに、別々の色を塗った紙片を何枚か使って百分率を説明する方法を思いついた。紙片を見せながら勉強させようとしたが、今日のエリはこの前の反応とは異なっていた。真っ向から反発はしないが、始終関係ないことを言ったりへらへら笑ったりでまともに聞こうとはしなかった。まるでエリのでたらめな歌を伴奏に私が一人で説明しているようだ。私は何日間かの努力をあざ笑われているような怒りがこみあげてきた。

私はエリの頭を平手で思い切り叩いた。

エリの楽しげな声が、突然怒りに満ちた叫びに変わったかと思うと、エリは普段は見られない素早さで椅子から飛び降り、私に体当たりを食らわした。中腰になっていた私は二、三歩後ずさりした。それでもエリは頭から私の胸につきかかると、「もうー！」と叫びながら手加減なしに私を押してきた。

「何すんのよ！」

私は仰向けに寝室に倒れた。エリは上からむしゃぶりついてきた。

私はいったんエリをはねのけかけた。だが、エリはそれを戻し返して私はまた布団に押しつけられた。私の中で声がした……嫌いだ。

「どうせ私はバカなのよ！」

「あんた、ずるいじゃないの！　怠けることばかり考えて」

母と娘は寝室の床を上になり下になり、何度か回転した。そのたびに私の鼻に布団の臭気がやってきた。嫌いだ嫌いだ嫌いだ嫌いだ……私はエリなんて大っ嫌いだ！

どれぐらい取っ組み合っていたことだろう？　母と娘は向かい合ってにらみ合っていた。

「ママなんか、大嫌い！　どっかに行っちゃえ！」

「あんたなんか大嫌い！　さっさと出て行って！」

パパが気がついてリビングルームに入ってきたのはその時だった。パパは、最近はノートパソコンを持って喫茶店に行かず、ほとんど家でパソコンを叩いているのだ。パパは私の表情を見て、今日は、ため息をついて「何とかならないのかねぇ……」とだけ言った。エリは、パパが来たのを見て、もう大丈夫と思ったようだ。冷蔵庫に向かった。プリンも平らげるつもりなのだろう。

私は顔を覆った。それから泣き始めた。私はテーブルに顔を伏せて泣き続けていた。パパはしばらく黙っていた。

「考えたんだけどさ、俺ら、やってることがそんなに隔《へだた》っているわけじゃないと思うんだよ。俺だってこの子に直前の出来事を話すっていう苦手なことをやるように求めているわけだし。俺ら二人とも『努力は貴い』と考えている古風な人間だよ。君がこの子に求めていることも、努力する姿勢を見せてほしいってことだろ」

パパは自分も考えを整理しているようだった。

「この子、『テストでどんなに悪い点を取っても怒らない親はクラスでウチだけ』って言うんだよな。どこまで正確な情報なのかわからないけど、他の子には校庭を走らされるとかオヤツ抜きとか親がペナルティを課してるみたいだね。その点も、俺たちは一度も話しあったことないのに、一致してるだろ。結果については、絶対に子どもを責めないって」

エリは、どうやら自分のこととは関係ないと踏んだらしく、床にしゃがみ込んでお絵描き帳を開いた。

「基本的なスタンスは俺たちそんなに違わないと思うんだよ。ただ、君の要求している努力の水準がこの子のキャパを微妙に超えちゃうんじゃないかな。すると確実にこの子は課題を回避しようとして妨害行動を始める。君はその妨害行動を抑えようとしてはトラブっちゃう。結果、悪感情が後に残っちゃうんじゃさぁ……どこかで悪循環を止めなきゃ」

違う。男が女を見る目と、女が女を見る目は違う。私とエリとの間にはもう埋めることができない深い溝ができてしまっている。そして、何を言われても、私は私の過去を消すことはできないし、私はこの私以外の私にはなれない。しかし、それらの思いは言葉にならず、ただ涙がぼたぼたこぼれた。

見いだされた古井戸

季節は秋になっていた。とりわけ空が高い日だった。私は吸い寄せられて見入っていた。ありえないほどきれいだった空は、何かを私に教えようとしているように見えた。澄んだ空の中できらりきらりとするものがあった。何かの合図が交わされているみたいだ。何かが起こるという予感があった。

今は水が涸れてしまった東松山の親戚の家の井戸。もう掘っても水は出ないという。驚愕が私をとらえた。あの占い師が、あの子が零歳の時に言ったこと……将来向いているのは、東洋関係の学問か、考古学。東洋、東松山。東洋、東松山。東洋、東松山……掘っても水が出ない……掘る……考古学。

鮮やかな一瞬があった。全ては予知されていたのだ。東松山の掘っても水が出ない古井戸で、昔々、おぼれた子どもがいたのだ。今まで離ればなれに浮遊していた謎が突然連なり、一本の糸となり、その糸は、エリの脳まで連なっている。晴れ渡った空が、全てを見通せたことを教えていた。輝く歓喜が私をとらえた。

前の電話で母親は、その高齢の親戚がよく占いをしてもらっている祈禱師がいると教えてくれた。実に、よく当たる。お金は殆ど取らない。あの霊感商法に比べれば、本物なのだ。「皇族関係の方が、お忍びで見えることもあるそうだよ」と母親は言っていた。この人だ。この人こそ、私が探し求めていた、エリを救ってくれる人だ。

ああ、一刻も早くエリの脳をがんじがらめにしている不吉な呪いの糸を切らなければ……。地図で探すと、アクセスの悪い丘陵地帯のようだった。これは、パパにレンタカーを借りてもらって行くしかない。

そこに、パパが帰ってきた。私は玄関に飛んでいった。

「原因がわかったのよ！　あの子の障害の原因が！」

パパの表情に不審そうな色が浮かんだ。

「原因は、遺伝だろう？　こまかいメカニズムまではわかっていないにしてもさ」

「私の遠縁に古井戸で亡くなった人がいるのよ。その人の霊が何とかしてくれって伝えようとしているのよ」

「いきなり何なんだよ、その話。あとで聞くよ。君、目がいっちゃってるぞ」

パパは、眉をひそめて行ってしまおうとした。私は、パパの前に回って、その両手を握りしめた。

「糸を、断ち切るのよ。あの子の脳を縛っている因果の糸を……」

「興味ないなぁ。自閉症は短期間で改善するものじゃないだろ」

パパの表情が次第にこわばってきた。本当に怒ったとき、パパは冷ややかな無表情になる。

「営利でやっているところじゃないのよ。皇室関係の方がお忍びで見えるようなところで、そこで霊を祓ってもらえれば、エリの障害は……」

「止めろ」

私を振り払おうとするパパとの間がふっと遮られる感覚があった。ガラスに閉ざされた壁の向こうで、パパがこみ上げてくる熱いものを何とか抑えようとしているのがわかる。これは、危険だ。でも、私はエリの障害を治すんだ。パパが、イエスと言うまで、引かない。

「お願いだから、一日だけ、一緒に来て！」

弱った自分にこんな力があるのかと思うほど、私はパパの手を強く握った。

「うるさい！」

パパは壁を殴った。鈍い音が響いた。私が掛けた小さな風景写真が床に落ちた。

パパは私をにらんだ。私はその目を恐ろしいと思った。冷たい炎のような目。にらみ殺そうとするかのような目。もしパパが凶器を持っていたら、私を殺しているかも知れない。

　こんな目を見るのは、二度目か三度目だ。私は、思わず一歩引いた。だが、次の瞬間、私はパパの手をつかんでいた。こんな悪鬼のような表情をされて自分が引き下がる気がしないとは、予想していなかった。

「迷信だと思っていいから……だまされたと思って、糸を断ち切りに……」

　パパはふすまを蹴り上げた。みしりと音がした。二人は、もつれ合うようにしてリビングルームに入っていた。パパは、げんこつで食卓を叩いた。

「黙れ！　黙れ！　黙れ！　黙れ！　黙れ！　黙れ！」

　パパは、気が狂ったように食卓を殴り続けた。食卓か、自分の腕か、どちらかを粉々に破壊しようとするかのように。そのたびごとに、激しい音が空気を震わせた。

　コップが倒れた。花瓶が倒れた。緊急連絡用のケータイが落ちた。テーブルの雑貨がホチキスがクリップが床に飛び散った。

「俺たち以外に誰があの子のことをやるっていうんだよ！　俺たち以上にあの子のことがわかる人間がいるのかよ！　俺たち以上にあの子のために血を流した人間がいるのかよ！」

　テーブルを拳で殴り続けた。怒鳴るたびに声が嗄れていった。

「俺たちはこれ以上できないぎりぎりまでやってきたんだよ！　赤の他人に、俺たちの苦労をなめたことをさせられるかよ！　ちょちょっと手をかざすぐらいのことだけで……」

　パパは声が嗄れてもう何も言えなくなっていた。いきなり床に仰向けになった。目を閉じて、荒い息をしていた。

パパの中の狂おしいものを見てしまった気がした。

ふすまは破れていた。テーブルの上のグラスが倒れていた。花瓶の方は、私が選んだ花が床に落ち、その上に垂れた水の臭いにおいが部屋中に広がっていた。リビングは、暴風が一過した無残な跡と化していた。

パパの怒りに直面すると、古井戸の話は私の中から消えていた。どうして、この一ヵ月近く、こんな話に夢中になっていたのだろう。私は呆然としていた。パパも目を閉じたまま床に横になっていた。荒涼とした部屋を沈黙だけが支配していた。

終焉が迫る

「ねえ、エリのブログを見てみない?」

パパが穏やかな声で言った。

パパは爆発した後はだいたいこういうパターンだ。もめたことには一切触れず、口調がやたら静かになる。二、三日すると、外食に誘うなど、何かしらの「プレゼント」を持ってくる。謝罪の表明らしい。私も根に持たない方だ。その時にはもう何もなかったように関係は修復している。

「演劇教室もああいうことになっちゃったしさ、連戦連敗みたいなものだっただろ。だから、エリの自尊心を高めるものとして、夏頃からブログを書くことを勧めていたんだよ」

ブログ？　確かにクラスメートはまだ誰もやっていないだろう。パパがパソコンの前の椅子で膝の上にエリを乗せ、エリが口頭でしゃべってパパがエリの両脇に手を差し込んでタイピングをするらしい。

「あいつ、ブログのタイトルにフルネームを出すってこだわってさぁ。冬近くまで開始できなかったんだよ。自分の名前の一部のみをペンネームに使うということでやっと折り合ってくれてね。最初は、ほんの五行ほどの記事だったけど、だんだん長くなってきてるぜ。休みの日は、一日三回ぐらい記事を書くこともあるよ。ちょっと、見てみる？」

「ブログ？　それを書いてどうなるの？」

「『どうなるの』って……いろいろ使えると思うよ。たとえば、友達が何か発表会で発表する時、写真を撮って、許可をもらって掲載すれば、対人関係のきっかけになるかも知れないじゃないか。それからさ、これはすごいことだと思うんだけど、次の文章を考えようとしてしばらく黙っていることがあるんだよ。ほら、考えずに衝動的に動き出すことがあの子の大きな問題だったじゃないか。今、パソコンの画面に出してあるから、見てみない？」

その時だ。パパの手のそばに置かれていたケータイが鳴り響いた。パパは、さっと口をつぐむとケータイを手にとって立ち上がり背中を向けた。お義母さんの危篤を知らされたときの表情を見せたくないのだろう。

パパは、背中を向けて、うん、うんと低い声で相づちを打っていた。最後に「わかった」と言って、電話を切った。ケータイを持っていた手をゆっくりと下に下ろした。そのまま、石になったようだった。

どうしたのだろう？　連絡が来次第、タクシーを呼んで大急ぎで老人ホームまで行くはずではなかったのだろうか——あまり長いこと、パパが立ったままでいるので、私は声をかけた。

「老人ホームに、行くんでしょう？　タクシー、私が呼ぼうか？」

「……いや……」

背を向けたまま、パパがかすれた声で言った。

「父が、入院した。水を誤嚥して肺炎になり、熱が四〇度以上になってるって。この前までおさまっていた癌も全身に転移していて、回復の見込みはないらしい。母より父の方が先に逝くかも知れない」

僕の章――薄明

もはや天使ではない

時刻は、午前一時を過ぎた。ことのほか寒さが厳しい冬。道を行く人の気配もない。

僕は待っていた。もうそろそろだろう。パソコンを打つのを止めた。

書斎から続く廊下の奥、リビングのドアがきしむ静かな音がする。忍び足。そして書斎のドアをおずおずとひっかくような小さな音。

ドアがゆっくりと開くと、奈緒が立っていた。奈緒の表情はこれまで見たことがないほど暗かった。睡眠導入剤が効かない。目を半分覆いながらも、頬が苦悩の形に歪んでいる。奈緒はゆっくりとその場に腰を下ろした。資料や本や使わなかった療育道具が散乱しうずたかく積もる書斎にかろうじて空いている場所はそこにしかなかったから。

僕は椅子を回転させて奈緒の方を向いた。今までのようにやり過ごすことはできない。奈緒は重要な話し合いをしようとして来ているのだ。僕はそれを真っ向から受け止めるしかない。そのまま、僕たちは黙っていた。

この前ほど激しい場面は結婚以来初めてだった気がする。そこで僕はかつての初代院長に向けたものと同じ視線を奈緒に向けてしまったのではないか——ああいう自分は消えたわけではなかったのだという思いが僕の心を苦いもので満たす。

僕は、奈緒にお祓いのことを蒸し返された場合の謝罪の言葉を探していた。考えてみれば、原因不明の体調不良にこれだけ長年苦しめられていれば、その背後に何か超常的な事実が潜んでいるのではないかと疑うことは理解できる心理だ。エリが生まれてもう一〇年になる。「一気に治る」可能性を期待することも自然な感情だ。

だったら、焦らざるを得ない奈緒の不安をまずは全面的に受け入れることが必要だったはずだ。そこからしか、全ては始まらない。奈緒は、内心賛同していなかったかも知れないが、発達論的アプローチに基づいて僕がエリを色々なところに連れ出すのに任せてくれていた。それならば、奈緒にも、親としてよかれと思うことを実行する権利を認めるべきではないか。

奈緒が何を言い出そうと、僕は、今度は奈緒が行けというところに黙って付いていくつもりでいる。僕が拝み所か何かに行って、手を合わせて、それで奈緒が何かしら安心するというのであれば、そうする。

「私は、今の人生に夢も希望もないの。こんなはずじゃなかったと思うだけ」

予想していなかった重く暗い言葉に僕はたじろいだ。

「幸せな夢を見たの……家族三人が一軒家に住んで、みんなそろって回転寿司を食べに行っている夢。私の夢って、平凡なものなのよ。経済的に普通の生活ができて、年に一回ぐらい温泉旅行に行けて……そんなごくつつましい家庭を築きたいと思っていたの。たいていの家庭ではできていることでしょう？　でも、とても望めないわよね。私は、人生に夢も希望も残っていない」

「でもさ、ちょっとギブアップが早すぎない？　今、実現しないから、いきなり絶望だなんて極端から極端に走っているように聞こえるぜ。これから挽回してさ……」

「肝心のお金のことは、全然教えてくれないよね。どうなっているの？　パパは、あの子に、一番いいものをあげているでしょう？　他人のために何かをやることには熱心よね。でも、そのお金の中には私の父の遺産もあるんでしょう？　私の目に見えないところでそれが減っていっていると思うと、ものすごく辛かったの。それで、ずっと前に穴が空いていた靴下、今もはいてるような生活しているでしょう？　私だって下着の一枚も買えないままだし」

　怒りがこみあげてきた。体調不良のため寝たり起きたりの状態を何年も続けている奈緒を道義的に非難することはできないにしても、ここまで窮迫したのは僕だけの責任なのか。

「ああ、俺が経済的に無能だってことは喜んで認めるよ。でも、普通の家庭なら、奥さんがパートか内職ぐらいできるんじゃないかな。このことは言わないようにずっと努力はしたつもりだけどね。時々、愚痴はこぼしちまったな」

「それは、わかっている。でも、文句を言いようにも言えない立場って結構辛いのよ。私だって好きで病気になっているわけじゃないし」

　お金のことを全然教えてくれないって言うけど、本当のことを言ったら、君はパニックになるだけなんじゃないか。それを聞いて求人広告を探すとか、何かできるのならともかく、アクションをどうにも起こせない今の状態の君に告げたところで、どういう実りがあるのか？

「私たちの老後はどうなるの？　生活保護なの？　ホームレスなの？　こんなに貧乏で、こんなに先が見えない生活になるなんて、思っていなかった……」

奈緒の表情は歪んでいった。怯えがあらわになった。奈緒は汚れた床に座り込んだまま涙をぼろぼろこぼした。

その姿はもはや天使ではなかった。僕はあの時、気がつかなかった。周囲の状況に笑い、泣き、自然に反応するまぶしく見えた純粋さ。だが、それは、いったん周囲が黒雲に覆われれば、それに即座に反応して悲しみの色に染まってしまうということでもあったのだ。

「ああ、わかるよ、君の不安は。俺は経済的に無能で、父親としての責任を果たしていないことも認めるよ……だけど、嘆けば事態が変わるのかい？　泣けばいいことが起こるのかい？　だったら、俺も君と一緒に泣き叫ぶよ。だけど、もう少し静かに見守ってもらえないかな。これでも、この状況をどうすればいいのか、日夜策を練っているんだ」

いかにダメ運転手といっても、ここは僕の舵取りに任せる以外に取れる道はあるのか？　お願いだから、悲観的なことを並べて、僕にこれ以上の負担を負わせないでくれないか？　僕にはもう君のメンタルケアーまでする余力がないのだ。

「子育てってもっと楽しいものだろうって期待してたの。でも、大変なだけで、ちっとも楽しくない。普通の親って、子どもの将来を楽しみにしながら育児をできる訳なんでしょう？　私は、本当はこの子を愛したかったの。子どもを愛せないのなら、母親になった意味がないような気がする。普通、母親に与えられているものを、私だけが、与えられていないみたい」

「……うん……」

「エリの将来を楽しみにするなんて、できないもの。私には、この子がどうなるんだろうっていう不安しか感じられない。担任がいくら『学校では、もう問題はない』と言ったって、この子には友達は一人もいないんでしょう?」

「その不安は俺も同じだよ。ただ、なんだかんだ言っても、俺はこの子が存在してくれているということに感謝している。この子のおかげで俺は父親というものになれたから」

奈緒は沈黙した。そうか……それが君の答えか。

「私には、悪い将来しか考えることができないの。毎日思い悩むのが、苦しいの。こんなに苦しむのなら、あなたと結婚したのがそもそもの間違いだったと思う」

まさか、こんな言葉を奈緒の口から聞くとは思っていなかった。僕はしばらく答えることができなかった。

「……この結婚は失敗だったと思う」

長い沈黙が訪れた。

「本音トークって俺の好きな台詞だけどな。でも、いくら本音でも、出してしまったらもう後戻りがきかなくなる言葉もあるぞ」

たとえ僕が相次いで親を失うという局面にあっても、奈緒は言いたいことがあれば、はっきり言いにくる。僕は、そんな奈緒が好きだったのだ。だが、矛先が僕に向けられると平静ではいられなくなった。

「……お金のことでこんなに苦労するなら、お勤めの人と結婚すればよかった」

「バリバリの企業人と結婚してたら、育児と家事は全部奥さんがやることになることも多いと思うよ。俺みたいな職業形態だったら、これから、育児は俺が主に担当して、君には好きな仕事をやってもらうという形にシフトしていくこともできるよ。極端な言い方をすればだね、あの子のことは、君は再婚相手の連れ子に義理で食事の世話をしているぐらいに割り切ってしまえば、少しは気が楽になるかも知れないよ」

「そういうことじゃないの。あなたには、自閉症のいとこがいるんでしょう?」

「俺と結婚したから、障害を持った子どもが生まれたんだって言いたいのかい? でも、母方の家系に自閉症はいとこ一人だ。たとえ俺の遺伝子がメインであっても、君の何らかの遺伝子との組み合わせで障害が生じたとも言えるんじゃないか? そこらへん、自閉症の主役となる遺伝子があるのかどうかって、学問的にも結論が出ているわけじゃないしさ……そういえば、ずっと前に、『こんなにいろんなことが起こるなんて、前世の悪行の報いなのかな』って話したことがあったな……うん、あの時はそう考えた方が楽だったんだ」

「この子の障害は、何か意味を持っているんだって思い込みたかったんでしょうね」

「でも、違うんだよな。俺たちの前世なんか、この子の障害に関係ない」

「……うん」

「ただの偶然。神様のサイコロ遊び。ある遺伝子と別の遺伝子のたまたまの組み合わせ。そこには、偶然以上の意味はない。単なる偶然によって、俺たちは苦しんでいる。この無意味さに俺たちは耐えられるだろうか?」

「結婚する前に、もしいとこの自閉症を教えてくれていたら……」

「そりゃ、遺伝性が強い障害がある兄弟がいたら、事前に話すのが筋だろうね。だけど、いとこだぜ。いとこ全員に、遺伝性が強い病気や障害がないか、個人情報を聞いて回れば良かったのかい? だいたい、何らかの遺伝的なリスクが全然ない家系って、探すのが難しいぐらいじゃないの? ……で、もしそのことが事前にわかっていたらどうだったの?」

「あなたとの結婚に慎重になっていたと思う。少なくとも、妊娠に慎重になっていたと思う」

沈黙が流れた。

「もし、いとこに一人自閉症がいるという理由で出産しないと言われていたら、俺は君とは結婚していなかった」

長い長い沈黙が流れた。その時、奈緒にプロポーズして以来、一度も浮かんだことがなかった言葉が頭をよぎった――離婚。

目覚め

祖父と祖母、どちらが先に亡くなってもおかしくない状況だということはエリに話した。

「お葬式の時には、何を着ていけばいいの?」

それはまるで、「友達の結婚式には、何を着ていけばいいの?」というような口調に聞こえた。それからエリは、お通夜には、どんな食べ物が出るのか、と聞いた。

仕方があるまい。自閉症児にとって、死の人間的理解は難問なのだ。どこで読んだのか忘れたが、海外の文献に、二〇歳を越えた高機能自閉症の女性が、親しかった祖父が亡くなったときに、何週間か「何故、勝手にいなくなってしまったのか」と怒っていたという証言が載っていた。相当な時間を経て、ようやく「祖父は自分が死にたくて死んだわけではない」ということが理解できるようになった、というものであった。エリは一〇歳。死の意味が何も理解できなかったとしても、やむを得ない。

学校から帰ってくると、祖父母のことよりも、「ブログは!?」と大声を出した。パソコンに向かった僕の膝の上に腰掛ける。もう、重たい。あんなに小さかったのに、もう僕が首をひねらないとその黒髪の向こうの画面をのぞき込むことが出来なくなっている。

エリは、ブログの「小学生部門」での順位が下がっているのを見て、「どうしてかなぁ」とつぶやいた。

エリが口述する内容を、僕は、打ち込みながら途中ではっとした。これは重要だ。エリが口頭で言うことを、一言一句間違えてはいけない——僕は緊張しながらエリの言葉を打ち終えた。

「今日、風邪が治って、初めて練習に出ました。沢山走って疲れた。四五人中、四三位。少し暑かった。先生と走っている男の子を抜いちゃいました。それから、いつもはビリなのにビリより二つ上でした。今年の持久走大会は、一月二四日です。私と同じクラスのいやな女の子を抜かそうとしましたが、抜かされてしまいました。二四日の大会こそその子を抜かしちゃおうと思います。大会でいい順位になりますように」

僕は、ほとんど呆然としていた。その文章にあるのは、事実の記述だけではなかった——遂に見つかった、エリの自我が。

エリは、自分の文章がブログにアップロードされていることだけを確認してさっさと行ってしまった。しかし、僕は何度もその文章を読み返していた。そこからは、確かにエリが感じた悔しさが伝わってきた。エリが帰宅してから学校生活について語るほんのわずかなことは、男子児童のおふざけなど笑える話ばかりに今まで限られていた。ところが、僕たちには見えないところで、エリの心の中では、こんな風に動くものがあったのだ。エリは、クラス全体の中での自分の位置を自覚していた。さらに、自分がある意図を持ったこと、その意図の結果がどうなったかを書いていた。将来の目標を書いていた。そしてそれが願望でしかないことも自覚していた。

これは、内面ではないのか？　年齢に比べて幼いとは言っても、エリの中では親の目からも隠された場所で自我は目覚めつつあったのだ。

ピーターパン配役の勘違いの時に、エリの中には空白しか見えなかった。それから五年間。折々に、エリの中に自我らしきものが垣間見えながらも、僕はそれをつかんだという確証が持てないままにきた。しかし、今、僕の目の前に動かぬ証拠があった。内容が乏しかろうとも、そこにあるのはまぎれもない一個人の自己意識だった。この小さな土地からゆっくりと自我が育ってゆくのを僕は見ることになるはずだ。

母とは何か

目をつぶった母は、安らかで穏やかな表情をしていた。胸の前で両手を合わせ、その両手には数珠が巻かれていたが、それは微動だにしなかった。母の透き通った真っ白い表情は、やせ細っていても、かつての端整な顔立ちの跡をとどめていた。

予想よりも早かった母の臨終に立ち会ったのは施設職員だけだった。僕たちは残された家族や親戚と共に母の亡骸《なきがら》の前に集まっていた。その中からすすり泣く声が聞こえた。僕は、母の遺体のすぐそばにいた。そして呆然としていた——何の感情も湧いてこなかったから。この前会ったときまでは、何も見ていないまなざしで目を開いていた。そして、今閉じられた瞳が開くことは二度とない。それは、わかった。動いていたものが、動かなくなった——その認識以上のものは、なかった。沈んだ気持ちにはなっていたが、激するものでも切り裂かれるものでもなかった——母親を喪《うしな》うって、こんなものなのだろうか。

僕は、母親の白髪を子どもの頭をなでるようになでてみた。それでも、その静止した感情に変化はなかった。こうすれば、何か感情が湧いてくるかも知れないと思って、母親の髪の中に指を入れ手のひらで直接触れてみた。すると、かすかに残っていた遺体のぬくもりが伝わってきた。何か、感じるものはないのか。僕は、手のひらの当て具合を少し強くして、母の髪の毛をつかんでみた——何もなかった。

職員が来て、「お車が到着しました」と告げた。それまでの間、母が七年間横たわっていた一人部屋は静けさが支配していた。

ああ、お母さん、僕は悪い息子です。あなたが二度と目覚めることはないとわかっています。それなのに、僕の中にはこれといった悲しみの感情が湧いてきません。特別な喪失感もありません。

母が、何なのか、よくわからない。母への慕情というものが、どういう感情なのか、僕にはもう理解する術《すべ》がない。「母親とは何か」――僕には、永遠にわからないままだろう。

二〇一二年一月二七日、母が逝った。母のベッドは二階にあった。子どもたち三人は、母の遺体と共にエレベーターで霊柩車が待つ一階に降りた。エレベーターの中で、僕は「誰が、父に伝える?」と小声で言った。妹が、背を向けたまま「ダメ! 絶対に知らせない!」と怒鳴った。それで僕と弟は黙り込んだ――母の死を父に秘したままで果たしていいのだろうか?

エリは、行きのタクシーに乗ったときから楽しそうだった。チェック柄の服をきちんと着こなしたエリは、親戚の中の少し後ろの方に立っていた。誰かのすすり泣く声が聞こえた。次にエリが「おばあちゃん」と声を詰まらせたように言っているのが聞こえた。どこか声が弾みそうになるのをこらえているようだった。一年近く演劇教室に通った成果を発揮することが得意に感じられたのだろうか。

でも、エリ、それでいいんだ。君は祖母が黙って横たわっているところしか見たことがない。切実な感情は浮かばないだろう。それでも、ある特別な場面には特定の感情が結びついており、その感情を体験しているように装う方がいいという社会的ルールを知っているだけでも、君はものすごく進歩したのだ。

僕たちは生まれて初めて零時を越える電車に並んで座って帰った。途中で電車が停止し、エリは「どうしたんだろうね」と僕に身を寄せた。ふと僕は、一年前に演劇教室の講師から「感情表現が不自然」と言われたが、さっきの空涙《そらなみだ》は別に変には見えなかったなと思った。

破滅の淵に立つ

朝、メールの受信ができず、電話料金の支払いを忘れていたからだと気がついた。昼ご飯におにぎりを二つ買った後で、僕はATMにキャッシングカードを差し込んだ。月末までに、年金と電話料金を支払い、それから自動引き落とし用の口座にもお金を振り込んでおかなければならない——僕は、ATMの画面の二〇万円の数字の前にマイナスの記号が付いているのを見た。この日に備えて、三枚のキャッシングカードで合計二五〇万円まで借りられるようにしておいた。だが、そのほかに家賃も支払わなければならない。ほんの一週間ほどで残りの限度額は二〇〇万円あるかないかになっているだろう。ぞっとした。

「万が一、そんなことになりかねなくなったら、俺は体を張って肉体労働でエリを守ってみせる」——そう考えて、幾分気分が高揚するのを感じた。だが、この年齢になって自分の体は肉体労働に耐えられるだろうか……もしも、エリを「夜の仕事」に出すようなことになったら……けいれんのような感覚が腹から胸に衝きあげた。僕は、何て俗っぽい空想をしたのだろう、と思い返した。だが、娘を持つ経済的に追いつめられた父親が恐れることとは、似たり寄ったりなのかもしれない。

コンビニの外に出た僕は、しばらく駐車場をぐるぐる歩き回っていた。

マンションに戻ると、リビングでエリが上機嫌に話しかけてきた。

「まとめ君と割り消し君がパーティーを開くんだよ。みんな来るかな?」

今日で、これを聞かされるのは、一〇回を超えるだろう。もう何ヵ月続いているだろうか。半年は超えている。次は、多分「都道府県ちゃんが新曲発表をします」だ。一体、あと何ヵ月聞かされるのだろう?

エリは、もっぱら僕の方を向いて繰り返す。奈緒に言おうとすると、露骨に顔を背けられることがわかっているのだ。奈緒は、この反復に、弱い。会話に救いを求める奈緒にとっては、真の会話性がない無意味なフレーズを繰り返し繰り返し聞かされることはストレスなのだ。

僕にしても、多分精神病院で、慢性化した統合失調症の患者さんの毎回同じ妄想的な話を聞かされることから自分のキャリアを始めたから、常同的な話に慣れているに過ぎない。最初は聞こうとする。だんだん集中力が失せてゆく。そのうち、もうろうとしてきた頭に「まとめ君が……」「熱博士が……」という入れ替わる学習教材のキャラクターの固有名詞だけがかすって過ぎてゆく。そこに「どう思う?」と聞いてくるのだが、どういう空想話だったのか、わからない。答えが出ないが、エリは無回答を許容せず、「どう思う?」と顔をのぞき込んでくる。

もはや、僕には愛想笑いをする気力も失せている。うんざりしている、というよりも「また始まったか」という嫌悪感の方が勝っている。僕は、しばらくせめて黙っていようと努めてみたが、とうとう、時折口を衝いて出る言葉が出た。

「そのお話、随分前から聞いているなぁ。今からでも少し話題を変更してみない？」

エリのおしゃべりがはたと止まった。僕の口調は自分で思っていたよりもとげのあるものだったのかも知れない。しばらくして、エリは言った。

「しゃべり始めると、止められないいんだよね。話題を変えようとすると、頭が真っ白になっちゃう」

僕は絶句した。話題が乏しいとかいうようなレベルではない。これが脳の障害というものなのか。そうなのか……と悄然としてつぶやくしかなかった。

しばらく沈黙があった。

「私が面白いって思うことと、みんなが面白いって思うこととは、違うような気がする」

エリが、一言ぽつんと言った。エリは、ここまで自分を客観視できるほどに成長したのか。だが、やはり大半の人間が興味を持つようなことには興味が持てないのだ。それならば、「友達を作る」ということは難しかろう。自分としては自然に振る舞っていても、人間に普通に与えられている友という恩恵に拒まれていることにエリが気がつく日がいつか来るだろう。僕は何をしてやれるのだろう。

実存が震撼する

朝早く目が覚めてしまった。最近、ここで決まってやってくる思いが僕をとらえた……僕は、エリよりも先に死ぬ。その後で、エリはどうなるのか。毎朝の悪寒がやってきた。ずっと他人を求め続けているエリ。その他人を獲得できなければ、僕が消えた後、一体どうなるのか。エリがもし、生涯にわたり、孤独な人生を歩むとしたら。

ああ、エリに、兄弟がいたならば。僕がやっていることのあとを継いでくれる者がいてくれたら。だが、第二子の可能性は、とうの昔に消えたのだ。僕がこの世から消えたあと、誰がエリを守ってくれるというのか。

エリが自閉症の診断を受けてから、死の意味は全く変わってしまった。死によって、自分の存在が消滅することなど、もはやどうでもよいことだ。「その時」以降は、僕はもうエリに何もしてやれなくなること。僕にとって、死とはそれ以外の意味を持たない。

寝覚めに浮かぶイメージの中で、晩秋の暗い街が浮かぶ。黒っぽいコートを身にまとったエリがアパートに帰ってくる姿が浮かぶ。ビニール袋にコンビニで買った夕食をぶら下げている。その冷ややかなアパートには、エリ一人しかいない。エリは昔ながらのお絵描きしかすることがない。エリがふと顔を上げたとき、中年になっているその表情には人生への失意の色が浮かんでいるであろう。

その時、エリが感じるはずの孤独と絶望は僕にも生々しく感じられた。吐き気がこみあげる。全身がぞくぞくする。がくがくと音を立てながら自分が崩れてゆきそうだ。僕は、これには実存的な震撼とでもしか名前のつけようがない。ああこいつには耐えられない。これに比べれば貧困への恐れなど何ほどのものでもない。借金を背負ってもいい。僕はやっぱりこれまで通りエリの療育を続けてゆこう。エリの社会性を向上させようと僕を駆り立てているものの根源は、自分の存在が根底から揺るがせられるこの耐えがたい恐怖感なのだ。

呼吸が浅くなっている。あえぐような感覚の中で、僕は、今、父が僕と同じ位置に立っていることを思った。父は、自分が死ぬことは分かっているだろう。そして、自分が死んだあとの母を誰が看るのか、愛する者の身を案じながら死なななければならないのだ。何という皮肉なことだろう。生涯を争いあった二人なのに、今、僕が父に一番近い。父もまた、この感覚に耐えているはずなのだ。父を理解できるのは僕一人だ。

エリが、交通事故か何かで、とうてい助からない重傷で入院したとする。その直後に、僕も死に至る病で入院したとする。僕は、最後の呼吸を終えるまで、「俺は、エリの所に行ってやらなければならない」と悶え続けることだろう。「エリの容体はどうなのだ。本当のことを教えてくれ」と醜態をさらして懇願し続けることだろう。

僕は、愛する者の名を叫びながら死ぬよりも、せめて静けさの中で息を引き取りたい。

妹は、母の死を父に告げないままにするつもりらしい。父が入院するまで一緒に暮らしていたのだ。妹には妹の判断があるだろう。だが、僕は父がもう立派にその仕事を完遂したことを直接伝えよう。

また考えた。妹と僕の意見が一致しているところもある。それは、今回の父の急変が、母を追ったものであるということだった。

僕は昔、「後追い癌」という現象を聞いたことがある。連れ合いを癌で亡くしたパートナーが同じく癌で1年以内に死亡する率が、通常の癌死亡率に比べて高いということなのだ。パートナーを失った心理的ショックが身体の抵抗力である免疫力を弱めるからだと聞いた。父も似たように、体重減少から母の死が間もないことを知ってから、生命力が急激に失われたのだ。そうとでも言わなければ、ついこの前の検査では問題なく抑えられていた癌がいきなり全身に広がっているなど、説明がつかない。

僕は立ち上がろうとして、めまいに見舞われた。空想は悪い方向に行った……ある朝、エリが一人住まいで孤独死している……吐き気に襲われた。そのまま頭を壁にめちゃくちゃに打ちつけたくなった。

妹との直接的な議論は避けて、父に母がすでに亡くなっていることを独断で告げてしまおう。妹は自分が見舞いに来れない日に代わりに僕に行ってくれと頼んでいる。その時が、決行の時だ。

嬉遊曲

一月三一日。とうとう僕一人が父に付き添うことになっている日がやってきた。チャンスだ。東京医療センターの父の病室は、四人部屋から個室に移されたと聞いていた。ナースステーションのすぐそばに七五五号室の扉が見えた。母の死を告げると決心してきたはずなのに、足が重くなった。ふと、僕は父の現況に自分自身の身を重ねているだけなのではないか、という気持ちが起こった。

僕は、死にゆく父に対して、生涯僕の父親でいてくれたことに一言感謝を伝えなければならない。そして、生涯険悪な関係しか作れなかったことについて、一言謝罪しなければならない。その上で、すでに母が逝っていることを話そう。それは寝入るがごとき静かな最期で、死に顔は安らかだった、と。

妹の隙を突いて独断でそのことを伝えるのだと思うと、鼓動は高まった。だが、厳粛な気持ちであった。ドアを開けると、僕の目に映ったのは、鼻に管を通し、両手に石膏でできたグローブみたいに見えるものをはめた父が、管を外そうとしている姿だった。あえなく両手はくたっとベッドの両側に落ちた。そしてあえぎ声が漏れた。素人目にも、いかに患者に苦痛であろうとも鼻に入れられたチューブを取ってはならないことはわかった。

「どうすれば、いいのかな」

そう尋ねると、父は口を開いた。僕は人間の舌がこんなにも小さくなってしまうものだとは知らなかった。それは口の中の四角い乾いた突起程度にしか見えなかった。その口が何か言いたげに開いた。僕は耳を近づけた。気管支あたりから出てくるひゅうという音と共に、喉をこすり合わせるようなかすれた音がわずかに聞こえた。

「え？　何？」

「……ゴセイロン……」

悟性論？　若き日々に関心を持った哲学概念が切れ切れに脳裏に渦巻いているのだろうか。それとも、何か他のことを言おうとしているのだろうか。

いずれにせよ、僕は早々に悟った。この状態の父に、感謝や謝罪の言葉を言おうとも、伝わらないだろう、と。もちろん母の死のことも。それならば、今日、僕にできることは、父の苦痛を少しでも和らげることぐらいしかない。

ナースステーションに行って父が苦しそうな様子だと伝えて、看護師に来てもらったが、やはり、鼻のチューブは絶対に外してはいけないものらしい。わずかな水であってももう一度肺に誤嚥したら、きわめて危険な事態になる。そこで口を通さず、点滴で水分を補給している——それでも、看護師は「チューブを外さないように、家族がずっと見ている」という条件で父の両手からグローブみたいなものを外してくれた。

僕は、父がチューブを引きぬかないように、その両手を自分の両手でつかんでおかざるを得なくなった。そうすると、二人の男は手を取り合い身を寄せ合って踊っているようなあんばいになった。父は「日本の政治は……」と言った。僕も「うん、日本の政治は」と言った。父は「最近の若者は……」と言った。僕も「うん、最近の若者は」と言った……父が脈絡がないことを言いかけるたびに僕は耳を寄せて聞き取ろうとした。端から見れば二人の男はほとんど抱き合っているように見えただろう。一生争いあった二人の男が最後の最後に一緒に踊る嬉遊曲。

人生に報いはあるか

今晩もまたやってくる。足を引きずるようにして廊下を歩く音がやってくる。ドアを開けた奈緒の表情は、相変わらず暗い。汚れた床の上に座り込んで深々とため息をついた。沈黙。

「私、学生時代に、周りが遊んでいても、見向きもせずに勉強してきた……あの努力って一体何だったの？　人並みの人生すら手に入らないのなら、あんなにがんばる必要なんてなかった。自分の努力って全部が無駄だったんだって、人生すべてを否定したくなってくる」

「君は、努力すればそれに見合った成果が返ってくると思っていたの？」

僕は驚いた。奈緒は僕が驚いた顔をしたことに驚いていた。

「そういう感覚は、俺には全然ないな。多分、俺もかなり努力家の部類に属すると思う。でも、『こんなに努力したんだから』って感覚がまるでないんだよ。何の成果が返ってこなくても、『あぁ、最初からこうなる運命だったんだな』と思うだけで、あんまり失望しないんだ。力を入れた本が売れなくたって『ふうん』って程度にしか思わない」

「私には、パパの感じ方がわからない。私は我慢するだけすれば後でいいことがあるって、おばあちゃんからさんざん言われてきたし……」

「努力を尊ぶという価値観は共有していたかも知れないけれど、君と俺とでは努力の意味が随分違っていたんだね。俺は、宿命論者なんだ。特別な信仰はないけれど、全てが運命によってあらかじめ決められているという感覚の中で生きているよ。神は信じないが、運命は信じる」

「私たち、こんなに違う人生観を持っていたの？」

「君の人生観の方がずっと健全だな。高く目標を立てる、それに向かって努力をする、そうすればきっと夢は叶う……そういう前提があるからこそ、望みが叶わなかったときの傷つき方が大きいんだろうね。俺とは全く異質だけど、君はそうなんだろうなぁという程度の理解は出来るよ」

「パパの方は、どうなの？」

「俺にとって人生とは、最初から担《かつ》ぐべきバーベルを神様が俺の前に用意していて、一つのバーベルを担ぎ終えれば、次のバーベルが待っていて、いつか力尽きたときにばったりと倒れて終わりってだけのものだよ。だから俺は、何かの目的を達成するために生まれてきたのでもなければ、幸福になるために生まれてきたのでもないよ。宿命という名前のバーベルを持ち上げるためだけさ」

「それ、わかんない。全てのことが運命なら、ただ受け身に諦めていればいいだけでしょう？誰が見たって、抗鬱剤飲んでへばっているのは、私の方でしょう？　パパは、うまくいかないことも多いかも知れないけれど、とにかくいつも何か工夫して頑張っているじゃないの」

「君がへばっているのは、たまたま今、ダメージが大きすぎるからというだけだよ。一見、頑張っているように見えても、俺は、バーベルに押しつぶされまいとしているだけなんだ……それしかすることがないから」

僕は「神は、俺にこう言われたのさ」と言って芝居ッ気たっぷりに右手の人差し指を立ててみせた――「これが、お前が担ぐためのバーベルだ。お前に命じることはただ一つだ――抗《あらが》え。つまり、『じたばたしろ』ってことだ。だから俺はじたばたしている。それだけのことだよ」

言いながら僕は、奈緒の最初の論文のタイトルは『青年期における目的意識と成長』だったことを思い出した。目的を掲げて頑張ることによって困難を乗り越えてきた。全てのことを宿命として受け入れてきた僕とは根本的に異なる人間なのだ。そして、健全で前向きな人生観を持った奈緒は挫折にひどく傷つき、最初から人生にろくなことなどあるわけないとふんでいる僕の方がペースを変えずに淡々と走り続けている。

「妙なもんだなぁ。こんなニヒリストが、けっこう逆境で踏ん張るっていうのは。俺は、『次はどんなバーベルがあるんだろう』と思うだけで、ハッピーを期待していないんだよ。だからこそ、アンハッピーがあっても、それまで通りだ。『ああ神様、これが僕が次に背負うべきバーベルなんですね』と思うだけさ。改めて落ち込んだりしない」

「なんだか、運命論的に聞こえるけれど。ただ宿命を果たすだけの人生に生きる価値があるの？」

「かろうじて持ち上げられるぐらいの重いバーベルを持ち上げているとき、自分の筋肉が張り詰め、足が踏ん張っているという実感を感じる。自分が機能しているという確かな感覚だけが、俺にとっては人生の報酬だよ」

「私にも、同じように思えって言うの？」

「いやいや、俺の人生観は陰鬱すぎるよ。とても、誰にもお勧めする気にはなれないね。そもそも、正しい人生観なんて、あるのかね。俺は、それぞれの人の人生観っていうのは、結局はその人が自分の人生と折り合いをつけるための個人的なツールだと思うんだ。だから、君が、普通の経済生活や、健康な子どもを欲しかったと言っても、それを否定する気も批判する気もさらさらないよ。俺は、ただ最初から意味なんてないと考える方が救いになるんだよ」

「私にとって人生って、目標を立てて、努力して、何かを達成して……そこで充実感や幸せを味わうものだもの」

「だから君は、輝いて見えたのさ……で、話を強引に持って行くようだけど、その輝きを父に最後に見せてやってくれよ。エリの顔も見たいらしいし」

二月三日。僕は、「親戚が見舞いに来る予定だから、挨拶もしておいて」と妹から言づけられて、病院に行った。その時は、親戚も同席しているので、母の死を告知することは最初から考えていなかった。だが、いとこが「おじちゃん、おばさんも今頑張っているところだから、乗り切ろうね」と励ましているのを見て、妹が見舞い客に母の死のことを悟られないように振る舞って欲しいと事前に言っているのではないかと思った。父は、僕が単独で見舞いに行った時よりは、しっかりしていて、その言葉に軽くうなずいて見せた。だが僕は、もし父が普段の判断力を多少とも維持していれば、逆に「わざわざ妻のことを告げるのは、実は妻はもう亡くなっており、それを気取られるまいと気を遣っているからだ」と感づくのではないかと思った。とにかく、母の死について箝口令《かんこうれい》が敷かれていると見て良さそうだ。

だが、僕たち一家がそろって見舞いに行けば、他の親戚縁者は遠慮して席を立つだろう。その時に、母の死を父に告げる機会がやってくるはずだ。

歌の上手な女の子

二月八日。奈緒とエリを連れて父の病室を訪れた。僕が先頭に立って病室に入ると、ベッドのリクライニングで半身を起こした父はエリの顔を見て上機嫌な表情を見せ、「おう」と軽く声をかけてきた。声をかけられた僕の方は一瞬悲痛な表情を浮かべたのではないかと思う。ベッドの傍らには入院時に持ち込んだ新書『徹底検証日清・日露戦争』が置いてあった。読んだのかどうかはわからないが、入院以降僕が見舞いに来た日の中では一番体調が良い。

この状態ならば、母の死を告げれば、必ず意味を理解する。にわかに僕の胸の鼓動が高まった。

父よ、あなたの母への献身に僕は敬意を抱いている。あなたが七年間続けてきたこと、その円環を今日閉じようではないか――僕の方は、その円環を閉じることができない運命なのだ。だからこそ、生涯をかけてやってきた仕事の完結を知ることの意味がわかる。

母の死を知れば、あなたは病にあらがう力を失い、何日か死が早まる危険はある。だが、母の死で残る力を失うことになるのであれば、それはあなたがどれほど母に尽くしてきたかの証である。自分の生涯最後の大仕事が終焉したことを知って静かに息を引き取るのは尊厳ある死ではないのか。

僕は、奈緒には少し離れて顔を見せていてくれればいいと耳打ちした。それから、ベッドの脇に椅子を持ってきてエリを膝の上に座らせた。父は、エリに笑顔を向けた。父よ、この子のことで、僕はとても尊厳ある死を賜れない。僕はのたうち回りながらエリの名前を叫び、惨めな死を迎えるであろう。どうかあなたは、周囲が仕事を完遂した人への敬意を捧げる中で静かに円環を閉じてほしい。

エリはこの前参加した小学生対象のツアーで行ったいちご狩りの話を始めた。僕は、エリは話を長く続けることはできないだろうと思っていた。エリの話がもう出なくなったら、エリを脇にどかして立ち上がろう。まず、深々と頭を下げて、これまでのような親子関係しか持ちえなかったことを謝罪しよう――エリは、いつものように、ツアー班の男の子がふざけた話をした――それから僕は母の死を静かに伝えよう。父の長年の努力に敬意を表してもう一度深々と頭を下げよう。ところが、そこで終わると思っていた話が、作ったいちごパフェがおいしかった話に続いた。それから、ツアーのスタッフメンバーのことを話した。

おや、こんなに上手に話せるようになっていたのかな、と僕は思った。僕はエリの話しぶりに注意が移り、話につまるたびに「何を作ったんだっけ」などとヒントを入れてやった。そうすると、やや言葉足らずながらもエリは楽しそうな笑顔を浮かべてしゃべった。随分自然な笑顔だ。話の切れ目で雰囲気をまじめなものに変えようと思っていたが、父も「ほう、それで」などと相づちを打って聞いており、なかなかタイミングがつかめない。帰りのバスが渋滞に巻き込まれた話。更に、いちご狩りで持ち帰ったものを家族で食べた話――。

ドアが開く音がした。弟を先頭に一家四人がやってきた。僕は母の死を告げる機会を逃したことを悟った。

次に僕が一人で見舞いに来られるのはどれぐらい先になるのだろう。そんなことを考えながら、三人でマンションに戻った。テーブルの上に、A3の用紙が折りたたんで置かれていた。エリが学校から持って帰ったものだろう。絵だろうか？

広げてみると、そこには、「ほめっこをしよう」というタイトルのもとに、メモ用紙が貼り付けられていた。それぞれのメモには、子どもたちの名前が拙《つたな》い字で書かれている。ああ、総合学習の時間で、「お互いのよいところを見つけてメモに書き出し、相手に渡す」というエクササイズをやったのだ。

他の子どもたちが見ている「エリのよいところ」とは何だろう？　僕は、一枚ずつチェックした——「歌がうまい」「大きな声で歌うところ」「人前でも、思い切り歌う。すごいと思います」「ももクロの難しい曲を簡単に歌える」……他に、「大きな声で挨拶をする」「分からないことを、自分から質問するところ」「明るい」等というのもあったが、半数は歌の評価であった。

感無量だ。五年生の三学期が始まってすぐ、NEWSエンターテインメントの社長から、「教室形式のレッスンから、個人レッスンに変更しないか」という打診があったのだ。渡りに船であった。歌の個人レッスンにコース変更したい、と申し出た。演劇教室ではこれ以上は伸びないだろう。それに、演技力など、学校で披露する機会が殆どない。それよりも、歌ならば、音楽の時間があるのだから、歌唱力をクラスメートに披露する機会はいくらでもある、と思うようになっていた。

やがて僕は、講師の歌声に混じって、エリの張り上げた声を待合スペースではっきり聞いた。結果は上々だった。

「話をしても面白くないが、歌の上手な女の子」——それなりにクラスの中で認知された定位置だろう。僕は思った——「エリ、俺たちは、生きていけるかも知れないぞ」。

暴走列車

いつもの夜の時間がやってきた。奈緒の表情は暗く、そこに曙光が差してきたようには見えない。

「私は、喪失感で一杯なの」

「それが、僕にはないんだ。何かが自分の人生から失われても、その次の瞬間には『それじゃ、次の一手はどうしようか』って考えている。なくなったものを惜しむ気持ちがあんまり湧かないんだ。それよりも状況をよりよくするための方策を考える方が面白くってね。対策マニアってとこだな」

「パパは、喪失感で打ちのめされるということはないの?」

「そうだなぁ、エリが自閉症の診断を下されたときばかりはショックだったな」

「どれぐらい?」

「五秒ぐらいは、頭が真っ白になっていたと思うよ」

「五秒後には、どうなっていたの?」

「この状況を打破するにはどんな手があるだろうか、精神科医から少しでも有益な情報を引き出すためにはどんな言い方をすればいいか、そんなことを一生懸命考えていた。悲しむ暇はなかったな」

沈黙が流れた。

「エリの障害だって、俺は人生の不幸だという感覚があまりないんだ。ただの、現実だよ。目の前にある、自分の人生だよ。今更、嘆く気持ちはないんだ。ただ、エリの障害の問題が今どこにあって、次にどんな一手を打てばいいんだろう、という発想で頭がいっぱいになっているんだよ……本当のことを言おうか。俺は、こんな人生に、スリルを感じているんだ。先行きのわからない、一本の縄の上を歩いていくような人生にね。何が起ころうと、もう一人の自分が、わくわくしながら俺を見物しているんだよ。さあ、こいつは、次はどんな手を打つんだろうってね」

そうでないと、生きている気がしないから。目的がない。だから僕はその刹那刹那の刺激に飢えている。

「私は、綱渡りみたいな人生は、いや。心配事のない、安定がほしい」

「それがまともだと思うよ。特段刺激的でもない日常に喜びを見いだせるのが成熟した感性だと思うよ」

「でも、今は、私は寝てばかりで、パパ一人であの子のために頑張っているじゃないの」

「それができるのは、俺に悲しみという感情が欠落しているからだよ。俺はまともな人間じゃないと思う」

「私みたいに悲しんでばかりいる人間から見ると、時間を有効に使っていると思う」

「悲しみとか、鬱とか、ただのマイナスなものなのかな。それって、人生にいったんブレーキをかけるために必要なものなんじゃないかな。俺は、何か問題が起こると、そこそこ小器用に処理できてしまうんだよ。結構、小さな破綻を回避できてしまうんだ。でも、だからこそ、ハンドルが切れなくなっている気がする。小さな問題は解決できても、路線の変更ができないんだ」

僕はじっとあの日の倒産劇を思い出していた。最初から、父から逃げるのが目的で永住までは考えていなかった沖縄。出口の見えない闘争に何年間も参加する必然性はなかった。あの病院が廃院にならなければ、僕は労働争議に参加し続けていただろう。そして今も、借金だらけの生活になっても、僕はエリの療育に多くの時間を割く道を修正することができない。

「俺はただ、運命に押しつぶされまいとじたばたやっているだけなんだよ。その結果が、療育マシンっていうところかな。問題を発見すると、感情抜きで自動的に対処してしまう。破滅する危険が大きいのは俺の方だよ。ブレーキの壊れた暴走列車なのさ」

奈緒は黙っていた。

「どうしてパパは自分のことをマシン、マシンと言いたがるの？」

「そんなに外れた比喩かな。俺は、気がついたら子どもに障害があって、気がついたらその子の父親で、で、いろいろと法律上の義務もあるから、必要だと思うことをやってる、それだけのことなんじゃないの」

「嘘。あなたはあの子を愛している」

「ああそうだ、父の容体のことで妹にメールを打たなきゃならないんだった」と僕はパソコンに向かった。今、奈緒は僕の触れられたくない箇所に触れようとしたのだ。自分は何も感じていないマシンだ、と言い張ることによってその周囲を固めている、弱く柔い何かに。

母の魂

妹から突然、「母の死を伝えて、父を母の告別式に参加させた方が父にとって幸せなのかもしれない」というメールが来た。それまで、父に母の死を伝えることに最も強く反対していたはずだが、おそらく僕たち三人の子どもは、親が立て続けに逝くことになるという事態にみなそれぞれ動転していたのだ。そもそも母親の死が近いという宣告を受けて、老人ホームと相談して葬儀会社を決めておいたのは父なのだ。本来ならば喪主として葬儀に立ったはずの父に、葬儀が無事に行われることを知らせないままにすることがいいことなのか迷いが生じたのかもしれない。

僕は、妹とメールの交換をして「ワゴン車をレンタルし、点滴などを付けたまま後部座席に横にならせて父を告別式会場の近くまで運び、会場近くで手を合わせるなり黙禱するなりしてもらってからすぐに病院に戻る」という、一切車から外に出ない案をまとめた。地図で見る限り、二〇分はかからずに終わるだろう。いや、高速道路にでも乗って告別式会場が見えるあたりで黙禱してもらうという程度のことなら一〇分以内で済むかも知れない。これ以上、父に負担をかけない方法を考えつくことができなかった。後は、主治医の判断を待つしかなかった。

翌日、妹からメールが来た。僕たちの申し出を、病院は時間をかけて想像以上に真剣に検討してくれたようだが、許可は下りなかった。たとえ最大限に外気に触れないように気をつけたとしても、この厳冬下では非常にリスクが高いこと、現時点では病状は安定しているが、かといって母の死を告げたところで理解できる状態にあるかどうか保証の限りではないことなどが告げられたということだった。病院側が医療的な結論を出したのだから、了解せざるをえない。結局、母の葬儀は、会場の都合で通常よりやや遅い日取りに、父に知らせぬまま執り行われた。

だが、妹も母の死を父に告げることに抵抗がなくなってきたのだろう。そう思っているうちに、二月一三日、妹からメールが来た。

「今日、先生から輸血の提案がありました。苦痛を和らげることが主目的のようです。延命措置ではないのですが、一歩踏み込んだ治療という位置づけのようです。今は、危険な状態が続いているものの、それなりに安定し、やるとすれば今がチャンスらしいのです。ただし、期待したような効果が必ず出るかどうかは保証はできないそうです。輸血をするには、家族全員の同意書が必要となるようです。微妙な話で、私一人ではどう判断してよいのかわかりません。急ぎ意見を聞かせてください」

僕には、はっきりした意見は浮かばず返事をすぐに出せなかった。だが、一時間とたたないうちに妹から再度メールがあった。「至急、返事をください」——僕は、どちらの方向にも決断しかねている自分を感じた。「医者が提案したのならば、試してみてもいいのではないか」というようなことを回りくどい文章で書いて返事をした。更に、一時間がたった。

「弟にも同じメールを送っていたのですが、輸血するべきだ、という強い意見がありました。この間、両親のことについて、これほど強い主張を聞いたのは初めてです。弟の勢いに押されて、主治医には、家族全員が輸血に同意した、と伝えました。明日、午前中に病院に来てください。その後、弟にもメールしたのですが、返事がありません。決まったからには、同意書に印鑑を押さないといけないので、兄貴から電話で念を押してもらえますか？」

弟は、ケータイでメールのやりとりをしている。仕事の都合で、おそらく返事を書けないでいるのだろう。これまで、兄と姉に遠慮がちだった弟がそれほど強い意見を打ち出したのはどういう理由だろう。夜、九時頃になって弟に電話をしてみた。

「兄貴も姉貴も、親父のことしか考えていないだろう？　そりゃ、お袋はもう死んじゃった人間だよ。でも、お袋の慰霊を考えなくてもいいのかい？」

弟の言葉を聞いて僕は思い出した。母と僕の間に相当な距離があったのは、社交好きの母が外出が多かったから、というだけではない。母は、弟を溺愛していた。

「お袋は、人生の一〇分の一を植物状態で過ごしたんだぜ。孫の成長も確認できないままにさ。それで、成仏しきれるのかよ。親父にお袋の冥福を祈ってもらおうよ」

僕は、自分の親を堅苦しく呼ぶことしかできなかった。

「確かにそうだな。母のことを一番よくやったのは、あの父だものな」

「だろ？　俺たち、息子娘じゃダメなんだよ。親父にしか、できないことなんだよ。この前の、告別式会場の近くまで連れていくってのは許可がもらえなかったけどさ。でも、葬儀が済んだ今なら、あの病室に遺影なり遺骨なり持ち込むことができるんだ。親父の状態が少しよくなったら、お袋に手を合わせてもらおうよ」

僕は不思議な気持ちになっていた。僕も、母の死を父に告げるべきだと思っていた。しかし、それは、「なすべきことを完了した」という形で父の人生を完結させたいという、父の側に立った見方でしかなかった。僕の念頭には、母の方から見た視点というものが一度も浮かんだことはなかった。

道が終わる場所

二月一四日。兄妹三人の意向はだいたい一致したようだ。とにかく、今日、全員で集まって輸血承諾にサインをして、父の容体を持ち直させる。その後、母の死を伝えることについても合意できるだろう。父は人生の仕上げができそうだ。

出発間際、奈緒が話しかけてきた。

「もしかしたら、私は、まだ悲しみに打ちのめされたままなのかも知れない」

「そういう後ろ向きの感情を持ちつつ生きていくのが本来の人間じゃないかって思うんだよ。何かがなくなったら、嘆くのが当たり前だろう？　悲しいと思うのが人間ってものじゃないのか？　それを感じない俺って、人間として大切なものが欠落しているんじゃないかと思う。俺はもう壊れているんだ。俺の中には、ただ、廃墟が広がっているだけなのかも知れない」

僕は奈緒にちゃんと説明したことがない。僕の中の欠落感を。

「俺にとってなくなったものは、ただ単に消えたものなんだ。嘆きも悲しみも起こらないんだ。ただ、指の間から砂がこぼれていくように、いろいろなものが消えていくだけ。これがまともな人生なんだろうか。人生って、失ったものの残骸と悲しみの上に築かれていくものなんじゃないだろうか。自分は、ひどく慌ただしく人生の表面を滑走しているだけのような気がしてくる」

僕は靴を履きながら言った。

「僕には、悲しんでいる君がとても人間的に見えるんだよ。もし、君が一生嘆き続けるならば、それはそれでいいよ」

外に出るととりわけ鋭い冷気が頬に触れた。僕はふと思い出した。僕は、笑いたいときに笑い、泣きたいときに泣く、ありのままでいられる奈緒が好きだったのだ。エリを好きになれない奈緒、障害を持つ子どもを授かったことを嘆き続ける奈緒。そんな奈緒のあるがままの人生を誰かが全て受け入れなければならない。それをできる人間は僕しかいないのではないか——病院までの道中、僕はそんなことをしきりに考えていた。

病院の待合室を通り過ぎ見慣れたエレベーターの前に来たとき、突然ケータイが鳴った。弟だった。「兄貴、今、どこなんだい？　親父の呼吸が止まりそうなんだよ」——僕は動転した。輸血のサインのために集まったのではなかったのか？　一体何が起こっているのか？　階段を駆け上がった方がいいのか、エレベーターを待った方がいいのか。……エレベーターを待つことにした。その短い時間に僕の心臓は急激に高鳴った。病状の急変？　危篤？　間に合うのか？　動転して飛び乗ったエレベーターは病室のある階で止まらないものだった。エレベーターの中で僕は軽い足踏みを始めていた。僕は前に立っていた人の間をすり抜けて一階上のフロアに飛び出した。下に降りる階段はどこなのだ？　右を見て、そして左を見た。職員が通りかかった。大声で尋ねた。階段はエレベーターの裏側にあった。そこを駆け下り、ナースステーションの前を走り抜け、病室に転がり込んだ。

「ああ、兄貴も来たよ！　よかったねぇ、パパ、みんなそろって」

妹が叫んだ。父の右側で、棒立ちの弟。

その二人に挟まれて、父は、いた。ベッドに横たわっているというよりも、大きな枕を背にベッドの柵に体をもたせかけているように見えた。一歩進むごとに、その姿が、今までの入院生活で見てきた姿とはまるで異なっていることがあらわになった。半開きになった目。眼球が上を向いていた。しまりなく開けた口。もっと近づくと、唇の両脇にゆっくりとしわがより、口がほんの少し大きくなる。息を吐く小さな音がする。それだけのことでも、父は残った力を奮い立たせなければならないのだ。その後、酸素マスクの奥の口は動かず、そのまま呼吸は途絶えるかと思われた。

妹が、父の肩をたたいた。「ほら、兄貴も来てるよ、見てよ」その時、喉仏がぴくりと動き、口を開けて空気を吸い込もうとする努力が弱々しく再開された。

「いやぁ、来たぜ！　僕だよ！　僕！　わかるかい？」

僕は、顔を父に近づけ、大声で、陽気な声を出してみせた。それまで上空の方に向いていた父の眼球がゆっくりと動いた。そして、僕を見た。ひからびて随分小さくなった舌。喉の奥へと続く舌の隆起がわずかに動きを続けていた。そこには、大きな気泡があった。呼吸は、もはやシャボン玉を破ることができないほど弱々しいものになっていた。

父の目は片方が半分開かれただけでまるで眠り込もうとしているかのようにも見えた。だが、今、父が目を閉じることは、呼吸が停止するということなのだ。死という眠りの淵へとすべりおちようとしてゆく父を呼び止めるためには、寝入ろうとする人の目を覚まさせる要領しかなかった。

だが、何を言おう？　僕個人のことを話して父が奮い立つとは思えない。

「よお、エリはすごい、すごい奴だぞぉ！　小学生で一日二記事もブログが書けるんだぜ」

「そうなの、エリちゃんは、立派なのよ。この前親戚が集まったときも、私にきちんと挨拶してきたの」

「そうそう！　最近、宿題を自分から始めようとするようになったんだよ。ノートも重要箇所に自分で赤線を引くようになったり、何も言わないのに自分で工夫し始めたんだ！」

父の舌の奥がゆっくりと動き続けていた。

妹は、僕がしばらく踏ん張ってくれると見たのか、その場を離れた。「もしもし、今どこまで来てるの？」――ケータイで自分の娘を急がせているようだ。

「エリのブログは、この前、とうとうブログ小学生部門のアクセス数順位が一〇〇〇位以内に入ったんだよ！　あんな嬉しそうな顔を見たことはなかったね。エリよりも上位にいるのは、キッズモデルとかそういう特別な連中ばかりさ」

妹が、飛びつくように父の肩をわしづかみにした。

「おじいちゃん、由美が、そこまで来てるよ！　由美に会ってやって！」

今度は、妹がしばらく頑張ってくれそうだ。無言のうちに、兄妹三人が交代で父を死の淵から呼び戻す流れができあがっていた。僕は、その場を離れ、部屋の隅っこに行った。

「エリを連れてきてくれ！　急いで！　タクシーで飛ばしてきてくれないか。タクシー代は、テーブルの上にある」

その時、僕の背後で、弟が大声で叫ぶのが聞こえた。

「親父ぃ、お袋に、声かけてやってくれよ！」

懇願する声に聞こえた。

「お袋は、親父に声をかけてもらうのを、ずっと待っているんだよ！」

僕は、電話を切ると、急いで父の枕元に寄った。

「おーい、エリも来るよ！　今、タクシーでこちらにすっ飛ばしているからさ」

「よかったね、おじいちゃん。おじいちゃんの好きな孫たちが集まってくるよ」

僕は見た。奈緒に電話をかける前に比べて、少し離れた間に、それまでなんとか繰り返されていた呼吸が、緩慢になっていることを。父の目は、再び上方に向き、そして呼吸にはシャボン玉のような空気の膜をわずかに震わせるほどの力しかなかった。

呼吸の間隔は、間遠になっていった。三人は父の元に集まって声の限りに叫んだ。

「おーい、深呼吸！　さあ、行ってみよう！　思いっきり、息吸って！」

「おじいちゃん！　頑張って！　頑張って！」

……呼びかけに応えて、父はわずかな力を振り絞って、いったん止まったかに見えた息を吸い込んだように見えた。だが、次の呼吸はやってこなかった。

「おじいちゃん、息して！　息して！」

妹が、父の肩を激しくたたいた。僕も父の反対側の肩をつかんだ。

「さあ、深呼吸だ。さあ、行ってみよう！」

一瞬の間をおいて、完全に止まってしまったかと思われた舌の奥がかすかに動いた。だが、喉の気泡は破れなかった。僕はその向こうをじっと見た。底深いほら穴に見えた。

「おじいちゃん！　お願い！　息して！」

「さあ、もう一回だ！　行ってみよう！　深呼吸！　もう一回！」

舌の奥は、もう動かなかった。

……間が、長すぎた……それでも僕たちは怒鳴り続けた。

「ほら、息吸って！　息吸って！」

終わったのだ、それが、頭をかすめた。もう父はとうに呼吸をすることをやめていた。

「……腕が、急に重くなったよ……」

腕をもんでいた弟が消え入りそうな声で言った。

後ろから看護師の声がした。

「心臓の停止が確認されました。ご愁傷さまです」

妹は、「おじいちゃん……」と言いかけ、それから泣くような、叫ぶような声をあげた。僕は、半ば放心していた。すでに呼吸することをやめた父を眺めた。心の中には、ただ一言しかなかった――終わったのだ。

遺体の清拭、遺品整理、予想外の容体悪化であったことの主治医からの説明、葬儀会社への連絡。

そんなことをしているうちに、もう夕方になっていた。遺族は霊安室に集まっていた。暖房は弱めで、奈緒は体を抱えて震えていた。エリはいとこが持っているスマートフォンを珍しそうに見ていた。

僕は棺ののぞき窓から白布を取り除いては、父の死に顔を見た。それから、腕組みをして行ったり来たりした。僕は父の死に顔を何度も見ずにおれなかった。だからいつまでも棺の周りを回っていた。そのうちに、霊柩車が到着した。

父の顔を見るのを切り上げなければならない——そう思ってのぞき込んだとき、初めて涙がこぼれた。これが悲しみなのだろうか？　半分は悔し涙だった。畜生。これでもう、僕はあんたに勝つことはできない。人生の最後の七年間を母の介護に費やし、その死の二週間後に殉死のように母を追ってゆくなんて。それがなければ僕は、あんたを傲慢な企業人として定位置に据えておくことができただろう。最後の最後にこんな隠し球を投げやがった。父は、自分が母を愛している姿を子どもたちにも見せたくはなかったのだ。何でも冷静な計算で事を進めてゆく感情抜きの合理主義者の顔だけを見せていたかったのだ。その向こうに、子どもたちでも立ち入ることを許されない、父と母だけの領域があった。

外に出ると、冬の雨が冷たく降り注いでいた。霊柩車の男は僕に解けない謎を投げかけて走り去っていった。

道の上に立つ

厳しい冬もようやく終わりにさしかかっていた。頭上には澄みきった空が広がっていた。僕とエリは、駅まで手をつないで歩き、そこでバスを待った。

「おじいちゃんとおばあちゃんは、天国に向かって歩いているところだね。おじいちゃんはたばこを吸って、おばあちゃんが早く行きましょう、と言っているね」

毎日家で繰り返して聞かされることを、道中もずっと聞かされる羽目になるのか。これから聞きに行くミュージシャンの無料ライブのことを、前もって聞こうとはしないのか。以前に比べれば、今現在進んでいることへの関心を示す質問は増えている。だが、それでもよほど関心のあることでなければ目下のことを聞こうとはしない。行きのバスの中で、僕たちは途中のコンビニで買ったパンをほおばった。休みの日、母親が食事を作れるような状態ではなく、僕たち二人だけで買い食いで昼食を済ませることはもはや長いこと普通になっていた。

着いたのは、ショッピングモールの中庭であった。CDを初めて一枚出した若い女性歌手のライブ開始の一〇分前だったが、ステージの前に並んだ三列の長椅子には人は一人もいなかった。吹き抜けの上にまだ透明に澄んだ冬の青空が広がり、そこから冷たい風が容赦なく吹きつけてきた。

「パパは、喫茶で待っているけど、寒いんじゃないの？　始まるぎりぎりまで、喫茶で一緒にいようよ」と申し出たが、エリは、両手をポケットに突っ込んだまま「ここで待ってる」と言った。スタッフらしき人が姿を現したが、それでも座っているのはエリだけだった。誰もいない長椅子の最前列にピンクのジャージ姿でちょこんと座ったエリ。脇にケータイを置いている。ライブが始まれば、夢中で十数枚は撮りまくる。無名歌手でも、ブログにフォトをつければ、人気順位が確実に上がるのだ。「じゃあ、終わったら喫茶に来てね」と言って僕は喫茶に行った。

そういえば、こんな風に約束をして別の場所で待っているなんて、ほんの一年前には想像することすらできない危なっかしいことだったな、と僕は思った。やがて、遠くから歌声が聞こえてきた。エリの他に、聴衆は誰かいるのだろうか。

本が読める貴重な時間であったが、三〇分は短すぎた。何ページも読まないうちに、エリがやってきた。「どうだった?」「まぁまぁ。ミニスカートだった」——エリの感想は、いつもこの程度だった。それでも、昔は質問しても答えが返ってこなかった。

帰りのバスで、無料ライブについてもう少し感想を引き出そうとしたが、エリは「わからない」の一言で切り上げると、また始めた。「おじいちゃんとおばあちゃんは、天国に向かって……」僕は話題を広げようと努力することを諦めた。自分の身に、一体何が起こったのかよくわからない……僕は考え事に集中することが難しい不思議な薄暗がりの中にいるような気分が続いていた。親が立て続けに亡くなってから僕はまだ放心状態の中にあるのだろうか。

ぼんやりしているうちに、バスが大宮駅に着いた。バスの中でカロリーバランス食品を二人でほおばることが密かな楽しみになっていたので、僕たちはいつも最後尾に隠れるように座った。そのため、運賃を払って下車するのが最後になりがちだった。

そうして、アスファルトの上に足をつけて二、三歩歩いたとき、先に立っていたエリがこう言った。

「おじいちゃんは、亡くなる日に『もう、死んじゃうのかなぁ』と思っているね。『まだ、死にたくないよ』と思ったね」

僕は耳を疑った。エリからは、繰り返し「今頃、おじいちゃんとおばあちゃんは天国に向かって歩いている」と楽しそうに言うのを聞かされ続けてきた。これまで祖父祖母の死に際してエリの表情に悲しみを見たことはなかった。エリの死への理解はそこまでなのだ、と思っていた。だが、今の一言は、エリが死を人生の終わりとして、望まれないものとする理解に到達したことを示すのではないか。

僕はエリの隣に行ってその小さな手をつないだ。すると、エリはもう一度同じことを言った――「おじいちゃんは、『まだ、死にたくないよ』と思ったね」そして、その後二度とその言葉を口にしなかった。

これは、「今頃、おじいちゃんとおばあちゃんは天国に向かって歩いている」という固執的な台詞とは全く性格が異なるものだった。それは、約一ヵ月かけてエリが獲得した認識だったのだ。半ば麻痺していた僕の心を不思議な感動が包んだ。

その晩、エリの寝顔を見ながらこう考えた。過去の記憶が還《かえ》ってきた。未来への予測を意識するようになった。そしてその先に死という終着点があることを理解した。今、エリは、僕たちと同じく、生誕から死に向かって歩み続ける道のさなかに立っているという人生の理解に到達したのではないか。エリの「人生」が始まった、というのは大仰かも知れない。だが、少なくともこのことは言える。エリは今、僕たちと一緒に人生という旅路を歩んでいる。

赦しの先

奈緒は、両親の死後、つとめてそのことには触れないように僕を気遣っているようだった。だから、僕たちはいっそう言葉を交わすことが減っていた。

ようやく厳しい冬も終わって春の気配がかすかに感じられる日々となっていた。珍しく奈緒が昼に起き出すことができて、僕たちは久しぶりにテーブルを挟んで黙々と昼食を食べていた。

奈緒がぼそりと言った。

「六年生に上がるっていうのに、ここまで来たっていう達成感がないの。最上級生になったら、要求されることも増えるだろうっていう不安が先に立つばっかりで……」

この前、「学校への適応面では問題はほとんど残っていません」と担任から聞いているのだけどな、と僕は思った。

「私たちだって、昔はうまくいっていたのに、今は夫婦関係も最悪になっちゃったし……」

「ねえ、本当にそう思うの?」

僕の中で何かが動いた。僕は久々に奈緒の顔を真っ向から見た。

「俺たちは、いい夫婦だ」

僕は重々しく断言した。奈緒は顔をそらした。

「たくさん大変なことがあるけど、俺たちはそんな中で協力し合っているじゃないか。確かに結婚した頃とは、随分変わってしまったね。でも、強風が吹けば柳は大きくしなるだろう？　だけど、折れたりしないよ」

「乾いていない洗濯物、干さなきゃいけないから」

奈緒は横に顔を向けたまま立ち上がると、室内に吊るしてあったハンガーを取って、庭に出るガラス戸の方に向かった。

泣き顔を見られたくないのだろうと思った。僕はその後を追った。

「なぁ、臨床心理士になって、『一人前』ってものになることが君の初心だったんだろう？　だったら、もう一度、一から始めようじゃないか。俺は、君よりもエリの方が大切だと思ったことは一度もないよ。比べられないんだ。今は、どうしてもエリのことにかかりきりにならざるを得ないけどさ、一段落済んだら、俺は君のために走るぜ……一人の男にここまで言わせたというだけでも、君の人生はそうまずい試合にはなっていないと思うけどね」

奈緒は、庭に出て、向こうを向いていた。僕はその小さな背中に呼びかけた。

「ああ、それからさ、先週エリとイベント見に行った時に、エリが言っていたぞ。お母さんは優しいってな。勉強の時は別っていう但し書きはつけていたけど」

「私、全然優しくないよ。母親らしいこと、何一つしていないじゃないの。寝てばかりいるし、怒ってばかりいるし、それに……」

語尾が震え、言葉が詰まった。僕は遮った。

「もう、いいじゃないか。あいつは、そういう結論を出しているんだよ。お母さんは優しいって」

もしも僕たちの家族に今まで起こったことすべてが、前世で行った何かの悪行への懲罰だとするならば——曇った空の一角が明るみ、そこから射す早春の光が奈緒の髪にほのかに反射してきれいに光っていた——僕たちはもう赦《ゆる》されている。

あとがき

僕は最初、「社会が期待する発達障害児の家族」を演ずることを一切拒否して、発達障害児のいる家族のリアルをあるがままに伝えようという意図で本書を書き始めた。

僕が米国から取り寄せた自閉症関連の書物では「自閉症児の母親の鬱」が一つの研究ジャンルとなっている印象を受ける。

ところが、日本においては母親の鬱は「あってはならないもの」とみなされている。それは家族の現況として中立的に扱われるのではなく、「障害の受容ができていない」という道徳的逸脱として、援助を受けるどころか非難の対象とされるのだ。「障害受容ができさえすれば、子どもの障害を笑って受け入れられるようになる」という精神主義の形をまとい、「落ち込んでいる母親は心がけが悪い」という新たなる母親責めが横行しているのである。

僕は、我が国の福祉が、当事者にとってどれだけ助けになっているかということよりも、「いかにして立派でもっともらしいことを言うか」という精神主義に傾き、過剰な道徳的言説で一杯になっているのではないかと危惧している。家族への「障害を受容し、前向きに明るく頑張れ」

という道徳的脅しがどれほどプレッシャーであるか、当事者でなければわからぬ事情であろう。自閉症児には「みんな違って、みんないい」などという美しすぎる言葉が殺到するが、その母親や家族に対しては「みんな違って、みんないい」と言われることは全くないのだ。

僕がこのような意図を持つようになったのは、僕が学んだ米国の療育動向も影響している。自閉症の研究史においては、「母親の不適切な育児が原因」という誤った説が払拭された後、「先天的な脳の障害なのだから、回復は望めない」という悲観主義が長年支配的であった。それを一九八七年から始まる応用行動分析の挑戦が覆した。前著『数字と踊るエリ――娘の自閉症をこえて』(講談社)の執筆を開始した頃は、そうした新しい療育方法を伝えるものは、翻訳文献を中心に数冊あるのみであり、自閉症の回復可能性自体の認知が我が国に紹介されていなかった。前著の目的は、たとえ遺伝的なものが存在しようとも、適切なアプローチによって自閉症児はそれを超えて大きな成長を遂げうるという発達可能性を広く伝えることにあった。

本書は『数字と踊るエリ』の対象となった年齢よりも上、すなわち、エリの小学校高学年の時期に焦点を当てている。日本でも自閉症を改善する様々なアプローチが紹介され、その成果報告も入手できるようになっている現状は隔世の感があるが、幼児期に療育を受けた自閉症児の「その後」について書かれたものはほとんどない。自閉症児が適応問題を超えて、「社会の中での私」という自我の獲得という課題に取り組むまで成長しうることを示すことが本書でできれば幸いである。

初期の応用行動分析が無味乾燥な反復練習を中心にしていたのに対して、発達論的アプローチは、療育は「親にこの周囲の騒音は不快だという感情を伝え、より静かな場所に連れて行ってもらうことを実現する」というような具体的な目的を実現しようとする中で自閉症児が自発的にコミュニケーション力をフルに使う——こういう意味を持ったかかわりの中で行われるべきであり、それを実施するのは家族でしかありえないという哲学を持っている。そのため、家族は抽象的なお説教をされる対象としてではなく、療育の主役として、個々の家族のあり方に応じた個別の支えを必要とするものと位置づけられている。発達論的アプローチを試行していた時期を扱っている本書が、家族全体の苦闘を対象とすることになったのは、そういう理由もある。

普通ならば秘密にしておくであろう家族のありのままの姿をぶつけたいという思いから事実性にはこだわった。

奈緒の様々な精神症状は、まだその一部が残存していた二五歳時の本人の話を記録した僕の日記と、奈緒が三〇歳頃に書いた回想手記に基づいている。エリの言葉はすべてが実際にあったものどおりではないが、音声記録・ビデオなどを参照して、文法的誤りを含め、その当時の言語力に見合った発話にするように努めた（複数回起こったことに関しては、それをどこで出すかは、ストーリーとしての読みやすさを考慮した）。文中のエリのブログの文章は、本人が実際に書いたものを逐語的に転記した。ただし、他に家族のプライベートが含まれる内容もあったので、ブログは本書刊行前にネット上からは削除した。本書に登場する人物や団体、地域名などは可能な限り実名とした。また、筆者を含む登場人物の会話には現在の基準からみれば不適切と思われる言葉、過激と受け止められかねない表現も混じっているが、当時の発言意図や時代背景などを考慮して原則そのままとした。

このような意図に共感してくださり、構成面に貴重なアドバイスを下さった講談社学芸図書出版部（当時）井上威朗さんに感謝したい。妻・奈緒は本書を何度も読み直し、細かい事実関係について正してくれた。構想段階から全面的に協力してくれた妻に感謝の言葉を伝えたい。

今、僕の隣では、奈緒とエリが並んで夕ご飯を作っている。エリが「私に任せて」と強情を張ることもあるが、だいたい二人は料理の出来映えに夢中になっている。エリは、自分は家族のためになっているということに満足を感じるようになっている。僕がエリの勉強を全面的に見るようになって、奈緒と衝突する場面はなくなった。

更年期障害の治療を受け始めてから、奈緒の健康状態は改善した。あれほど長く続いた体調不良は、鬱気分や心身症などの心理状態が複雑に絡み合っていたのだろうが、幾つ目かの婦人科受診で初めて更年期障害を指摘され、治療が始まってからの改善ぶりを見ると、ひとつの原因は更年期障害であったと考えざるを得ない。

僕たちのカウンセリンググループは細々と再開された。何年ぶりかの対面カウンセリングが目前に控えていて、奈緒は少し気分が高揚しているようだ。一方僕の方は、近くの大学で論文指導を行うゼミに聴講生として週に一度出席するようになった。

息子・娘であってもおかしくない年齢の若者に交じって指導を受ける父親が、娘のテスト対策をする、そんな態勢を少しも変だと思っていないエリ——これもずいぶん変則的に見えるかもしれないし、他の問題まで見通しがついたというわけでもない。だが、これは僕たちが試行錯誤の末にかろうじて到達した僕たちなりの家族の姿なのだ。

誰にも文句は言わせない。もう一度、言おう——これが僕の家族だ。

プロフィール

矢幡 洋　やはた・よう
1958年東京生まれ。京都大学文学部哲学科心理学専攻を卒業。臨床心理士、矢幡心理教育研究所代表。沖縄の精神科病院で心理士として勤務ののち、東洋大学、西武文理大学などで講師を務める。テレビなど、メディアでのコメンテーターとしての活動も多い。主な著書に『危ない精神分析―マインドハッカーたちの詐術』『「S」と「M」の人間学』ほか。2011年に上梓した『数字と踊るエリ　娘の自閉症をこえて』は同年の講談社ノンフィクション賞最終候補作となった。

病《や》み上《あ》がりの夜空《よぞら》に

2014年7月16日　第1刷発行

著者…………………… 矢幡《やはた》 洋《よう》

発行者………………… 鈴木 哲
発行所………………… 株式会社講談社
東京都文京区音羽2丁目12-21［郵便番号］112-8001
電話［編集部］03-5395-3522
［販売部］03-5395-3622
［業務部］03-5395-3615
印刷所………………… 豊国印刷株式会社
製本所………………… 大口製本印刷株式会社
本文データ制作……… 朝日メディアインターナショナル株式会社

ISBN978-4-06-219001-5　N.D.C.916　270p　20cm